黄蓓佳　著

珞珈路

山西出版传媒集团

北岳文艺出版社

图书在版编目（CIP）数据

珞珈路/黄蓓佳著. — 太原：北岳文艺出版社，2017.7
ISBN 978-7-5378-5230-2

Ⅰ.①珞… Ⅱ.①黄… Ⅲ.①短篇小说－小说集－中国－当代 Ⅳ.①I247.5

中国版本图书馆CIP数据核字（2017）第125601号

书名：珞珈路	出 品 人：续小强	书籍设计：张永文
著者：黄蓓佳	责任编辑：刘文飞	封面绘图：舟蒲麦
		责任印制：巩 璠

出版发行：山西出版传媒集团·北岳文艺出版社
地址：山西省太原市并州南路57号 邮编：030012
电话：0351-5628696（发行部）0351-5628688（总编室）
传真：0351-5628680
网址：http://www.bywy.com
E-mail：bywycbs@163.com
经销商：新华书店
印刷装订：山西人民印刷有限责任公司

开本：890mm×1230mm 1/32
字数：218千字 印张：8.125
版次：2017年7月第1版
印次：2017年7月山西第1次印刷
书号：ISBN 978-7-5378-5230-2
定价：39.80元

目 录

长夜暗行

三十年前，新婚之夜，大魏剥光了自己的衣服，滑进被窝，刚把手搭上新娘李玎滚烫的胸脯时，忽然听到院子里有老野猫不怀好意地叫。大魏顿时心里一咯噔，想起晾衣绳上的那串腊肉。都怪今天闹洞房的节目太多，气氛也太好，大魏竟然忘了晚间收腊肉这回事。他慌忙起身，胡乱套件棉袄，蹬了条裤子，开门出去。腊月天，霜满地，寒风凛冽，大魏热身子出门，禁不住打了个大大的喷嚏。

　　腊肉拎回来，唏嘘着甩了衣服再上床。李玎扭着身子撒娇说："哎，手上一股油腥味。"大魏返身又下床，光着身子，抖呵呵地冲进卫生间里洗了个手。

　　再上床，就已经不行了，怎么都弄不成事情了。大魏沮丧道："冻的。"李玎正好这天也累，便打个呵欠，顺坡下驴地劝他睡觉，明天重新来。两个年轻人，各自躺平，瞬间睡去。

　　可是从此以后，大魏再没有成功过一次。

　　他们去了南京上海，跑了很多医院，看了无数泌尿科男科，光是倒掉的中药渣渣就能够堆出一个半人高的小丘，却没有丝毫起色。医生同情地责怪他说，腊肉让猫吃了就吃了吧，那么关键的时刻，怎么可以中途按下暂停键。大魏哭丧着一张脸，无比悲情地告知医生，那是他腌晒了一个冬天，准备送给老丈人的年礼，便宜了野猫，春节他拿什么上门？

如此这般，折腾了三四年之后，行房无望。李玎倒还好，毕竟是从高中开始恋爱结婚的，十来年的感情放在那儿，心里难受时，最多抱着大魏痛哭一场，两个人互相把眼泪鼻涕蹭到对方脸上。丈人丈母娘就没那么好说话了，三番五次地上门约谈，从大道理讲到街坊传言，讲到香火人伦，最后苦口婆心地要他做个"有道德的人""爱李玎就应该让李玎幸福的人"。

　　大魏确实爱李玎，爱到骨头里，爱到没有一丝丝的念头想要放弃她。高中时候，为小儿女的恋爱，两个人跟班主任斗智斗勇，竟耽误了学习，两个原本能够读一本的孩子，最后只分别考了本地的大专和职校，这个代价不轻，不能说放弃就放弃。再说，大魏认为自己还年轻，身体上还有进步空间，如果碰到妙手回春的好医生，很难说未来的日子不会繁花似锦。这样一想，他就不怨李玎的父母，相反对两个老人敬重有加。将心比心，如果他有女儿，碰上这样的事情，他一样要为女儿的幸福鞠躬尽瘁。

　　端午节，大魏带着李玎，拎了自己腌制的一兜子咸鸭蛋去看望老丈人。又是腌制品，他难道还没有从腊肉的遭遇中接受教训？说起来叫人叹气，实在是那个年月商业不发达，市场上买不到现成的东西，要寻摸一点稀罕东西讨老人家高兴，只能自己动手，丰衣足食。

　　到了丈人家，固执的老头儿却摆了脸子不让大魏进门。他甚至也拦住了李玎，因为女儿拒不听从他的劝告选择离婚，这让老两口一直恼火。高声大嗓的争执惊动了邻居，陆陆续续围上来一些人争看西洋景，免不了还有些指指戳戳。大魏骑虎难下，就有点急火攻心，恨丈人不通情理，不单单当众打了他的脸，还让无辜的李玎丢了面子。当老丈人进一步指着他的鼻子骂他"废人"时，大魏愤怒地将一网兜咸鸭蛋用劲摔在了台阶上。鲜红紧实的蛋黄，裹着半透明的黏稠的蛋液，在坑洼不平的水泥台阶上漫溢流淌，色彩之斑斓，引得围观邻居一片啧啧惋惜。大魏心知不妙，事情做得过了，有点儿没法下台了，只能拉上李玎掉头就走，先避避老丈人的火头再说。没想到爱女心切的丈母娘突然从屋里冲出，要抢李玎回家过节。也是天意要毁了这家人，老太太急急忙忙冲下台阶时，脚底被蛋液一滑，身体瞬间甩了出去，头磕到了石条的一道锐角，手脚一阵抽搐，当场没了声气。

一向温顺和恬静的李玎就此崩溃，在脑科医院治疗了三个月，先后服用了好几种抗抑郁的药物，勉强算是痊愈。出院后还留下一个毛病，不能看见生的蛋黄和蛋清，看见就会惊叫、冒汗和昏厥。

这事对大魏造成的心理阴影，实在不比李玎更小，只不过他是男人，表现得没有李玎那么歇斯底里。但是从那以后，他就成了邻居中千夫所指的混蛋，是一个只会"胡搅蛮缠"的废人，在出门都是熟脸的小城里再也待不下去了。他辞掉工作，随身只带了最后一个月的工资，搭朋友的货车一路南下，到江西，到湖南，到广东，都没有寻到什么好的机会。最后，他搭上了开发海南的顺风车，往那个炎热荒蛮的孤岛进发。

从湛江往海口的轮渡上，大魏认识了一班意气风发却又故作深沉的大学生。男男女女都穿牛仔裤、格子衬衫，一双脏得看不见鞋带的旅游鞋，唯一的性别差异就是男的留长发，女的剪短发。他们坐在自己胡乱捆成的行李卷上，大声地谈论萨特和加缪的区别，争辩切格瓦拉的行为是不是更适合中国，以及苏联和美国的武器中哪样更好，哪国的宇航员更优秀。其中的一个女学生，身材瘦小，却热情洋溢，轮渡行驶到大海中央时，她凭栏眺望，忽然张开双臂，迎着海风，旁若无人地吟诵起了高尔基的《海燕》：在苍茫的大海上，狂风卷集着乌云。在乌云和大海之间，海燕像黑色的闪电，在高傲地飞翔……

船到港口，行人要走过长长的栈桥，中途有个大学生的行李散了，书本、衣服、被子，花花绿绿地摊了一地。旁边的同伴们七嘴八舌，又手足无措。大魏走过去看，原来是那个吟诗赞颂海燕的女孩子。他二话不说，上去就帮着动手，捡拾，归拢，压紧，打包，三下五除二，动作既漂亮又利索。一群人看得呆了，对大魏佩服得简直就是五体投地。问清了大魏是独自一个人闯荡海南，更是钦佩有加，当即邀他入伙，搭帮着开拓事业。

现在大魏知道了，这些大学生都来自湖南的某个省立大学，临毕业，因为听了一个海南老校友的一场鼓舞人心的报告，热血沸腾，自愿放弃分配，呼啦啦地结伴过来，要实现开疆拓土的梦想。实际情况是，他们既没有背景，更没有资金，完全地人生地不熟，一到海口就成了没头苍蝇，转来转去连个住处都找不着。最后还是大魏牵头，租下了椰林边上几间农民房，搭了大通铺，砌了灶台，挖了临时厕所，勉强安顿下来。

白天他们四散开去，找工作，寻商机，朝着梦想靠近。大魏先进了一家空手套白狼的房地产公司，进去之后才知道，这公司的注册资金根本就是假的，一间小办公室，几个牛皮哄哄的人，干的是倒卖批文的活儿。公司老板从上家低价买进批文，然后就要靠大魏他们巧舌如簧地四处奔走，把到手的批文加价卖给下家。做这种活儿，老乡圈子很重要，像大魏这样两眼一摸黑儿的，短时间内不可能出业绩。所以大魏干了一个月，一分钱奖金都没有赚到手，不得已主动辞了工。

接着，他考到了驾照，加入走私汽车的团队当中。有客人付了钱，坐飞机到海口提货，再雇司机把这些漂亮的走私车开回内地：广东、浙江、山东，甚至新疆内蒙古甘肃。大魏接一趟活儿能赚不少钱。最根本的是，他只需付出时间和体力，其余一切用不着操心。他喜欢这种走南闯北的生活，到处都是陌生的人、陌生的风景，谁也不知道谁的过往，谁也不关心谁的去向。到晚上，找个旅店，切一盘卤烧，喝二两小酒，随便看两集电视剧，倒头睡觉。

偶尔他也会想起李玎。这种想念，就像回忆小时候去看露天电影的感觉：因为电力不足，银幕上的形象是影影绰绰的，风景是模模糊糊的，风吹过来时，人物和风景都变了形，扭来扭去，像哀号或者挣扎。

他给李玎给过两次电话：一次打到她单位，结果她出门办事，是同事帮她接的；还有一次打到丈人家，老头儿一听他的声音，毫不犹豫就挂断，弄得大魏心里很难受。后来他就不再给她去电话了，觉得这种自讨无趣太过伤人。

在海口，大魏他们最常光顾的是烧烤摊。趿着拖鞋，穿一条印有椰林海水的宽大的沙滩裤，上身随便套件圆领汗衫，甚至什么都不套，光着，溜达着走过去，摆开小板凳就落座，要一箱啤酒，点上几盘便宜海鲜，吃，喝，交换自己的信息情报，介绍生意，顺便也聊聊同学朋友的事情，谁谁发了财，谁谁回内地了，还有谁下落不明、人间蒸发了。他们不再谈萨特、切格瓦拉、太空飞行器，谈的是钢材、汽车、楼盘、证券交易。他们打着赤膊，拍着大腿，喷着唾沫，把烤焦的贝壳和竹签扔了一地。海风吹过来，凉爽中有一股咸滋滋的潮湿，他们的长头发因此而黏答答地垂在脑门上，一个个显得无精打采、落魄、邋遢。

女孩子们同样不事修饰，一条人造棉的睡裙从头到脚套下去，头发用牛皮筋马马虎虎地束到脑后，被太阳晒得黝黑的皮肤几乎跟男孩子们的一样粗粝和疲惫，别着两条腿坐在小摊上喝啤酒，啖海鲜，笑得双肩耸动，完全忘记了自己的性别。也许她们出门工作的时候是修饰了的，化了妆，穿着制服，把声音憋在喉咙口，装出天真的一惊一乍的表情。可是夜幕落下，回到熟悉的群体当中，伪装便迫不及待地剥去，露出她们原本就有的尖牙和利爪，毫不留情地点评她们各自的上司、同事，发泄一天中积攒下来的愤懑，还有憋屈。

大魏和那个在轮渡上朗诵高尔基作品的女学生林娟好上了。当然是林娟表示了主动。夜晚坐在路灯下吃烧烤时，借着微弱的光线，林娟把她的脚从拖鞋里伸出来，义无反顾地踏在了大魏的光脚背上。那只脚温暖、肉感，脚趾灵巧地摩擦大魏的脚背，像一只肥嘟嘟的肉虫子在觅食或者蹭痒，让大魏的心脏忽地停止了跳动，口干舌燥，脊背僵直。

他们脱离了集体，另租一间小屋，开始甜蜜的同居生活。小屋临海，只有一床一桌一柜，另有一个马马虎虎架在水泥台面上的铁制灶具，旁边拖出一根塑料软管，接在绣得快要报废的煤气罐上，供他们做点简单的饭菜。因为咸湿，被子总是潮乎乎的，有一股沤馊的气味，而且，无论大魏怎么勤快地拆洗和晾晒，到了晚上，脱光了钻进被窝时，黏湿的感觉就开始让皮肤不爽，以至于有一次，林娟半夜爬起来，插上电吹风，试图把被子吹干时，居然因为用时过久，吹风机里的电阻丝过热，冒出一股难闻的煳焦味，宣告寿命终结。

大魏在床上的表现仍然不尽如人意，他甚至还没有一次真正进入过林娟的身体。他的兴奋期总是短暂得那么可怜，像海风掠过门前的椰树林，椰叶微微晃荡两下，做一个助兴的姿态，又沉默下来，静息养神。

"我×你的！"有一次，他摆弄半天之后，忍不住咒骂。

林娟躺在旁边，手里还捧着一本诗集，拿手肘拱拱他："干什么要气自己啊？人不是都靠这个活着。反正我无所谓。"

林娟是个奇怪的女孩子，她不爱美食，不爱打扮，当然也不爱性生活。但是她怕黑，怕孤单，怕蛇和小虫子，也怕香蕉芒果腐烂之后的形状和气味，她说，那让她特别恶心。她每天晚饭后，只要点上一盘蚊香，捧一本小说或者诗集，安安静静地躺在大魏身边，读到精彩处，冷不丁地爬起来，感情充沛地对大魏朗诵一段，把激情宣泄出去，就觉得生活美好安逸得要命。

有时候，大魏在床上看着林娟聚精会神阅读文字的脸，看着灯光打在她脸上的每一处阴影和光亮，便奇怪这世界上怎么有如此和谐的搭配，一个人所缺少的，偏偏是另一个人所不需要的。

相安无事的日子过了几个月，大魏攒积了一点钱，他在考虑要不要回老家去一趟，找李玎好好谈一谈，看她愿不愿意跟他到海南来。这边的生活到底简单，别的不说，因为四季炎热，衣服被褥都要少买几套。而且，在那段时间，实话讲，只要肯吃苦，海南还是个遍地黄金的地方。

问题是，李玎如果来了，林娟又怎么办？虽说同居不受法律保护，毕竟两个人有了感情，说分手，从此便形如路人，老死不再往来，这样的事情大魏真是做不出。

犹豫不定时，大魏结识了一个在米线馆里端盘子的火辣辣的黎族女孩儿范金花。这女孩小矮个，扁圆脸，大眼，大胸，大屁股，嘴巴一张，一口被槟榔染得漆黑的很吓人的牙，普通话说得结结巴巴，做起事来却是不管不顾、死缠烂打。那一天，大魏坐在米线馆里，刚要了一碗牛肉米线，就看见范金花追着几个半大孩子到门口，揪住其中一个的裤腰带不撒手。原来是碰上小流氓吃霸王餐。一帮人缠在一块儿拉拉扯扯，那个被揪裤腰带的急了眼，掏出水果刀就往范金花的手上划拉，手起刀落，红艳艳的鲜血蚯蚓一样顺着女孩的手腕爬，看得大魏心惊肉跳。他想这蛮女子真是憨，才几块钱的事情，拼得命都不顾了。他起身上前，仗着块头大，几声怒喝，三拳两脚，把几个半大孩子吓走。之后，又捏住范金花的手帮她止血，还奔到旁边药房买了云南白药什么的。不料这一来，十八岁的范金花热腾腾地缠上了大魏，有一天米线店关门后，范金花死拖活拉把大魏拽进厨房间，不由分说扑倒他，三两下扒去了他的裤子，滚烫的小腹随即贴到了他的耻骨上。

到底是五指山区来的外族女，那种霸蛮，那种辣火，那种不管不顾非要不可的决绝，真是超越大魏全部性经验的感受。

完事之后大魏才惊觉，自己居然就成了！不是浮皮潦草的成，是一气呵成、一泻千里的美妙。那一天，躺在油腻厨房里散发出蛤蜊气味的米线包装袋上，各自喘息平定后，范金花羞涩地掩住一嘴黑牙，操着不太熟练的普通话夸奖他："哥哥，你力气大得很！"

大魏瞪着眼睛，半天没说话。他想号啕大哭，想冲出门去给李玎和老丈人打电话：他不是废人！他好得很，一百个一万个好！

他一翻身，搂紧了范金花，红着眼珠子，酣畅淋漓地又要了一次。

事到如此，他不能不跟林娟分手，搬到范金花的出租屋里生活。

林娟不乐意。虽然没有性生活，可是她已经习惯了跟大魏的这种相依为命。她坚持认为大魏是找借口要摆脱她，因此而收买了大字不识的范金花做伪证。她说，除非你们做给我看。

什么什么？做？给你看？

对，做给我看。林娟拒不松口。

大魏的一双眼睛瞪得有铜铃铛那么大。然后他就想，林娟真是疯了，一个大学生，这种混账话也说得出口。

大魏不再提分手的事。可实际上，他很少再回他们两人的出租屋。

两个月之后，海口的警察突然找到大魏，出示了拘留证，原因是林娟在出租屋里被杀。大魏五雷轰顶，又百口莫辩，因为按照正常推断，作为林娟的前男友，的确他身上嫌疑最大。他既悲伤，又愤懑，万念俱灰地困在拘留所，连一个可以求助的有能力的律师都找不着。

还好，不到一周，案子破了，是外来流窜犯作案。那天林娟从银行取了一笔钱，可能是她全部的存款，准备离开海南，回老家重新开始人生，哪想到被歹徒盯上，一直跟到出租屋里，残忍地下了手。大魏脱了身，从监房出来后马上去找林娟的那帮同学，询问死者骨灰的下落。万没想到的是，他竟然遭到大家的怒目而视。不仅仅是言语上的，一伙儿年轻人还齐心合力把他暴打了一顿。无论怎么讲，林娟遭此横祸，大魏有脱不了的责任。

大魏不可能独自留在海南讨生活了。他在海口新开张的一家五星级酒店订了一间房，把范金花领过去，昏天黑地地相守了三整天。然后，沿着当年来时的路，坐轮渡过海到湛江，又从湛江坐上长途车，颠簸一天后，踏在了深圳罗湖的土地上。

　　这一次，他没有初到海南的那种慌张和茫然。他口袋里揣着小小的一笔钱，租房，办暂住证，找工作，都有了不多不少的经验，所以很快在一家驾校里找到了陪驾的活儿。深圳比海南发展得好，高楼林立，干净整洁，满街的白领们行迹匆匆，开公司，读夜校，兼职炒更，考托福移民，跟蛮荒之地的海南相比，又是另一种气象。大魏住下不长时间，就有了如鱼得水的自在。陪驾之余，他买了一辆摩托，在火车站带客，也帮公司送货，有时候还跟着香港水客们贩卖录像带，瞅准了客人，神秘兮兮地拉到僻静小巷里，半遮半掩地掏出几盒花花绿绿的三级片，一手交钱一手交盒带。他很快又攒起了一笔钱，琢磨着是该开个小饭馆，还是干脆弄家装修公司，招上几个木工水电工，就能开张接活儿。深圳这地方，新盖的楼盘真是多啊，弯一弯腰就能够捡到金子呢。

　　闲暇时间，他喜欢窝在出租屋里看书。这个爱好，还是在海南跟那伙大学生住在一起的时候被培养起来的。在他栖居的那片城中村里，有一家装修文气的二手书店，书价便宜，可买可租，大魏跟开书店的老任成了朋友。深圳的气候温暖湿润，花草树木生长葳蕤，打开门窗，懒懒地斜倚在床头，手捧一本纸页微黄的书，嗅着柠檬和紫荆的芳香，一瞬间里，他可以暂时忘记自己流浪觅活儿的卑微身份，进入到一个读书明理知天下的更高层次。他读了一些世界历史，读了列夫·托尔斯泰的《战争与和平》、凯鲁亚克的《在路上》、阿加沙克里斯蒂的几本侦探小说，甚至还借过一本黑格尔的哲学书，勉强读完三页，终于向老任承认，他不是这块料。总之，他读书的口味很杂，南腔北调的，有点误打误撞盲人摸象的意味。他跟老任交心说，书不在好坏，读得进去才好。

　　那一年春节，他决定回一趟老家，找到李玎，把他们之间的事情做一个了结，看看是离婚，还是带李玎出来，在深圳终老此生。他买了飞机票，还置办了一套像模像样的西装，不为他自己，为李玎的面子。因为第一次坐飞机，一切都没有经验，就早早地到了机场。实在太早了点，他的这班飞机还没有开始值机。他百无聊赖地在机场里晃荡，忽然看见门口有一排 IC 卡电话，也是新奇，便买了一张十块钱的卡，照着卡背面的步骤提示，拨通了老丈人家里的电话。

接电话的是个小男孩儿，两三岁的年纪吧，奶声奶气问他："你是谁呀？"

他反问小男孩："你是谁？"

"我是宝宝。"对方说。

"谁家的宝宝？"

"妈妈家的宝宝。"

"妈妈叫什么名字？"

"妈妈叫李玎啊。"

"你你你姓什么？"大魏的喉咙开始发干。

"我姓宝宝。"

大魏耐心诱导："不不，你应该有一个名字，你的大名，对不对？你的大名叫什么呢？"

小男孩明白过来了："叫魏东。"

电话那一头，从远处传来了苍老的声音："宝宝你在跟谁说话？"

大魏一个激灵，手一抖，慌慌张张地挂了电话。

这就是说，李玎有了孩子，她跟别的男人有一个小男孩儿。这么多年，他丢魂落魄在外面流浪，家里等待他的居然是一个不知来历的落户在他名下的野种。

他退了机票，一个人孤零零地坐在候机室里，从上午一直坐到下午。他连一口水都没有喝。他不知道这几个小时是怎么过来的，墙上的时钟怎么就会从上午九点走到了下午两点。

后来，他起身，去柜台上又买了一张飞海口的票。他想要范金花，想得五爪挠心，一时一刻都不想延误。

天黑落地，打一辆出租车，直奔从前的米线馆。小饭馆儿还在，人都换了，连老板都换成了贵州人。问起范金花，贵州老板说，有印象，应该是回老家嫁人了。"老家在哪里?""那啷个晓得?五指山里头嘛，黎族寨子嘛，去不得，老虎豹子怕是都有，没得法子找喽。"

夜色沉沉，大魏昏头昏脑，茫无目地在海口游荡，走入一条小巷子，又推门跨进一家洗头房，找了一个涂着红指甲的按摩女，谈定价钱，上了咯吱作响的楼梯，躺到窄得像一条板凳的小床上。

他累到满头大汗，还是没有弄成。红指甲的女人笑眯眯地收了钱，贴心贴肺地说了一句："大哥你是头一回吧?你慌个啥呢?"

她最后在他屁股上不轻不重地拍一掌："再来啊，二回就好了。"

他不可能再来，因为他终于明白，除了黎族姑娘范金花，这辈子他大概跟谁都做不成。

九十年代初，裹挟在一大拨出国留学移民的人潮里，大魏去了澳大利亚。

起先他在维多利亚州的一个养马场找了一份工作。澳洲地广人稀，马场辽阔壮美，站到高高的塔楼上，天际茫茫，四野寂静，远远地一棵参天大树拔地而起，像伫立在旷野中凝神哲思的智慧圣僧。大魏每天清晨四点起床，先去马厩打扫马圈，然后牵马出来，送到跑马场，看骑师训练它，跑个一两千米，再交回他手上，由他负责给马洗澡，擦身，天冷时还要披上一条毯子，小心翼翼地送回马圈，喂水喂食。

一天的事情，基本在日出之时完成大半。之后，大魏拖着齐膝的长筒胶靴，一身臭汗、疲惫不堪地回到宿舍，冲澡，洗头，刮脸，用小刷子把每个指甲缝都刷得干干净净，换一身衣服，去餐室吃早饭。他吃两份煎蛋，在全麦面包上涂半寸厚的黄油，还喝大量的牛奶。他仍然会觉得饿，觉得肠胃里空空如也。他明白，这是体力过于透支的缘故。

闲暇时候也多，澳洲的马场主人对工人们算不上苛刻。可是大魏语言不好，既看不懂电视，又没法跟别的打工者们扎堆取乐。周末轮休，那些满脸胡须的汉子们总会把自己修整得像个新郎，开上几个小时的车，去城里找妓女。他们很友善地招呼大魏一块儿走，用他能够看懂的身体语言，比画出欢乐的床戏场景。大魏一律回报以笑，摇头。他对自己完全没有自信，不想把中国人的面子丢在澳洲的妓院里。

他还是喜欢阅读，找片树荫下的草地躺下来，拿树桩当枕头，一本接一本地读金庸小说。小城里有个公共图书馆，有一次被他发现了馆里居然藏有一套《金庸全集》，他惊喜过望，从此就成了图书馆常客，每周去一次，还回旧的，借出新的。那个图书馆的采购员不知道是不是懂中文，反正上架的全是香港武侠书。大魏读了一肚子精彩的侠客故事，痛恨自己英文太烂，没有办法讲出来跟大家分享。

马场的打工者来来往往，今天你待腻了走了，明天他觉得新鲜又来了，一栋小楼里住的人，萍水相逢，谁都不会打听谁的过往，谁也不会关心谁的未来。这样的日子安宁而自在，大魏很满意。若不是有一天亲眼见到赛马发脾气，把一个暑期打工的澳洲大学生踢得内脏破裂，他也许会选择一辈子在马场做下去。

那个壮小伙儿蜷缩在地口吐鲜血的模样太让人触目惊心，救护车呼啸而至时，大魏帮忙把担架往车上抬，结果他心慌腿软，一个趔趄，差点儿拽着担架扑倒在车前。

他离开了马场。说到底，养马这件事属于勇敢者的游戏。

接下来再干什么呢？大魏有点茫然。耶稣保佑，喜爱阅读的好习惯帮助了他。他每天读中文版的澳洲日报时，发现在报上刊登的所有招工广告中，砌砖工的工资最高，活儿也容易找。条件当然有，必须在建筑行业类的技校学习三个月，考到一张工卡。这个难不倒大魏，中国人的学习能力世界一流。他悬梁刺股地苦战三个月，毫无悬念地把工卡考到了手。

他去了阿德莱德，那地方华人还不太多，找工作更容易。

工资高，但是活儿要比马场苦，其中最关键的是，阿德莱德那一带的上空靠近南极臭氧空洞层，盛夏时节，紫外线高得惊人，有一天他新买了诺基亚手机，干活时带在身上不方便，随手放在身边的彩钢瓦堆上，一排大砖砌下来，手机响了，他从脚手架跳下去拿，拿不起来，原来塑料后盖熔化变形了，跟滚烫的瓦块粘到一起了。

几个月后，他看上去已经像是一个印第安土著人，黑里透黄的皮肤，细长微肿的眼睛，轮廓不够分明但是显然很有力量的下颚，剪得很短、像刺猬一样竖起来的毛糙糙的头发，肩臂宽厚平展，胳膊一使劲，皮肤下面结实的肌肉仿佛小老鼠在滑动。他学会了用英文骂娘，会跟包工头点着计算器斤斤计较地算工时，也会跟工友们坐在酒吧里就着奶酪喝啤酒，看电视里的棒球比赛，掷飞镖，听到粗俗笑话时跟着嘿嘿几声。

酒吧里有个打工的女学生，爱尔兰人，一头泛黄的枯草色的头发，鼻子通红，满脸深褐色雀斑，唯有一双浅绿色眼睛还能招人喜欢。人高马大的女孩子，长出了膀大腰圆的男人的身材，穿紧绷绷的牛仔裤，上身一件松垮垮的圆领衫，印着几个很朋克的英文字：干你！

工友们喝着啤酒，醉醺醺地逗她："西贝拉，你想干谁？""来吧，妞儿，干我吧，包你满意！"

西贝拉一只大手稳稳地抓住五只啤酒杯，滴酒不带晃荡，健步走过来，往大魏他们面前的餐台上咚地一放，眼皮不带撩一撩，拔脚就走。

有人促狭，暗地里伸出一条腿，拦在走道上。西贝拉高昂头，走得风快，眼看要绊上去了，却忽然一转身，拐入旁边的走道去，惹得那人笑骂："丑娘儿们，鬼精！"

大魏起身，走到柜台上，又点了一杯啤酒，指名给西贝拉。西贝拉诧异道："为什么？"大魏笑一笑，答："我朋友说，爱尔兰人都喜欢啤酒。"

西贝拉用绿色眼睛瞪着大魏看，毛茸茸的，像猫咪。她把流淌着冰水珠儿的啤酒杯端起来，凑近嘴边，先喝一大口，心满意足地喘口气，而后，几乎没见到她喉咙怎么动，半升装的啤酒杯已经底儿朝天，滴酒不剩。

西贝拉抬起手背，抹去嘴边的啤酒沫，告诉大魏："其实你不用为他们道歉，这些人就那样！"

大魏想，这个西贝拉，真是个绝顶聪明的女孩子。

就这么一来二去，大魏和西贝拉成了好朋友。一个来自中国，一个来自爱尔兰，在南半球的阿德莱德，同是天涯沦落人。大魏的工资高，请西贝拉喝一两杯啤酒不算什么事。西贝拉在大学读书，读的是很偏门的人类地理学，没有奖学金，父母付学费，她要自己打工挣出生活费，吃用上都俭省。年底时，西贝拉的房东要移居到珀斯儿子那儿，阿德莱德的房子必须售出。房东赔付了西贝拉一个月的违约金，请她尽快搬走。西贝拉无可奈何，拖着行李找到大魏，求他收留几天。

起先是西贝拉睡床，大魏睡沙发，有一天西贝拉半夜起身，不由分说地把大魏拉到了床上。大魏一向对自己的身体比较怯懦，见到女人总是往后退，谁知那晚睡得迷迷糊糊，来不及多想，撞上西贝拉滚烫柔软的肥美身躯，马上感觉到自己的蠢蠢欲动，脑子一热，来了个反客为主，甩开膀子大干了一场。

第二天，沙发撤走了，房间里只剩下一张床，空间大了许多，西贝拉非常满意。

同居半年后，西贝拉竟然怀了孕。可是她没有通知大魏，自作主张地跑到医院里，做了简单的人流术。大魏为此差点儿发疯，红着眼珠子打了西贝拉一个大巴掌。这是他平生头一回打女人。西贝拉不在乎地耸耸肩，坦白告诉大魏："我父母不可能接受一个中国面孔的小孩子。"

大魏于是明白了，无论他有多认真，他跟西贝拉之间的关系就是生堆火，取个暖，暖和过来了就熄火走人。

既然是这样，与其等着西贝拉走，不如他先走。大魏去工地上辞了工，家具被褥什么的都留给了西贝拉，只身登上飞机，到下一个落脚地——墨尔本。

　　我就是在墨尔本认识大魏的。那段时间我在墨尔本的莫纳什大学做访问学者，租住了大魏的房子。我知道大魏是澳洲华人圈里有点小名气的房产投资人，他从九十年代就开始低价买进房屋，专挑那些地段好但是年久失修的老房子，花费不多的钱付个首期，然后自己动手修葺：加固、拿漏、粉刷，厨卫出新，整理花园，砌出围栏，之后转手租出，房租抵扣贷款，腾出手后再盘进第二栋、第三栋……他心态平和，小赚即安，只做低端，不碰豪宅，所以顺风顺水。我认识他的那一年，他手里已经有了大大小小七八套房，也算是墨尔本资产过百万的富人了。电话里他讲话有一点点结巴，声音是从喉咙口发出来的，听起来浅，发飘。等到见面，才发现他体态魁梧，略微发福，但是远没有到不可收拾的地步，大约是他每日都在动手劳作的原因吧。他拎着一盒蛋糕来见我。蛋糕是他自己做的，口味不很好，主要是有一点粘牙，应该是火候没到。不过房主给房客送蛋糕吃，这事本身让我感动。

　　后来我才知道，他是个极其谦和低调，对所有房客以礼相待的人，每周他巡回看望七八栋房子的房客，从不空手上门。他的房客基本都是国内来的留学生，长期或短期的访问学者。每有新人加入，他要带领着去办银行卡、电话卡、地铁年票，熟悉超市和菜场。此外，哪儿东西便宜，哪条路线方便，什么地方能买到二手的日用品，一一交代，不厌其烦。久而久之，他作为"好房东"的口碑大增，穷学生们都喜欢在他的房子里扎堆。

　　我那年刚满四十，他五十有五。我们的年龄大致相当，所以，跟那些十七八岁、二十郎当的大学生们比起来，我们之间有更多的共同语言，有时候坐到一起，弄几罐啤酒喝喝，彼此能聊很久。

他一直都没有孩子。到墨尔本之后，很想找个华人老婆结婚成家，国内的行，香港台湾东南亚的也行，结果却都是成不了事，对方试一回就开溜。实际上他不是性无能，跟黎族姑娘范金花，跟爱尔兰女孩西贝拉，不都是好好的吗？"我想了很久才想明白，"他喝一口酒，啧啧嘴，告诉我说，"我只跟外族人才行，跟同祖同宗的，没戏。心理上落下来的病。"

沉默了一会儿，他一使劲，"喀叭"捏扁了手中的啤酒罐，补充道："他妈的，就是这么日怪！"

冬天，我访问期满，必须回国了。打电话给他，他有点恋恋不舍："真可惜，我们两个这么投缘。"他转而邀请我："一定要到我家里吃顿饭！早该请你了，没想到这么快就走，日子真不经过。"

我能想得出来他脸上感慨唏嘘的神情。

他到我的出租房里来了很多次，我还是头一回去他家做客，空手自然不合适，所以我特地在农贸市场买了一箱加州橙，还有一大捧荷兰郁金香。

到他家才发现，鲜花在这个家里非常不搭调，偌大的客厅和餐室，除了乱，还是乱。桌上、地上、所有的柜子和储物架上，书、报纸、各种纸巾牛奶果汁的空盒子、包装袋、穿过和没穿过的鞋、半干半湿的浴巾、皱巴巴等待熨烫的衣服，铺摊得到处都是。房子也旧，墙面发了黄，窗帘根本不透光，地毯掉毛掉成了光面，脚踩上去都打滑。我没有想到，他把那些出租的房子一栋栋打理得花是花草是草，却对自住的这一栋如此马虎。

他摊摊手，苦笑着自嘲："没有中国老婆，活该过这种日子。"

说话间，从厨房进来一个披着灰色长发的白种女人，矮个儿，微胖，穿花布长裙，皮肤被阳光晒得焦黄，看脸上沟沟壑壑的皱纹，好像有六十来岁，可是我知道当地人不经老，看她走路的步态体型，应该是不到五十。

她给我们送来两杯咖啡，同时右手指间还夹着一支点燃的烟。我注意到她身体的平衡感似乎不太好，走路有点往一边歪斜着，所以满杯的咖啡不免晃晃荡荡洒出一些在地毯上。我急忙出手接过她的咖啡杯。她倒没坚持，杯子脱手后，顺便在桌上一个空的纸巾盒子里弹去指尖的烟灰，对我笑一笑，又点个头，转身上了楼梯，遗下一缕袅袅不绝的烟味。

"艾玛。"大魏指着她的背影介绍说，"我们同居。有五年了。"

五年？不短的时间。他俩为什么还不结婚？

我不便问。家家都有一本难念的经，谁知道他们什么情况。

趁饭前空隙，大魏领着我参观了他的这套别墅：除了客厅和餐厅，楼下另外还有一间起居室，有一间书房，有很大的洗衣间、储藏间、车库，加盖了透明屋顶的宽大木阳台，阳台上甚至还有一间带门窗的木制狗屋。我探头看了看，里面没有狗。不知道本来就空着，还是狗狗在花园待着。

我真心替大魏可惜，这房子要好好打理一下，放在国内，绝对是千万级的豪宅。

最后，我们到了后院花园。澳洲的阳光，即便在冬季，照样灿烂炫目。金子一般华丽的光线里，我居然看到花园中间有一架细木头支撑起来的晾衣竿，两米来长的竹竿上，挂着一嘟噜一嘟噜的腌腊肉，红白相间，油渍漫溢，腊香扑鼻。我不由得咽了一口唾沫。好家伙，这个大魏，到澳洲这么多年，仍旧不忘家乡的风味。

蓦然，我记起了大魏对我说过的故事，三十年前，他悲催的新婚之夜。仿佛我明白了他这一生漂泊的缘由。长夜漫漫，在他的最初，生命将要出发的地方，永远有一线微光，千里万里召唤他的魂魄。

K 线图

有一天夜里，我做了一个很奇怪的梦：我的老外婆顶着一头乱糟糟的白发走到我面前，伸手问我要一部手机。她用的是家乡方言，所以开始我根本没有听懂，两个人都着急，场面无法沟通。我外婆于是动用蛮力：抢！她一把抓过我的手机，拔腿就跑，速度飞快，难以想象这是一个九十高龄的婆婆。我呼哧呼哧地追她，一直追到大地尽头，她抬脚跃下悬崖，我一步没有收住，跟着跌落下去。风声呜呜，大地急速抬升……我醒了，摸摸床头柜，手机还在。

第二天早饭时，我把这个奇怪的梦境告诉老赵，我说我外婆去世已经三十年，还从来没有托梦跟我要过什么东西。老赵神态自若地说，并不奇怪，因为你三十年都没有给你外婆上过坟。

这句话说得我心里阴恻恻难受。外婆去世时，我还在外地上大学，母亲独自一人把她的骨灰送回苏中老家，葬在一处荒郊坟场。我父母都是当教师出身，一向以不信鬼神为自豪，所以三十年中没有提过上坟这种事。问题是，外婆现在找到我了，她老人家离世三十年就管我要了这一件东西，我不能置之不理。

我询问老赵的意见。这家伙跟以往一样魂不守舍，黏黏糊糊，无可无不可地回答我，去一趟也行，图个心安。我说那我妈怎么办？他翻个白眼说，有他在，有李姐在，三两天能出什么大事？

我妈是老年痴呆，已经不省人事地在家里躺了一年有余。李姐是我们花大钱找来的护工，这一年多，我妈的鼻饲、导尿、吸痰、翻身……方方面面都靠她护理。

想想也是，一年多的平静状态，三两天时间岂能打破。再说，我去给外婆上坟，实际上是替我妈尽孝，老天应该明白这个道理。

主意拿定，我着手做准备工作。糊一个纸手机是必须的，这是此次上坟的终极目的。我找来报纸、蜡光纸、皱纱纸、胶带纸，又备齐剪刀、糨糊、瞬时黏接剂，从晚上七点折腾到九点，纸手机始终不能成形，证明我之前低估了手工劳动的复杂性。

还是李姐的一句话提醒了我，她说你不如上淘宝买一个。

我将信将疑地打开淘宝一搜，果真有卖纸手机的！真是"只有想不到，没有买不到"。

手机糊得固然精美，价格也不含糊，三四十块钱一只。关键还要收运费：六块钱起送。我觉得六块钱运一只手机太不划算，干脆又点了这家店里的其他祭品：电视机、收音机、小汽车、五斗柜、微波炉。七七八八一算账，居然花掉了四五百块钱。

这下好了，我外婆应有尽有，可以享她的大福。

淘宝店信誉不错，快递也还给力，两天之后一个轻飘飘的大纸箱子被送到了我家门上。李姐帮我逐一检视，不停嘴地啧啧赞赏：你看人家这巧手！你看人家这巧手！

在单位请好假，临别去长途车站前，我趴在我妈耳边大声说，妈你要好好的，我去给你妈烧手机呀！我又对老赵说，辛苦你了。我还准备了两百块钱塞在李姐手心，作为这两天的额外加班费。总之诸事顺利，大家的心情都算得上风和日丽。

回到老家，才发现三十年前的记忆荡然无存，儿时的老家小巷早已寻觅不到踪影。站在街头惶惶然地给我一个表哥打电话，他赶快骑了自行车来接，这才解决了住宿、吃饭以及后续的寻找老坟的问题。表哥说，那片坟园早已迁址，当年的工作不规范，加之我妈从不回家上坟，外婆的骨灰盒应该是作为无主坟处理了。我追问有可能处理到了哪儿？老实的表哥带着我跑了一趟民政局，又跑了近郊几处新墓园，仍旧似是而非地不敢确认。我怕假期将满，家里的一摊子事又没人照管，只好找个墓园僻静处，对着一大片如林石碑潦草地磕个头，点着了那一纸箱子奢华用品。

上坟结束，照理应该赶紧回家。无奈老家远远近近一帮子亲戚执意不放，这家请了那家又请，热情得让我难以招架。一通疲劳轰炸下来，时间已过去四天有零。

我接到了老赵的紧急电话，说我妈状态不好，让我立即赶回家紧急处理。我一下子从亲情的巅峰跌落到低谷，魂飞魄散地指使他，快，先叫救护车，送医院再说。

心急火燎赶回家中，才知道老赵给我打电话时，我妈其实已经去世。据李姐说，也就是一歇歇的工夫，之前才灌了鼻饲，吸了痰，屁股一转，我妈的脸色由红转黄，没了气息。

还能怎么办？料理丧事吧。打电话喊回了深圳的哥嫂、北京的姐姐姐夫，请了殡仪馆的一个公关团队，一切按程序来，手忙脚乱两三天时间，总算尘埃落定，大家舒一口长气。

其间我打电话咨询了我们单位的资深法医（顺便交代一句，我在本市公安局做人事劳资工作），我妈的这情况如何解释。他说十有八九是血栓脱落，老年人久躺不动，血栓形成是必然的，血栓堵住四肢的话，可以放支架疏通，堵住大脑或是心脏，那就分分钟没救。

我妈走了，李姐回掉了，我的家里一下子空得让人虚弱。这些年，从我儿子出生，我妈我爸一直跟着我生活，开始是帮忙带小孩，小孩大了，我爸也去世了，我自然不可以把守寡的母亲放走，她老人家就一直住了下来。我大哥说，这样也好，妈的退休工资高，多少能补贴你们一些。这话实在。我是个科级公务员，老赵是市里三流中学的数学老师，我们两个的工资都比不上早已退休的老妈。后来我妈痴呆，病倒，请护工看病的钱都由我哥我姐他们均摊支付，我就更没有理由对我妈照顾不好。几十年的相依为命，冷不丁她老人家一走，确实让我空虚郁闷。

大哥大姐走前，最后一次到我家向母亲遗像鞠躬告别。我怕他们对我有话要说，事先就打发老赵去菜场买菜。我们家里一共三间住房，原本是我和老赵一间，儿子一间，我妈一间。自从儿子上了大学，老赵迫不及待把自己的东西搬进去，鸠占鹊巢，儿子回家只能客厅里拉张折叠床铺。我妈的房间，暂时保留原貌，撤去李姐的折叠床后，显得宽大不少。我妈的遗像放在我卧室的矮柜上，披了黑纱，摆了供品。旁边一左一右摆着我爸和我外婆的遗像。一溜三个镜框，黑白面容，时光凝固到让人窒息。

我大姐不允许我把这些遗像供在卧室里，她说阴气太重，对我的生活会有影响。"最多过了头七，你把这些照片统统收起来！"她以一个京城处级官员的口吻对我下达指示。

我大哥却是以一个生意人的细心发现了不同寻常之处，他说外婆的这张照片一直被妈藏在什么地方的，三十年都没有面世，怎么就被找出来了。我回答说找出来有段时间了，还是春节大扫除，老赵从餐边柜的最下面一个抽屉发现的，他当宝贝一样拿到我房间，之后一直搁在这个矮柜上。

我大哥对着外婆的遗像沉吟许久，像是不经意地问我："你说你回老家上坟是外婆给你托了梦？"

我说是，外婆要手机，我顺便给她多烧了电视机收音机什么的。老人家生前没有享过电器时代的福。

"你说，三十年中外婆头一回入你的梦？"

"头一回。我一般睡着了不做梦的。"

"那你是因为天天对着她的遗像，日有所思夜有所梦。"

我恍然大悟：原来是这张遗像惹出来的事。

大哥步步紧逼："老赵一个懒得不能再懒的人，居然自己动手大扫除？藏了三十年的一张遗像，怎么偏给他找到了？他明知道你胆小，还把遗像摆在你房间，故意对着你床头，吓唬你还是什么意思？"

大哥说到此时，故意留下思考空间，只拿眼睛犀利地盯住我。大姐也跟着严肃了面孔，一副欲言又止的样子。

我不知所措。说实话，我大哥大姐都是智商情商超高的人，所以他们都能在外面闯出一片天地。在咄咄逼人的兄姐面前，我从来都自认懦弱而愚钝。

这事到此为止，大哥大姐当天就离家去了机场，又一次成为分飞的劳燕。而且，我想到，我妈这一去世，维系我们之间亲情的这根纽带就算是断了，从此大家天涯路人。

这么一想之后，夜里我跑进我妈的房间，躺在她睡过的床上，流着眼泪难过了一夜。

老赵一切如常，我妈的去世似乎对他没什么影响，正常上班之外，他照例埋首在自己房间里，没完没了地画那些坐标轴曲线图，读那几本翻破了的《代数学》《几何论》《数学方法论选讲》。这也难怪，我妈毕竟是他的岳母，之前能够陪我度过混乱不堪的一年多时间，算是他的包容和大气。

可是我大哥临走前的几句问话，还是在我心里埋下了一个梗。推算他的想法，应该是这样的一个逻辑：老赵厌倦了家里长年累月有一个卧床不起的老太太，而老妈的身体情况好像暂时还咽不下最后那一口气，于是老赵买通了护工李姐，开始谋划一个"自然死亡"的方案。执行这个方案的关键之处在于我的离家时间。前面说了，我在市公安局做人事后勤，年复一年几乎没有出差在外的机会，所以这个机会必须要由老赵不显山不露水地制造出来。这样，春节借大扫除的机会，他翻出了我外婆的遗像，特意放进我的卧室，只要我梦中有外婆出现，他就会下结论说，这是我从未去给外婆上坟的结果，我欠了外婆的生死债。他知道他这么一说，我必回老家无疑，我只要一出家门，空当立即出现……

我想得浑身发冷，心里一阵阵地哆嗦。不不，这不可能，这根本是国外推理小说一样的演绎，老赵就一个书呆子，他连三流中学的数学课都上不好，五十出头还没评上个高级教师，他除了喃喃自语什么"黎曼假设""霍奇猜想"，什么"斯托克斯方程"，除了埋头在纸上画那些让我生厌的曲线，计算那些乱七八糟的数字，他什么能力都没有，出门买张火车票都不知道应该往哪儿跑。

可是我妈在床上躺了一年多，鼻饲正常，排泄正常，生理各项指标也都正常，她怎么会偏偏在我出门的几天突然间没了呼吸？

纯粹为了给自己一个交代，我利用市局的办事方便，瞒了老赵，去小区保安室调取了我妈去世前那几天的监控录像。感谢这个遍地摄像头的世界，它让我看见了老赵天天早上七点钟推着自行车出楼门，晚上六点多钟推着自行车回家，《新闻联播》结束之后再出来散步，顺便买第二天早上的牛奶面包。看见李姐在上午八点钟拎了篮子出门买菜，下午四点钟趿拉着拖鞋出门扔垃圾，包括我妈换下的尿垫尿布。每天如此，时间准确到分钟。没有可疑的人被他们带回我家，也不见他们两个勾肩搭背神情有异。

如此说来，我大哥完全是多此一疑。他远在深圳，从不过问我妈的日常料理，临了还给我埋这么一个梗，是否纯属捣乱？

然而再想想我妈的死亡时间呢？死亡时间，死亡时间……还有那张突然出现的外婆的遗像，我的那个莫名其妙的梦。

我简直觉得我要疯了。每天跟老赵形影相对，做饭给他吃，替他洗衣服，说话不足三句，忍受他闷得不能再闷的臭脾气，一辈子都进入不到他那个曲线和数字的世界，还得在心里反复思忖那个界于可能和不可能之间的"谋杀"疑虑，这使我的生活处于崩溃边缘。

老赵似乎完全没有察觉到我的异常。这些年中，我们夫妻间各上各的班，各用各的钱，除了儿子回来一家人出门下个馆子，我们没有手拉手散过一次步，没有去影城看过一次电影，夫妻关系本就已经貌合神离。我妈痴呆前，有她老人家做润滑剂，老赵还时不时恭恭敬敬坐在客厅里陪我们说上几句话，我妈人事不知后，伺候她的事情由李姐接了手，老赵连做戏都不必了，理直气壮地一头扎在他的房间里，除了吃饭上厕所，面都不肯露一个。好几次我都想动手把他揪出来，碍于李姐在，硬生生地又憋回一肚子火。现在，我妈和李姐都不在了，两个人的生活更是变得简单而马虎，有时候我懒得做饭，下班从食堂里买两份饭菜，回来微波炉里一加热，三分钟吃完，抽张餐巾纸擦擦嘴，各人回各人房间，我看电视，刷朋友圈，他对着电脑左画右算。成习惯后，我们甚至连彼此的房间都不再进，似乎是有了障碍。

想想还有几十年的日子要在猜疑和隐忍当中过下去，真是够悲哀的。

秋天，儿子在微信上给我留了言，说他在上海天天挤地铁上班，人都被挤成木乃伊了，他准备加入摇号买车的队伍，万一摇到了，买辆十来万的代步车，下回我们去上海，他还可以驾车带我们玩。

嗯嗯，看起来很美好。而且，年轻人工作了，买辆十来万的车，不算太过分。

关键是，儿子说了，他没钱，要找我们赞助，拍下车牌的费用加上购车款，请我们为他备好二十万，随时会提取。

我查了一下我的银行卡，卡上的钱不足十万。这年头，凭一个小公务员的工资要攒出几十万，还真不是容易的事。我的同事中也有家财突破百万的，那都是他们有眼光，早早地开始买房卖房，几个跟头翻下来，才变得财务自由。我和老赵不行，我们俩都是死脑筋，只会守着工资过日子，要不是早年单位分了这套福利房，我们现在怕是栖身之处都难找。

可是儿子就这一个，苦谁都不能苦了他。

我去敲敲老赵的房门，通报他我要进去了。他嗯嗯了两声，也不知道是同意还是不同意。不管了，好歹也是自己的老公自己的家。推门后，先看见老赵一个穿睡衣的微驼的背影，接着看见电脑上闪烁的红绿黄几种颜色的曲线图，而后落入眼中的是床上胡乱堆起的被子、床头柜上和桌上高高摞起的书、一大包用作草稿运算的 A4 纸、一小包刚刚拆封的圆珠笔、垃圾篓里堆得冒尖的废纸团。散落在各处的还有零食：薄荷糖、话梅条、五香豆，都不是什么好东西。我们家里一向严禁抽烟，零食大概是他跟数字苦战时的可怜的慰藉。

我进门的瞬间，他已经切换了电脑上的曲线图画面，转身，很警惕地看向我。

速战速决，这房间里的气氛完全不适合久待。我简短地说了一下儿子的要求，问他是否可以为儿子贡献出买车款项的一半即十万大洋。他面无表情地听，我从他脸上几乎看不出他的心理活动。"有，还是没有？"我追问。他摊摊手，回了我一句："才工作的人，有必要买辆车？"

我一下子火上脑门。你真是个孱头！我骂他，你看看你这些年都做了什么？钱钱没挣到，职称职称没评到，几十年的饭吃狗肚子里了！你再看看我大哥，公司都要上市了！我大姐夫，人家好歹也混到厅级领导了！撒泡尿照照你自己，天天上班混日子，回家就捣鼓你那些该死的数学题！你以为你是天才奇才？这世上还能有第二个陈景润？牛顿扔一个苹果能砸到你头上？醒醒你的大头梦吧老赵！有这份时间精力，想想怎么让儿子过得好一点行不行？

我妈一直都说我懦弱，逆来顺受，几十年里我还真是没跟谁红过脸，可是那一天我不知道怎么就像疯了一样，把我多年的委屈不满噼里啪啦砸出一地火花。事后想想，其实还是跟我对他的猜疑有关，还是我大哥埋下的那个梗。唉唉，人的这一颗拳头大小的心，实在脆弱到放不下一个多余的念头。

老赵那天没有反驳我。事实上他也不是一个能言善辩的人。他灰白了脸，就那么垂头丧气坐着，穿了多日的睡衣散发出一股酸腐味，乱糟糟的头发使他的脑袋看起来出奇的大。

晚上我没有做饭，打电话叫了两份外卖，我自己吃了一份，留一份在桌上，接着就回房间，并且插上了门闩，倒头睡觉，七想八想好久没睡着。

半夜起来上厕所，顺便看一眼厨房，那份外卖不见了。我松一口气：总算爆发没有导致决裂。

日子还是波澜不惊地过，早饭、午饭、晚饭、上班、下班、睡觉。没见到他有任何改变自己的迹象。我也一再警告自己要克制，克制，千万不能再那样歇斯底里。

天开始凉了起来。我从壁橱里翻出两床厚点的被子，摊开在阳台上晒了晒，一条他用，一条我用。他的被套床单的换洗节奏一向都由我掌握，我不动手，他也许会年复一年用到烂才罢休。

我趁他不在家时进他房间里换被套。拉开枕头，简直哭笑不得：下面垫着的全是各类数学大师的经典论著、一沓一沓的演算稿纸、一张又一张波浪形状的曲线图。这人算不算麻木啊？他垫着这些东西怎么就不嫌硌得慌？

然后，我看着那些带坐标轴的曲线图，忽然之间灵光一闪，老天，这不是天天登在报纸财经版上的股市 K 线图吗？我没炒过股，可是架不住我看报纸看电视啊，K 线图天天在我眼前晃，财经节目的主持人天天口沫横飞地说，我不懂股票还能不懂这个叫 K 线图？

我一点一点地想起来了，很多很多年前，深发展股票刚刚在深圳市场发行时，限购，每张身份证只能买很少的一点份额，于是家家户户都动用了外地亲戚的资源。我大哥拍电报过来要我把身份证航空寄过去让他开户。我不知道大哥最后收集到几张身份证，一共买到了多少股，不过几年之后他赶在股市头一回崩盘前卖掉了深发展，好好地赚了一笔钱。我的那个深交所的户头，他一直没有销，有一次回来时把那个软卡交给了我，还说在户头上留了一万元，算是酬金，也方便我有兴趣的话接着买股票玩。他着重叮嘱我，账户密码是我的生日。嗨，我哪里是个会玩的人呢？再说那时候我儿子年幼，父母已老，家里家外一大摊子事就忙得焦头烂额，根本无暇他顾，那张以我的身份证件开户的股市卡，我顺手就给了老赵。

如此说来，这些年中老赵一直在用这个账号炒股票，用这区区一万块钱的本金。他天天钻在房间里，不光是捣鼓那几条数学题，还兼带钻研股市 K 线图。他画了多少年的曲线坐标轴，就在我的眼皮子下面，我怎么就直着脖子视而不见？我荒唐不荒唐？

人类总是逃不过一颗好奇心，自然我不能免俗。我非常想看到他这么一个人到底能在股市上挣到多少钱，一万块到底是变成了两万、三万，还是早已亏得精光。

我放下被套，抓紧在他房间找那张股票交易卡。拉开一个抽屉，卡片直接就扔在一堆证书和废旧的磁卡、U 盘、手机卡、相机卡中间，硬纸片已经发黄，边缘却不见多少磨损，可见他使用的时候不多。这让我多少有些失望：说到底，他还是个述而不作的庸才，钻研了二十多年的 K 线图，仅仅是打发时间而已。

不管怎么说，我还是决定要查个究竟。公安局里混了这么多年，凡事要一拧到头的意念已经深入我的骨髓。

第二天上班时间，我找个借口溜了号，打出租直接杀到市中心最大的证券交易所。大概是股市行情不让人乐观的时期吧，交易所里电脑比人要多，冷清得不像个做交易的地方。我瞄到柜台里有个笑眉笑眼看上去很好说话的姑娘，走上前把我的身份证和股市卡递给她，说明要查看卡里的股票金额。

她接过我的老旧卡片，翻来覆去看了好几遍，抬头笑眯眯问我："您有好些年没到柜台交易了吧？我们这儿很早就换磁卡了。"

我说我忙，一直没空过来。她热情地表示今天就可以给我换掉。我坚持说今天不换，时间来不及，改天再来。她善解人意，开始操作我的老卡，把卡号什么的输进电脑。

我心神不定地抬头看钟，想象着如果她哀叹一声"您的卡里没有余额"，我会不会脸红。

她果然有一声叹息，不过不是哀叹，是惊叹。她欢叫着："您的眼力真好！您买的股票今天还翻了红！"

翻红就是挣钱了，这个我懂。我问她卡里的股票大概值多少钱。她有点怀疑是不是听错了我的话，在她看来，玩股票的人不会对自己账户里的资金一无所知。我再次重复了问话。她出于礼貌，把自己的疑虑憋回心里，瞥一眼电脑，告诉我说，目前我这些股票的市值是一百零二万零三十二元。不过每秒钟都会变化。

多少？我又问一遍。

一百零二万零三十二元。她随手在便条上写下了这笔巨款的长长一行阿拉伯数字，谦恭地递给了我。

我拿着这张纸条，有一瞬间觉得这上面是一个与我无关的莫名其妙的什么数字。我对它丝毫没有感觉，既陌生，又疏离。

愣怔了有两分钟的时间，我再次俯向柜台。"麻烦你小妹，请帮我卖掉这些股票。"

"哦。"她说，"您决定啦？最近可不是卖股票的好时候。"

"卖掉它。"

"好的。不过您还是挣钱了，您运气真好。"

她手脚利索地帮我以现价挂单。大概我这些股票真是很不错的优质股，我靠在柜台上等了不到十分钟时间，股票全部卖出。扣除手续费，收益仍然在一百万出头。又花了一点时间，这笔钱平安转移到了我的一张银行卡上。

当天晚上，我们家里爆发了真正的家庭大战。我把从证券公司拿回来的卖出股票底单、资金转账收据什么的拍在老赵面前，问他这么多年瞒着我炒股，瞒着我挣钱，居心何在？炒股这事都能瞒我，其余诸事还有什么不能隐瞒？这个家到底还有没有别的骗局存在？（我其实指的就是我妈的突然离世，他也心知肚明。）我说着说着就忍不住岔开话头，第一百次地提到他的懒散，他的邋遢，他的不求上进，得过且过，自甘堕落，自绝于社会，等等。

他照例地一言不发，因为嘴笨，或许还因为不屑，我不能确定。我现在对他的所有状况都不能确定。我有理由怀疑我们之间几十年的结合是不是由一个骗局加另一个骗局组成。我想我这么多年兢兢业业为家庭付出，非但从他那儿得不到一丝丝的肯定，还被他以一张股票交易卡打得我措手不及！说到这里，我已经怒从心生，果断地提出我要跟他离婚。

"离婚，你可以对我和儿子不再负责任，可以想怎么活就怎么活，大家各自珍重。"我的口气冰冷。

他闷着头想了一会儿（也可能装作想了一会儿），语气平和地回答我，那好，我同意离婚。

接下来，我发现他的脑子超级清醒，极短时间就对家庭财产列出了分配方案。他说我们住的这套房子是我单位分的福利房，自然房产权属于我。股票卖出所得一百万，是用我大哥给的一万块钱做本金，原就是一场游戏，用这些钱给儿子买车，日后贴补买房，都可以，反正他分文不取。他想带走的只有他的电脑和所有数学书籍。

说完这些，他起身回他的房间。走到门口时，他回头看看我："那些股票，你要是迟个三五天卖，获益更多。可惜了一点儿。"

他关上房门，留我一个人怔怔地站在客厅里，思来想去，检讨着我刚才有没有说错了什么，做错了什么。我惶惶不安，感觉我对他越来越没有把握，他完全不是我从前熟悉的老赵。

离婚之后，我一个人生活。大哥来电话说，如果我觉得心情不好，可以选择提早退休，去深圳长住，顺便也能在他公司里帮个手。大姐找我微信聊天，说她报了个旅行团，去欧洲，让我休个年假，跟她同去，费用她包。我一一谢绝。我不是怨妇，也不是弃妇，我是主动选择了离婚，干吗都觉得我需要怜悯！倒是儿子的做法让我开心，他上淘宝买了一大堆零食快递回家，手机上留言说：妈，女人可以不要男人，不可以没有零食。我笑喷。九〇后的孩子就是洒脱。

冬天即将来临。我喜欢每一个换季时刻，借此可以整理衣橱，把下一季的衣物拿出来，再把上一季的衣物收进去，闻着阳光或是樟脑丸的气味，心里有小小的改天换地的欣喜。我翻出了老赵的几件冬衣。是他故意遗忘的呢，还是不准备再要的呢？这么多年，老赵的衣物都由我购置，没有了冬衣，他会不会一个冬天就那么瑟瑟缩缩地对付过去？

我决定将这些冬衣送还给他。离婚近一个月，我们之间还从未电话联络过，说句真话，我很想看看他一个人会把日子过成什么模样。

我打他手机，手机居然不通，销号了。手机销号的原因用脚趾头都能想明白，他要跟我彻底断绝关系。我马上拨给儿子，问他知不知道他爸的消息。儿子嗯嗯啊啊，估计是知道，是老赵不让他告诉我。我一下子怒从心生，坐地铁赶到他的单位，那个地处城郊的三流中学。正是中午休息时间，学校门口尽是勾肩搭背啃着各种串烧的嘻哈少年，穿鼻洞的染头发的统统都有，衣着也是奇形怪状，怪不得老赵在这个学校混得那么万念俱灰。我敲开传达室窗户，亮出我的工作证，说明我要找老赵。那个眼神迷糊的老头儿听着收音机里的评书，爱理不理回答我说，老赵不在了。我脑袋里咚地被锤子猛敲一下，惊慌失措问，"不在了"是什么意思？什么叫"不在了"？他说，这都不懂？不在了就是走了呗，辞职啦！见不到啦！是个人物谁愿意在这破学校待着？白耗精神嘛。

我脑子里轰轰隆隆，再一次被老赵震到了。这个懒洋洋迷瞪瞪的家伙，他还真是能够给我制造惊诧。

可他忘了我是公安系统的人，公安的绝活儿就是从茫茫人海中准确捞出需要寻找的那一位。下班的时候，我在门口拦住一个刑警大队的小伙子，直截了当要求他："帮姐一个忙。"

我在局里做劳动人事工作，单位里的人升职调动个个都要经我的手办理，算是多少有那么点小权威。小伙子很懂事地拍胸脯："说，帮什么忙？"我告诉他要找老赵的事。他瞪着眼睛："不会吧？我姐要找姐夫？你们……"我用劲踩他一脚，他立刻收起了嬉皮笑脸的劲儿，保证说一定能找到。"哪怕他天涯海角，只要还在这个世界。"他正经八百地立誓。

果然，三天不到，小伙子交给我一张纸条，上面写着老赵新的住址，新的手机号。他还贴心提醒我："房子是上周新买的，房产证上是他的名字。"

这太不同寻常。老赵是净身出门，而我们这个城市的房价早已经动辄数万。

一夜未眠，躺在床上思考了无数种可能，我觉得猫腻还是出在股票账户上。

隔一天我再去那个市中心的证券交易所，还是找到那个笑眉笑眼的姑娘。我庆幸那一次没有来得及将我的股票账户销号。我问她，能不能像银行那样，帮我打出一张近期交易详情单？她说要打多久的？我犹豫了一下，告诉她先打出半年之内的吧。

拿到这张交易单，我坐在大厅里看了半天，模模糊糊弄明白，从我妈去世之后不几天开始，老赵就有条不紊地大手笔地卖出这个账户上的股票，总计卖出了差不多五百多万的市值。然后有一天，在我懵里懵懂拿到这张交易卡去查验一切前，他已经漂亮地转移出了五百多万现金，给我留下了价值一百万的未卖股票。

　　这也就是说，二十多年前从这账户上的一万元起步，他居然成功地将这笔钱翻高了好几百倍。

　　我得坐下来，好好地歇一歇，以免让这个巨大的数字惊着。现在我有点明白了，他一年又一年地窝在家里，翻来覆去地画那些看似杂乱无章的K线图，其实就是他的日常必修功课，他是用一个数学老师的精密大脑不动声色地创造了这个奇迹。

　　隔日，我拿着那张地址条去城北的住宅区找他。在一大片迷宫似的七八成新的高层住宅中，我绕了几个来回，终于发现了纸条上标明的门牌号码。摁响了门铃，他果然在，穿着一套皱巴巴的棉睡衣，脚上趿着棉拖鞋，脸色焦黄，目光混浊，明显是熬夜之后精神不足的样子。两室一厅的房子里几乎遍地垃圾，烟灰、烟屁股、屋角的快餐盒、东一只西一只的鞋、脱下来没洗的硬邦邦的牛仔裤，桌上还堆了三四个方便面的杯碗。

　　"你抽烟啦?"我嗅嗅一屋子的秽气，动手帮他打开了两扇窗户。

　　他不说话，脸藏在电脑屏幕的闪烁光线里，屏幕上是我完全看不懂的公式和字母。

　　"你行啊，"我说，"终于实现了人生和财务的双自由，可以一心一意攻克你的世界难题了，要祝贺你。"

　　他嘿嘿地笑。

　　"干吗要瞒得这么辛苦?干吗要挑在我妈刚去世的时候?"

　　他嗫嚅:"是个契机吧，那个学校……辞职是早晚的事，你妈去世得太巧了，我有负担，没法洗清……"

我打量他新买的房子。两个房间，一个卧室，一个书房，面积都不大。房间装修得也马虎，乳胶漆四处开裂，地板变形得厉害，白墙上还有前任房主小孩留下的稚拙画迹。

"五百多万，就买了这个?"我指指左右几扇窗户。

"哪能!"他说，"一半。留一半吃饭。"他脸上活跃起来，"十年之内，我可以心无旁骛。"

"十年之后呢?"

他耸耸肩膀:"再战股市。"

我撇了一下嘴，说好运气不可能都让他碰上。他反驳我说，他做股票不凭运气，凭计算和判断，K线图是颠扑不破的真理。

"真理也不都在你这一边。"

他沉默几秒钟，一个字一个字地，使用一种很文艺腔的口吻说出一句话:"文素兰我告诉你，人这一辈子，梦想很重要。"

说完这话后，他整个人都轻松了下来，眉眼都变得柔和，像电影里那种几番生死从战场归来又拿起铧犁的忠厚农夫。当我的面，他从桌上的烟盒里抽一根烟，擦一支火柴点上。我不自觉地伸出手，扇一扇呛人的烟味。他看见了我这个动作，却并不忌讳，自得其乐地眯缝起眼睛，享受着烟雾缥缈的快乐。

他似乎不想再说什么，只等着告别送客。我走之后他会干什么呢?重新回到他的"黎曼假设"或者是"霍奇猜想"中?屏蔽世界，隔绝生活，只与他的那些数字公式定理晨昏颠倒滚作一团?我不出声地盯视他的那张脸，那张裹缠在袅袅青烟之中，时而模糊时而清晰，让我熟悉又让我陌生的脸。不知道为什么，那一瞬间里，我忽然感觉到莫名的心动，我重新被这张淡漠无趣的面孔迷住了。

周日，我去超市买好了两大包食品日用品，打车弄到了老赵的新家。他还在蒙头睡觉，门铃响了好半天，他才揉着眼睛出来开门。他不太情愿让我进去，嘴里一直嘟嘟哝哝。我不看他的脸色，撸起袖子打扫卫生，从擦窗户开始，清除垃圾，拖地板抹桌子，同时开动洗衣机对付他的脏衣脏袜。他扎撒着两只手，紧皱眉头，几乎怀有敌意一样，若有所思地观察我的一举一动。

再过一周，我买好了新鲜菜肉，准备给他好好地做一顿饭菜。我按门铃，他知道是我，死活不开。我说我不会妨碍他，饭菜做好就走。他在门内大吼一声："放下你的虚伪！"我哭笑不得，又拿他无可奈何，只好把一袋子食材丢在他的门口。我塞张纸条到门缝里，提醒他："要拿进去放冰箱。"

再下一回我过去时，开门的居然是一对大学生。他们告诉我，房主把房子租给他们就下乡去了。我诧异："下乡？下哪个乡？隐居吗？"两个大学生情侣咯咯地笑，一副没心没肺的傻样。

我可以让刑警队的小伙子再帮我找他，还是那句话，只要他活在世上，没有公安找不出来的人。可是我不想再这么做了。我不想让他讨厌。我也没必要如此无聊。我还打电话嘱托儿子：如果你爸不肯把地址给你，不要强求。

倒是我养成了一个说不出口的习惯，每天要关注一下网上的科技新闻。万一有他的喜讯呢！万一这世上真有第二个陈景润，解出了十大数学难题中的某一个，至少是把某一个难题的解题思路往前推进了一小步呢！

我是真的盼着有一天能在哪张报纸或者哪个网站上见到老赵的名字。对了，我还一直没说，他的全名是赵原子，中国爆炸第一颗原子弹的那天，他妈生下了他，给他取了这个古怪的名字。

布里小镇

退休之后我开始怀旧，凡年轻时候去过的地方，所有那些留下过踪迹和记忆的场所，都想重新寻访，仿佛是要给自己的一生建档造册一样。我用两年时间，去了童年生活过的老家县城、十八岁插队的农场、大学校园、此生头一回到过的海滩、职业培训住了一段日子的特区度假村、曾经碰到过一个心仪男人的边陲小镇、川南一处差点儿让我失足坠崖的绝佳风景胜地……我一个人，不急不忙，慢慢地欣赏，还真是生发出许多从前未曾有过的感悟。

好在我的人生经历简单，做了一辈子机关人事工作，去过的地方真是屈指可数，就这么隔三岔五地出门，走走停停，两年之后，搜肠刮肚也找不出遗漏之处了。

于是我抬起眼睛，往世界的边边角角望去，脑子里浮现出一座古朴安静的英格兰小城，那是三十年前我在英国陪丈夫读博的时候住过的地方，那里有无边的缓坡和森林、童话般漂亮的大学校园，还有三岁女儿就读幼儿园时我每天接送她必走的弯曲小巷。我们离开之后还没有机会故地重游，何不趁体力尚好时再去造访一次？

小城叫布里，英国很典型的大学城，也是伦敦的卫星城，从上海浦东直飞英国希斯罗，再搭半小时城铁，轻轻松松便能到达。问题在于，国内我能一个人随便行走，国外我还没有这个胆量，何况语言不通也是麻烦。这样，我便动员了我的丈夫苏明同行。说起来，布里应该是他的故地，他去读博两年，我带女儿去做陪伴不过半年，他对小城的感情应该远胜于我。

苏明在大学教书，本科生的课已经不上了，手边有几个博士生带着，算是半退休的状态，时间上可以自由。说句年轻人无法理解的话，结婚三十多年，我们夫妻从未有机会单独旅行。年轻时有孩子缠身，小学中学大学，各种补习班，月考期考中考高考，无一日消停。中年之后彼此懈怠，各人忙于应付自己单位上的一摊子杂事，再无精力你唱我和，出差次数不少，但旅伴仅限于身边同事，家里倒乐得省了这笔费用。

签证，订机票订旅馆，收拾行装，准备礼品，手机办国际漫游加流量包，一切一切都由我来料理。苏明偶尔踱过来，看我塞进箱子的大小物件，皱眉嘲笑，说我不像旅游，像搬家。我不理睬他。他拿脚尖踢踢箱子，郑重抗议，什么毛病！电热水壶都带着？我就火了，我说你做甩手掌柜也罢了，还跑来说三道四，到时候我喝热茶你喝自来水！他瞥我一眼，摇摇头走开，之后一直没碰那口箱子。

到七月中旬的一天，我们如愿搭上高铁，去往上海浦东。一路上他都在看手机，浏览朋友圈的消息，参加各个微信群团关于南海问题的讨论，对我们将要开始的寻访故地之旅不置一词。对这一点我其实习以为常，因为我们即便在家，也都是各混各的朋友圈，夫妻之间反倒少有交流。但是列车快要到站时，他突然问了一句话，让我很不高兴。他问我，有没有换点英镑零用！我故意回答说没换。他马上严肃责问我怎么回事！不换零钱怎么出门？我抬眼问他，你怎么没去换？难道你不该帮我操心吗？他嘴里嘟嘟囔囔，神情中全都是对我的不满。直到我打开钱包，给他看了那一沓花花绿绿的外币，他才讪讪住嘴。

到了浦东机场，托行李，安检，出海关，登机，一路无话。我们随身带了一个装满食物的包，因为英国的餐饮实在叫人难以接受。包有点重，他坚持要背，我怕他腰肌劳损的旧疾再发，不让他背，纠缠了一会儿，还是由他背在身上。类似这样的事情，他倒一直是照顾我的。后来上了飞机，发现后排有好些座位空着，可以放倒椅把躺下睡觉，我让他去躺着，他死活不肯，翻来覆去强调一句话：我只买了一张座位票。僵持之后他居然瞪了眼睛，嗓门都大了起来，差点儿让邻座误以为我们要吵架。最终我抱着枕头和毛毯往后排走去时，心里一个劲地骂他死脑筋。

到了布里，时间已经是第二天中午，预订的酒店令我很是满意，小而洁净，有居家的温馨。我忙着打开行李，烧水泡茶，苏明忙不迭地要出门吃饭。我想是三顿飞机餐把他折磨成了一个饿鬼。

我们吃的是中国餐，有回锅肉片，有醋熘白菜，还有西红柿炒鸡蛋。苏明最后把三个菜里的汤汁都倒进碗里拌了米饭。他一定是想起了从前在这里当学生时的窘迫生活。我看着他狼吞虎咽，不由得心疼起他来。

下午，我让他先补个觉，倒一下时差，他却突然地因为故地重游而变得兴奋，迫不及待地要去见他当年的导师布莱恩先生。离开布里三十年，一开始他们之间还互有信件往来，慢慢地、自然而然地，彼此就断了联系。苏明离开时布莱恩先生五十岁的样子，精力充沛，花白的小胡子非常漂亮，每说三句话就要仰天大笑一阵。还有，他出行都由夫人开车，因为他考了二十次驾照都没有考过，成了布里大学校园里一个灾难性的笑话。苏明低头在他的背包里翻找一本旧电话本子时，我让他猜布莱恩先生现在有没有开上车。苏明一边把胳膊伸到背包夹层里掏，一边回答说，猜什么猜，他导师不是凡人，当然做不好凡人才会做的事。

苏明掏出他的宝贝电话本子后，立刻照着那上面的号码拨电话。拨了几遍，死活都不通。他有点烦躁。我拿过本子一看，那上面还是六位数的号码。三十年过去了，现在有多少地方还用六位数的号码？朝鲜吧？我说。他一声不响，闷头在房间的各个抽屉里找本地电话黄页。自然也找不着。有了智能手机之后，从前的这些东西都失去了使用价值，渐渐地也不再占用酒店空间。

他终于死了心，直起腰，在房间里怔怔地站了一会儿，下决心说，我们直接过去，敲他的门，也许还有惊喜。我觉得也只能这样，虽然老外未必喜欢这种惊喜。

在酒店大门口，我提醒他找那个模样机灵的门厅接待员问一下路，因为他那个旧电话本子上有现成的布莱恩家的地址，问一下更加保险。苏明回答说不用，他有印象，跟着他走就行。我知道苏明向来最怕开口跟陌生人搭话，尤其不喜欢问路，也就没有强求。

我们出门，过马路，穿过一道人行天桥，拐向了右手的双向汽车道。这一带我似乎还有印象，以前我们每周六去超市采购，总要在这个天桥下逗留，放下沉重的购物袋，给女儿买个冰淇淋。那时候周六采购是大事，我们来回要走很远的路，背巨量的米、面、油、蔬菜、水果、牛奶、调料，七七八八。超市食物便宜，若是在家门口的小店买，价格会贵出许多。每一次采购都是重体力劳动，即便寒冬，内衣也会湿透。我至今做梦还会梦到苏明当年弓腰曲背气喘吁吁的样子。

英国小镇上的道路都不讲究，人行道窄得只容一人通过，路两边杂草丛生，藤蔓和灌木交错挤压生长空间，黄色和白色的野花星星点点闪烁，灰白色的蘑菇简直俯拾皆是。我记得我以前总喜欢在雨后拎个塑料袋收拣这些不花钱的美物，回家洗干净切碎烧汤，鲜香无比。那时候农学系的中国学生还专门出了个小册子，教陪读家属们如何识别蘑菇的有毒品种，以防误食。

我们两个在狭窄的人行道上一前一后走了多半个小时之后，我感觉不太对头，因为城市已经留在身后，而布里大学的校园还遥遥无望。我喊住他，说我们肯定错过一个路口，前面就应该左拐。他头也不回道，布莱恩先生家是在校园右侧。我说那也该先进去校园，才能找到右侧。他不耐烦，转身看我，口气很不屑地说一句，布里的路，我熟还是你熟？我只好闭了嘴，闷头跟着他走。

一下子又是半个小时，前面隐约出现了高速公路，一辆接一辆的汽车在看不见的路面上呼啸来回。我站住不动，赌气说，再走要走到伦敦了。他好歹停下，抬头四顾，似乎也有点茫然。我坚决要求回头。他想了想，指责我太没有方位感，条条大路通罗马，从前面一个路口左拐，照样能走到学校。我说那不是绕了一个更大的圈？他说回头就不是绕？信不信量一量，回头路会更长。我被他的胡搅蛮缠弄到恼火，丢下一句恕不奉陪，毅然决然地转过身去。走了两分钟，发现身后没有脚步声，我又忍不住回头，看见他一个人，孤单单地坚定不移地还在往前。

英国南部的夏季，阵雨总是说来就来。就在我踟蹰着要不要赶去陪他时，乌云遮盖了头顶，铜钱大的雨点噼里啪啦砸在路上，弥漫起一股热烘烘的泥土和草汁混合的气味。我缩了脖子，双手抱在胸口，四下巡睃有没有可供躲雨的建筑，因为我当天穿的是一件淡色衣裙，湿透之后会极不雅观。可是我们当时已经走在乡间道路之上，眼见得大雨将要倾盆，周围除了树木草坪，找不着一砖半瓦。我既狼狈，又焦灼，弓腰曲背地站在路边，心里叫苦不迭。

一辆丰田汽车在雨中开到我面前，车窗摇下来，开车的竟然是中国小伙子，他伸头唤我，问我要不要搭车。我一阵惊喜，差点儿要喊出一声上帝保佑，急急忙忙冲下路基，拉开后车门，湿漉漉地钻了进去。进去之后我马上想到苏明，可怜他此刻也一定在雨中蹉跎。我跟小伙子商量，能不能掉转头去前面接一下我的丈夫？他愣了一下，大概奇怪我们为何兵分两路走在乡野之中。好在小伙子教养极佳，一句闲话也没有多问，即刻在雨中掉头。我想他若要追根问底，我还真是难以作答。

苏明这一回没有拒绝帮助。也许是他在外人面前不便固执或说是顽强。但是上车之后他的脸色依然不悦，装作侧头看窗外的雨，避免跟我的目光对视。我自然也不想搭理他。我们闷闷地一直坐回城里，到酒店门前，刚好雨停。

下了车，我对热情的小伙子千恩万谢。苏明也不失礼貌，从车身另一边绕过来，客客气气跟他握了手。我们站着目送他上车。不知道他回去的时候，会在心里怎么想我们这一对闹别扭的夫妇。

苏明不再提拜访布莱恩先生的事，我也不提。我回酒店换下淋湿的衣服，晾起来，又找出苏明的一套，扔在他床上。他一眼都不看，就那么湿着坐在椅子上，从电视节目里翻找体育新闻。

我拿了提包出门闲逛，留下他在房间思考。在一家夏季打折的"奇乐"鞋店，我买到一双很合意的银黑色小短靴，还不到一百英镑。我也给苏明买了一双，是棕色系带的软底休闲鞋，同样很便宜。再回到酒店房间时，他已经换下湿衣服，而且自己动手洗过了，顺便把我的溅上了泥点的裙子也洗了一下，都晾在卫生间。他还烧水泡了茶，我一进门就闻到熟悉的茶香，那种让人神情大悦的芬芳气味。

他主动上前接过我的提袋，张罗着让我坐下喝茶，然后搬把椅子坐在我对面，说，他刚刚仔细算了算，布莱恩先生今年八十有五了，这个年纪的老人，很难说是不是还健在，也或许人活着但是早已经失忆，完全不记得当年的中国学生，这样的话，我们找上门去不具备意义。我问他到底要怎么样。他迟疑着说了一句，算了，这一页翻过去吧。

我无可无不可，毕竟布莱恩先生是他的导师。

接下来他告诉我的话让我大吃一惊，他说李宏林不在了。我惊讶地问他，不在是什么意思？搬离布里了？他摇摇头。不是搬离，是不在了，癌症，今年春天的事。

李宏林是我们过去的朋友，当年一起在布里留学的，也是我们计划中的寻访目标。苏明大概接受了刚才的教训，我出门购物时，他抓紧上微信找朋友确认李宏林的最新电话地址，这才得知了不幸的消息。

我很难过。印象中的李宏林爽朗、热心，总是跑前跑后为朋友们做事。我们一家离开布里回国时，就是他开车送去希斯罗机场的。后来苏明那一拨留学生们陆续学成，有的毕业就回国了，有的犹犹豫豫滞留到新世纪之后，还有两个转去了美国，一个被聘到爱丁堡大学，总之，留守在布里的只有李宏林。三十年中，我们偶尔从朋友口中辗转知道他混得并不怎么好，博士后做了快十年，一直没有得到过正式教职，大约是开了个杂货店，卖一些从国外贩过去的廉价日用品。没有想到他六十出头就已经离世。

那怎么办？我问苏明，我们还要不要过去？

过去啊，他说，来都来了，还能不去？去看看他太太、他的孩子。

我松一口气，心想苏明这个人归根结底还是好人。

时差原因，我们都很疲劳了，毕竟年纪不饶人。熬到七点钟，下楼吃了一份很难吃的快餐，两个人轮流洗过澡，熄灯睡觉。睡前我服下一片舒乐安定，以为会很快睡着，结果苏明抢在我前面打起了香甜的鼾，弄得我辗转反侧了好一阵子。

早起，接受了前一天的教训，我们都同意不再把时间和精力花在没有意义的问路寻路中。苏明往酒店前台打了一个电话，订好一辆出租车。吃过早饭，收拾停当，带上礼品下楼，预订的出租车已经准时停在了门口。在守时这一点上，英国人总是让人无话可说。

李宏林的太太姓郭，单名夏，跟李宏林同是东北人。她去布里的时间比我早，我是在苏明留学一年之后才带着女儿过去的，那时候郭夏已经在布里待了将近两年，算是我们家属当中老资格的前辈。她身体好，也能吃苦，除了带孩子之外，在大学校园里打了足有三四份工，包括做学生公寓的清洁，餐厅洗碗，给图书馆擦玻璃，稍带还给一个老外家看两个小时孩子。很多到布里陪读的家属，都是通过她的介绍找到了工作。

因为事先通了电话，所以郭夏一早就在家里等候。她胖了，当然也老了，头发花白，一条腿膝盖有问题，行动不那么利索，但是眉眼依旧，一侧脸颊甚至还能见到那个椭圆形的酒窝，如果是走在布里校园里而不是其他地方，我想我肯定能在路上认出她来。

她端出来的是茶和东北蓝莓干，还有松子，而不是咖啡配饼干。从这一点来说，三十多年了她仍然没有融入当地生活。

她很激动。不过我和苏明同样激动。她有个女儿跟我女儿相同年纪，我们走了之后她又添了个儿子。女儿结婚搬出去住了，生了一对双胞胎。儿子在旅游公司上班，负责对中国游客的接待。她现在住的房子很大，李宏林去世后，她出租了底楼全部和二楼的一半，租金足够她生活。可是我看得出来她依然节俭，脚下的地毯已经磨光了绒毛，房间里的一个五斗柜还是我们在的时候买回家的二手货，我记得大家帮他们搬柜子上楼时，不小心磕坏了一只柜脚，后来拿一块木头锯成差不多尺寸钉了上去，现在这块木头看起来还是别扭。

她的房子里四壁全是照片。她活在对照片的回忆当中？我不能肯定。她很自豪地带着我们一帧一帧浏览，亲自讲解。最多的是那两个双胞胎的照片，两个虎头虎脑的男孩，好像有一点儿南亚人的特征。我没有多问。儿子二十五岁，没结婚，长得像李宏林，粗眉大眼，算不上英俊，神情倒是活泼，做旅游合适。李宏林的照片，从三十岁到六十岁，各个年龄段都有。奇怪的是，这个魁梧豪气的汉子，从照片上看，似乎每隔十年都要风干萎缩一点，从将近一米九的个儿，慢慢地变瘦、变矮，变得临终时比郭夏还要小上一圈。

怕她伤心，我们一直没问李宏林最后的情况。倒是郭夏自己爽直，把老李患癌症的经过，从最初怎么发现，怎么排队等待开刀化疗，最后怎么在布里医院里过世，详详细细说了一遍。她没有流眼泪。我想经过这一番熬煎，她也被折腾够了，有眼泪也早流干了。

郭夏最后说，老李还算有福气的，这辈子有儿有女，临终前还见到了孙子，他这人就喜欢男孩儿。

我猜她的意思是，我们这些早早回国的，都只得一个独生子女，不能尽享天伦之乐，在这一点上老李完胜别人。

当初李宏林也想回国来着，已经有东北的一家研究院对他伸了橄榄枝。可是郭夏不愿意走，她习惯了布里虽然辛苦但能挣钱的生活，回去之后既没工作又没住房，她觉得太没面子。他们两口子为这事还吵了很久。

她口称老李有福气的时候，如果我和苏明都点头同意，甚至不说话，她心里也就舒服了。可是苏明恰恰就是个很没有眼色的人，他一定要当面教育郭夏，要让她明白，不回国是多么失策。他一口气历数了五六个布里大学旧日同学的现状：谁谁已经是院士，谁谁的公司做到了多大，谁谁现在是副部级的官员……当中我不断地向他使眼色，用胳膊肘捅他，试图制止。苏明完全不理我，他似乎是话到嘴边不说难受。

最后，苏明看着郭夏越来越灰白的面孔，无比惋惜地总结陈词，意思是说，如果老李当初选择回国，他不会得这个病，即便是得了病，凭他在国内的身份地位，也不至于要排上半年的队才能开刀。

我当时真觉得苏明有点儿昏头，一个人情商再有问题，也不至于像他这样层层剥笋一样地把郭夏逼到绝处吧？他图这种口舌之快是为什么呢？他有什么必要对着一个可怜的女人证明自己的人生正确，而对方一切皆错？

这番话的结果就是郭夏当场崩溃，大哭不止，我抱住她怎么劝都劝不下来。

郭夏一哭，苏明总算意识到自己犯了大错，他开始慌张，不断地对郭夏道歉，还想给郭夏儿子打电话，让他早点回家照顾妈妈。郭夏擤着鼻子呵斥他：上班呢，你别打！他不无尴尬地又把手机收了回去。

走回酒店的路上，我不停地责备苏明，好端端的会面弄到以彼此难过收场。他开始一言不发听我唠叨，后来就烦了，冲我嚷嚷，好啦好啦，啰唆什么啰唆？事情就坏在你们女人手上！我说我们女人怎么了？谁都有选择自己生活的权利，如果他们当初回国，也许得癌症的是郭夏呢？他嗤了我一声：岂有此理！

我们又一次兴冲冲出门，一肚子暗火回返。我在心里无限悲伤地想，这几十年的日子我们真是白过了，为什么碰到事情总是南辕北辙不能合拍？

那天的一整个下午，苏明忙着在房间电脑上为他的两个博士生做论文开题，你来我往讨论得热火朝天。我百无聊赖，又上街在附近转了一圈。看来看去，似乎商品也不比国内丰富，女装部的当季服装还不如我家附近商场里的货色时尚。我想再往远处走一走，去看看布里大学的校园、我们当年常去划船野餐的那条河、河边长满野栗子的树林、女儿小时候最喜欢的室外游乐场，还有山坡上的一个小古堡……徘徊许久之后，我还是怏怏地回到酒店，因为语言不通，离了苏明我哪儿都不敢去。

进门穿过大厅时，前台那个模样讨喜的女孩子似乎在向我招手，另一只手里还扬着一张纸条。我指指自己，她一个劲儿地点头，我就走了过去。她一边从柜台里面探着身子把纸条递给我，一边很急切地解释了一通。我只听懂了"中国女人"和"给你"几个字眼。

拿到纸条，展开看，只一行没头没脑的字：特蕾莎瘫痪了，住在你们住过的房子里，巧不巧？"瘫痪"两个字书写有错误，"病"字头变成了"广"字头。我立刻猜到这纸条是郭夏送来的。

特蕾莎？瘫痪？我们住过的房子？这几个连在一起的字眼，瞬间让我发蒙。

郭夏为什么要特地送这张纸条来？我们上午在她家里时，她为什么没说这件事？

特蕾莎，我当然忘不了，当年跟苏明有过一段苟且关系的东欧裔的女人。苏明到英国的头一年，孤身一个，系里的秘书特蕾莎常常给他照顾。那时候念博士的不是很多，苏明在系里能享受一间单独办公室。我见过苏明嵌在他办公室门上的一张标准照，眉目俊朗，英姿勃勃，还是有几分令人动心的。特蕾莎比他年长，有一个据说酗酒爱打人的丈夫，夫妻关系很不和谐。我到英国之后曾经见过这个特蕾莎，长得非常一般，一头毛糙糙的栗色头发，抽烟把脸色都熏成焦黄，倒是身材婀娜有致，背后看尤其能令人遐想。总之是一来二去，苏明和特蕾莎有了关系，好几次是发生在办公室里的，自然就瞒不了同事。英国人其实也爱嚼舌头，事情飞快地传到特蕾莎丈夫的耳朵里，那家伙趁酒意跑到系里闹，揪掉了特蕾莎的一撮头发，还对着苏明办公室的门踹了好几脚。

一年后我去英国时，特蕾莎已经换了工作，离开苏明那个系，在图书馆找了一个事情做。苏明对我的解释是，他刚到英国人地生疏，实在太寂寞。我原谅了他。二十世纪八九十年代出国读书的留学生，一去多年没钱回国，单身男女常组成临时夫妻，相依为命地度过异乡时光，我都亲眼见到过，没觉得十分不正常。

事情都过去了三十年，这个特蕾莎又冒出来了。郭夏她什么意思？

上楼到房间，苏明一眼觉出我的神色不对。看了纸条之后，他脸色尴尬起来，又想解释又说不清楚的那种模样。我也不多问，手机连上网络后，开始看朋友圈里那些八卦，留下他一个人抓耳挠腮。

大约过去了半个小时，我一抬头，他还怔怔地坐在我对面。我的目光跟他接触到的第一秒钟，他迫不及待抓紧说话，问我能不能放下手机，跟他商量一下这件事。我说当然可以，我们不能辜负了郭夏的好意。他脸上闪过一丝窘迫，然后捂住嘴轻咳了一声，小心问我，是不是对当年住过的房子还有留恋。我告诉他，何止留恋，我本来就准备了要去房子前面拍张照片，好发给女儿看。如果可能，我还希望能进到房内，嗅一嗅我们故居的气息。

他脸色瞬间放亮，挪一下坐姿，整个人变得放松活跃。

那么我们明天会去看老房子？

看啊。

特蕾莎一家住着，也去？

更要去。三十年了，她都瘫痪了，不该去看看？

他猛地站起来，差不多像要扑上前拥抱我。当然他只是搓了两下手，又退回去坐下。幸好他没有举止失度，我们两个从恋爱时起就没有亲密拥抱的惯例。

这天的晚上我们穿戴整齐去了一家意大利餐馆。一人吃完一份美味肉酱面之后，他又叫来侍者，郑重点了一份提拉米苏。我明白他是专为我点的这一份甜点，因为他血糖偏高，一直忌糖。

晚餐之后往回走，路过一家食品商店，我说我们该买点礼物。他反问我，是不是确信有这个必要。我点头说，确信。他飞快地蹿进商店，直扑香烟柜台，熟门熟路地拿了两条英国"登喜路"。我立刻想到，这一定是当年特蕾莎抽惯的牌子，三十年后他还记得。

我站在门外，看他付钱，看他吩咐店员用礼品形式精心包装，看他把包装好的香烟仔细放进一只提袋。他拎了提袋，小心翼翼地掩藏着他的兴奋，稍稍有点儿佝偻地向我走过来。我赶快退后一步，跟他隔开约莫有半米的距离，一言不发地往前走。

一夜无话。早上起床时，苏明故意磨磨蹭蹭，表现出不十分积极的样子，直到我一催再催，他才仿佛突然记起有这么回事，跳起来手忙脚乱地穿袜穿鞋。他把我刚买给他的那双"奇乐"新鞋穿上了，理由是原来的鞋子略紧，小脚趾磨得发疼。

我们没有叫出租车。那幢房子我们一家整整住过七八个月，从市区过去，闭着眼睛都能走到。

英国这种国家，你要是隔个几十年故地重游，会疑惑时间是不是凝固在某一个点上，从此不再移动。我们当年住过的那条小街是典型的英伦风范，一条长长的坡道，两边密密排列了两层小楼，有下沉式的三四级台阶，一律粉刷成奶黄的外墙。坡顶，朝向街道的二楼是一排白色木框的玻璃窗，透过玻璃能看到静垂的白色缕纱窗帘，在玻璃和窗帘之间一般会放置大大小小的陶瓷玩偶，狗啦，跳芭蕾的女孩啦，抽烟斗的老绅士啦，诸如此类。街道是纯自然风光，有杂草，有花木，也有行道树，总之不那么整齐划一。沿街道两侧，挤挤挨挨停满了小车。我说小车，是因为那些车的排量的确都小，便宜、实用，万一你需要使用时发现前后车距过密，车子开不出来，你可以适当地往前拱一拱，再往后倒一倒，直到能够出行为止。大家都这样，谁也不会因为自家的车子被碰擦而暴跳如雷。

太阳有点儿晒，我们走的是上坡道，脚底下多少觉得吃力。想想三十年前，每周一次背负沉重的食品一趟一趟走上去，真不知道那些日子是如何熬下来的。

我们住过的那幢小楼在坡道尽头，楼前有五六个平方米的小花园，当年花园里长了一棵不大的柑橘树，一些缺人照料野蛮繁殖的蔷薇花、鬼脸兰、鸢尾草。靠路边是一道半人高的木栅栏，打开栅栏上的门，穿过两米来长的碎石路，才能到达台阶。现在栅栏拆除了，柑橘树和花草统统不见了，铺成了一整片水泥甬道，不知道是不是为了方便屋里瘫痪病人的出行。龟裂的水泥板、缝隙里顽强露头的杂草、久不清洗而污渍斑驳的外墙、泛黄的门窗，一切一切都显得破败、窘促、将就，在整片住宅区中有点拉低环境总分的嫌疑。

我们面对面地在门口站了一会儿，让略微缺氧的大脑得以修复。一个人冷不丁地看见三十年前住过的家，多多少少会经历一个恍惚和眩晕的过程。

过了片刻，心情平静下来之后，不知道为什么我突然想要拔腿就走，我的胃里像是塞进了一块抹布，污糟糟的，气闷，手脚发麻，总之是感觉很不好。

苏明一把抓住我的手，不让我走。他的另一只手上拎着那个漂亮的礼品袋。

你放开我，我说，我不舒服，要先回酒店。

他说不行，你已经来了就不能走，走了我以后会说不清。

我嘲笑他，有什么说不清的？不就是房子里住着瘫痪的特蕾莎吗？你以为我还会忌妒？

他死抓着我的手，几乎用恶狠狠的口气威胁道，你今天要是走了，我明天就飞回国，把你一个人扔在布里！

我差点儿要笑出来，因为他这么说话太像小孩子耍赖了，这简直就是纸老虎。

不过他说了这话之后，我又开始心软，觉得让他一个人对付下面要发生的事情好像也不妥当。于是我扬了扬下巴，示意他该上前敲门。

他松一口气，放下我的手，走上那段破败的水泥路。那个门的中央有一个生锈的铁环，镶在一小块凹凸不平的圆形铁皮上，敲起来声音沉闷，像老年人吭吭的咳嗽。

过一会儿，有人从楼上嗵嗵嗵地冲下来，动静大得像坦克。然后，门咣啷一声开了，一个外表看起来像老屠户的男人严严实实堵在了门口。他高大、肥胖，穿一件松松垮垮的黑色背心、一条宽大及膝的灰色短裤，浑身上下，几乎裸露在外面的每一寸皮肤上，都长满了密密的黑色汗毛，衬托得他那张胖脸越发凶神恶煞。

我听见苏明小心翼翼地跟他讲话，大意是刚从中国来，想见见特蕾莎的意思。他把那个漂亮的礼品袋举起来，让对方看，表达自己是诚意来访。我甚至感觉他的神情透着一种愚蠢的谄媚，这让我非常恼火，我认为他即便很想进门去见特蕾莎，也用不着如此低三下四。

那个可恶的屠户模样的男人倒是不笨，好像他看到苏明之后只有很短的一瞬间的迷惑，马上就记起了他们之间曾经有过的陈年旧怨。男人黑着一张脸，用劲把苏明往外推搡，坚持不让他的旧日情敌进门。他一边摇头，一边不住声地重复一个字：不。不不不，不行，不准，不可以。这个坚决又响亮的"不"字，我听得无比明确。

苏明不屈不挠，很耐心地主张他的要求。我不清楚这当中是不是因为有我在场的原因。他去见往日情人，却当着我的面被人家丈夫拒绝，对于好面子的他来说，的确是一件令他难堪的事情。

他们争执的声音有点大，我看到马路对面一个购物回来的老妇人，一脸诧异地往我们这边看，一边看一边打开栅栏门进屋。

总的来说，苏明面对的这个男人粗暴、野蛮，没有悲悯之心，不能理解苏明站在他家门口的复杂感受。在苏明结结巴巴反复申诉，并且试图把一只脚插进他的门槛之后，他突然大发蛮力，肩膀横过来，身子矮下去，角斗一般地将苏明往外一顶，随即砰的一声关上大门。要不是苏明适时地一个踉跄，连退几步，我怀疑他那只伸进门的脚都要被对方轧断。

本来事情就此为止，也就算了，至多苏明在我面前丢了一点脸，这没什么了不起，做夫妻不就是为了承受对方的不堪的吗？谁想到这时候二楼的窗户忽然打开，有一个花白卷发的脑袋依稀在窗帘后面晃动了一下。苏明也是眼尖，立刻大叫一声，特蕾莎！接着，动作飞快地，他从提袋里拿出那两条扎有花色蝴蝶结的香烟，两步冲到窗下，胳膊一扬，香烟像一枚威力无比的手榴弹一样打着滚儿飞了上去，穿过窗帘，稳稳落进了房间。

我站在旁边，忍不住地笑出声来，因为这一切真是太有喜感，苏明这个老小孩，他就真能够这样不管不顾。

可是笑声没落，我们两个还没有来得及转身离开时，楼内轰隆隆坦克般的下楼声又一次响起，然后门哗啦地扯开，特蕾莎的丈夫炮弹一样冲出来，把那两条香烟恶狠狠地摔在苏明面前，再一次动手推他，而且每推一下就骂一句粗话，每推一下就骂一句粗话。这个时候，作为旁观者的我实在不能忍受了，我想我丈夫不过是出于情分上门看望一下你的老婆，何至于这样凶神恶煞？你这种样子到底算自卑呢还是自负？算不算莫名其妙的大英帝国的优越感？我就挺身上前，插在他们两个人之间，有心要替苏明抵挡一二。屠户男人用英文骂人，我用中文对他怒斥，我说你凭什么动手？你讲不讲道理？你知不知道骂人是野蛮的事情，可你们不是一个野蛮民族？

这个时候令我万万没有想到的是，我一出面抵挡，苏明立刻趁机开溜，他执着地跑到二楼窗下，一声接一声焦灼地喊：特蕾莎！特蕾莎！特蕾莎！他喊得既悲愤，又声嘶力竭，简直就是豁出去不要命的样子。

我当时真是气疯了，如果面前有一面镜子，我想我的面孔一定是红到了令我自己难堪。我丢下那个屠户，羞愧万分地奔过去拉扯苏明，大声地呵斥他赶快走，不要在人家门口丢人。他这时候居然还犟头犟脑回我一句话：我住过的房子，我为什么不能进去看看？

最后的结果，简直就是一幕无厘头的喜剧。从坡道下面冷不防地就冲上来一辆英国警车，一路还响了警笛，吱的一声停在我们身边。车门打开，一个年轻英俊装备整齐的警官下来，开口问我们什么情况。我恍惚悟到是对面的老太太报了警。警官算是公平，有礼貌地要求我们三个都跟他走，到警局录口供，这是程序。在警局里，苏明那点可怜的英文要应付那么复杂的问话根本就不够使用，纠缠了半天，还是警官打电话调来一个会中文的翻译，才算把前后一切说得清楚。苏明说完之后，我发现年轻警官和翻译都憋着劲儿偷笑。不怪他们，这事真够可笑的。那两条香烟，警官劝特蕾莎的丈夫带回去，毕竟是远方客人一点心意。不过特蕾莎到底拿到没有，我就不知道了。

前前后后在警局折腾了三四个小时。回到酒店之后，我又渴又饿又累，一屁股坐在床上，什么话都不想再说。

苏明也坐着，在床对面的沙发上，离我有一段距离。他同样一言不发，却不住地偷偷拿眼睛瞄我。过了一会儿，他试探着问我，要不要下楼吃饭？我黑了脸不回答。他又坐几分钟，站起来说，如果我不想下楼，他出去买外卖。他拿了一些零钱，起身出去了。

房间里很静，我能听到隔壁卫生间抽水的声音。我小心地摇摇头，脑袋整个是木的，摇起来像一只干透的椰子。我不知道接下来应该怎么办。我摸出手机，给远在国内的女儿打电话。她听到我的声音很惊喜，迫不及待地问我去看了我们的故居没有，现在是什么样子，为什么没给她发照片。我沉默片刻，终于告诉她说，我想跟她爸离婚。

我以为这句话一定对她是晴天霹雳，她也许会发火，会哭。可是我等来的居然是哈哈大笑，她边笑边说，果然果然，我就知道你们两个单独出去不会有好结果，你们真是逗死我了，都这么大年纪，还跟小孩子一样幼稚……她说，拜托你们都成熟一点儿好不好？

枕上的花朵

我是在睡梦中被那阵一波压着一波的哭闹声惊醒的。起先它和着我的梦境，从深不可测的地方遥遥地升起来，像从大树根部孤独地生长出来的一朵灰色蘑菇，背上还有着纵横交错的破碎的花纹。而后那蘑菇的细胞飞快地分裂和成长，癌瘤一样地膨胀开来，转瞬间占据了我的梦境的全部空间，将我的呼吸压迫得几欲窒息。

我一下子就醒了。

这才知道我并不是完全在做梦，哭声是真实存在着的。它在窗外看不见的夜空中飘飘荡荡，尖细而且悠长，带着一种撕心裂肺的惨痛，好像末日之前的哀悼。哭声间或会闷进喉咙里，变成"嗯嗯"的倒气，手脚抽筋的那样一种窘迫，似乎哭泣者随时都可能倒不过这口气来，一下子呼吸停止。片刻后，哭声又忽然通畅了，从口腔中吹箫样地扯出来，绵长而尽兴，中间会经历忽高忽低的几个波段，有一点如歌如吟的意思，使我想起从前农村里女人的哭坟。然后，声音再一次闷住了，压进了喉咙里，倒气，抽搐，呼吸随时会停止，像极了恐怖电影中的某个片断。

我心惊胆战，手脚发冷，暗夜中能感觉到自己心脏的跳动很不规则。我担心在异国他乡会犯了心律不齐的毛病。

这是我飞抵澳大利亚墨尔本市的第一个夜晚。我睡在女儿的身边。

床很大，我们一人一个被筒，并肩而卧。女儿蜷曲了身子，用一床鸭绒被把自己裹得严严实实，活像个酣睡的婴儿。她在这里读高中已经一年有余。辗转过三四处住所之后，她现在租住在市郊的这栋大屋，楼下的三四间房，分别住着她和她的两个同学，楼上住房东一家。女儿告诉我说，房东是澳洲人，房东老婆是中国人。"房东是老酒鬼。你不要理他。"女儿告诫我。实际上，从女儿带我踏进屋门，到我洗过澡上床睡觉，我没有见到房东家的任何一个人。整个楼上黑灯瞎火，寂静无声。

澳大利亚实在是一个土地资源太过丰富的国家。晚饭后，女儿领我在住处附近转了转，我发现每一家都是两层甚至三层的房间众多的独立别墅，每栋别墅的间距都大得令人吃惊。多数的别墅似乎无人居住，大门紧闭，窗帘低垂，橙黄色街灯映出一块块窗玻璃的反光，更添幽秘和寂静。家家屋前房后都有面积可观的花园，奇形怪状的热带植物长得茂盛而蓬勃，白色马蹄莲的花枝一直探出栅栏，伸到我的胸口，花朵涡卷如一只漂亮的喇叭，月光下泛出一种高贵而沉静的白。

我向女儿请教，这里的街道如何不闻人声？女儿说，今天是周末，年轻人出门度假去了，剩下那些独居的老年人，他们总是早早上床睡觉。"澳大利亚很闷的，除了酒吧，再没有别的夜生活。电视节目也不好看。"女儿说得很平淡，一张圆嘟嘟的孩童面孔上波澜不惊。我即刻想到的却是治安问题。假设我现在独自居住在这样的大屋里，四面不靠，鸡犬之声不闻，我会陷入何等的恐惧之中！

所以，当我深夜里被这种诡异的哀哭声惊醒过来时，我一下子想到的是暴力，是劫杀，是死亡和沉没……无数好莱坞电影中的惊恐镜头。

我从床上坐起来，摸索着去穿鞋。我必须确认房门是否锁好，可能的话，我要凑到窗口听上一听：到底是从哪儿传过来的、因为什么而有的声音……

女儿忽然从被筒里伸出脑袋，迷迷糊糊地问我："妈，你干什么？"

我转头问她："你听到了吗?"

她抬起半个身子,侧耳听了听,马上又睡下去:"是房东两口子回来了。"

我的脑子里一时没有转过弯来,还想再问,话到嘴边,灵光蓦然一闪:天哪,那不是女人的哀哭,那是房东两口子在楼上做爱的声响!

我一下子满脸通红,心跳的程度却比刚才有增无减。我做贼心虚地将目光瞄向女儿枕头的方向,好像是自己当着半大不大的女儿的面,做出了令人尴尬万分的事。

女儿闷在被子里打个哈欠,睡意蒙眬地拉长了声调:"常有的事啦,我都已经听惯了。"

我什么都不敢再说,挨着女儿的身体,小心翼翼地躺下来。我就这样大睁着眼睛,绷紧神经,提心吊胆地听着楼上时断时续的哭吟,一直到那声音慢慢地拉长,舒缓,变成一种疼痛样的叹息。过了一会儿,楼上有了脚步声,又有了哗哗的水声,是房东夫妇在冲澡,上厕所。其中的一个人大概光着脚,脚后跟敲击楼板"咚咚"发响,听上去身子很沉。另一个人穿着拖鞋,走起来"嗒啦嗒啦",很急促也很琐碎。最终这一切的声音都消失了,一切复归平静,只有身边女儿的呼吸均匀而香甜。

漫长的墨尔本的静夜里,我终于迷迷糊糊地睡了过去。

第二天大清早,楼上的声音又一次把我弄醒。这回是有人下楼,"啪啪啪"一口气地奔到底,然后直冲大门,钥匙哗哗地开锁,唰啦一下子拉开,走出去,随手砰地把门带上。我急忙翻身下床,扑到窗口,想看清楚出门的是谁。可是窗外浓雾弥漫,几米之处的树木花草就已经是影影绰绰,出门人的身影一刹那消失无踪。

女儿很不高兴我把她吵醒,咕哝一句:"今天是星期六啊。"

我边穿衣服边说:"我帮你们弄早饭去。"隔壁是两个跟女儿差不多大的女孩,既然我在这里,就应该履行做母亲的职责。

女儿却说:"谢了。星期六她们都要睡到十点钟的。我们只吃两顿饭。"

天啊,真不知道这些离开父母的孩子过的是怎样混乱的生活!

可是我既然起来了,总不能重新脱了衣服回被窝去。我轻手轻脚地离开房间,去卫生间洗漱。整栋楼房里寂静无声,睡意沉沉,四处飘浮着一种幽暗的不真实的意味,让我的感觉总像是在梦中。

卫生间很脏,到处是水迹,还有乱扔的毛巾、抹布、用完的洗发液沐浴液的空瓶、发夹、头饰、袜子和拖鞋。如今女孩子的住处一点儿也不比男孩子们的讲究,甚至因为零碎东西更多,显得更加杂乱和龌龊。我一边用清洁剂擦洗着脸盆、浴池和抽水马桶,一边为她们将来的婚姻生活担忧发愁。我不知道孩子们将来成家之后,有了责任之后,是不是能够稍稍地改变一下她们过于自由的生活方式。

洗衣房里的混乱程度同样让我吃惊。三个女孩换下来的内衣外衣胡乱堆放在一个很大的洗衣筐中,一件摞着一件,闷出了一股湿湿的霉味。旅游鞋咧着口,耷拉着鞋舌头,东一只西一只地散着,因为出脚汗多,气味熏人。洗衣粉的袋子是躺着的。仅有的鞋刷子早已经没了毛,剩下一块赤条条的光板。铁丝掰成的简易衣架扭曲成天津麻花,往上面挂衣服时肯定要重新加工掰直。我想起昨天晚上见到的三个女孩,头脸衣服一个赛一个的光鲜亮堂,谁知道她们内里的日子过得这么窝囊。我又想,房东太太幸亏还是个中国女人,她每月收了这些同胞孩子的钱,难道对她们的生活就一点不管吗?哪怕督促她们收拾整理也是好的呀!

本来我是准备放着这些衣物不动,把女儿叫过来看看,责备一通的。后来心一软,忍不住又动了手,一边开动洗衣机,一边找一把旧牙刷洗刷那些臭鞋。我实在也是看不下去。

因为老爷洗衣机的轰鸣声太响,我没听见房东中的另外一个是什么时间起床下楼的。等我端了一大筐的湿衣服出门晾晒时,我才发现大门外的空地上停着一辆很有年头的澳洲产的汽车。那车的颜色是中灰，一种死气沉沉的自来旧的颜色。车的前灯、后杠以及车门处，全都是被碰撞之后又马马虎虎敲击复原的痕迹。甚至连涂上去的车漆都顾不上协调，深一块浅一块就不说了，居然有一处车门把手下涂着怪异的橘红色，好像是修车人手边正好有这么一罐漆，随便拿过来涂上算数。修车人不讲究，车主也不讲究。说不定还就是车主自己动手涂上去的，他对这辆破车已经是自暴自弃，不高兴讲究了。

一双男人的大脚从车肚子下面伸了出来。脚上穿着泥土色的、鞋帮磨得发亮的翻皮鞋，鞋带没系，蚯蚓一样拖挂在两边。脚踝处裹着灰色的线袜，袜口松紧已经没了，袜筒像牛舌头耷拉着。再往上，因为裤子缩到了膝盖处，裸露出来的光腿上，汗毛密密麻麻，粗黑卷曲，完全遮盖了本来的肤色，也看不出这人的年龄身份。

大概他从车肚下面看见了我移动过去的脚吧，他双手撑着地面，一点一点地、很费劲地挪了出来，然后笨拙地起身。原来这是一个五十多岁年纪的白种男人，身体高大而臃肿，体重起码有二百斤出头，那身帆布的连身工作服被他的大腿、屁股和肚腩绷出一道一道的勒痕，线缝随时都有可能砰然炸开。我简直想不出来他刚才是怎样把自己塞进那身衣服里去的。因为胖，他的脸型圆得像一个南瓜，眼睛怕光似的眯缝着，一只硕大的鼻头红而且发亮，明显是酒精中毒的标志。嘴唇上留着的小八字胡，被他精心捻成两撇上翘的形状，说明他对自己的容貌还存有一定程度的关心。遗憾的是，我一向对男人的八字胡抱有成见，它总是让我想到油滑、奸商、无所事事这样一些不好的词语。

"你好！"他有点局促地笑着，伸过来一只沾满油污的大毛手。手伸到半途，他自己瞥见了满手污迹，又不好意思地缩回去，在那身工作服上擦着。帆布工作服的本来颜色好像是白的，也可能是奶油色之类，反正不像现在成了一块斑斓的油画布，上面涂满了谁也看不懂的污迹油渍，使他的脏手再一次擦上去时可以毫不顾惜。

"哦，你看……"他回身指指他的破车，又搓了搓手，耸一耸肩，表示对我礼貌不周的歉意。

我说："没关系。"我客气地笑着，意思是能够理解。

他忽然弯下腰，从脚边的工具箱里拿出一罐啤酒，砰地打开，仰了头，咕咚咕咚一口气灌下喉咙。他喝得那么急迫、仓促、不管不顾，简直就如毒瘾发作那样的狼狈。他的胸脯急剧地一起一伏，喉管如小鼠似的上下滑动，白色的啤酒沫顺着他的嘴角和脖颈缓缓流下，到他终于把啤酒罐从嘴边移开时，嘴角那一圈白沫还没有来得及消失，活像京剧脸谱勾出来的一张吓人大嘴。

我一下子想起了女儿告诫我的话："房东是老酒鬼。"我想他的酒瘾真是大到不能控制了。

他舒服地喘过几口气，这才意识到站在他面前的还有一个客人。他再次弯腰，从工具箱里摸出另一罐啤酒，摇晃着，用眼神询问我想不想要。我笑着摇摇头。他也笑了，也跟着摇头，意思却跟我不同，笑容中带着羞惭，是表示对他自己行为的不齿。

"你是露丝的妈妈？"他问我。原来他只知道来了一位母亲，却没弄清来的是哪个女孩的母亲。

"不，我是苏姗的妈妈。"我说。

"从南京来？"

这回轮到我大为惊讶。我没料想他居然知道南京。南京是一个不太大的也没有多少特点的城市。他知道北京上海是应该的，知道西安桂林拉萨也属正常，可是他居然从嘴巴里蹦出南京这个地名，就让我感觉匪夷所思。我知道，一般外国人对于中国的了解，远逊于我们对国外的了解。

他接下来又对我说了些什么，好像还说到他的妻子什么的，我已经不能听懂了。他说话很快，我的英语水平又实在有限，除了几句简单的生活用语，我还远未达到能够与人交谈的程度。

他终于意识到了这点，摊摊手，表示遗憾，而后再一次费力地躺着挪进车肚。

我晾好衣服，回到房子里。女儿已经起床，并且冲过了澡，披着湿漉漉的头发。晨起沐浴是外国人的习惯，我不能不佩服这一代年轻人学会了享受生活。他们把自己融入世界和潮流的速度比我们想象的要快得多。

"你跟那个老酒鬼说话了？"她站在窗口，一边梳理头发，一边朝窗外努一努嘴。

我严肃地板起面孔："请你学会对别人的尊重。"

"Sorry。"她轻描淡写地道了个歉，但是她又不甘心地补充一句："他领救济金生活，除了喝酒什么都不干。"

我强调："那是人家的福利制度，跟你没有关系。"

"哦！"女儿发出一句拖长的怪声。她总是用这样的方式表示对我的反驳。

我让女儿带我去超市买食物，再买一些必要的生活用品，鞋刷衣架之类。我要买肉、鱼、虾、蔬菜，让女孩们集体享受几天中国美食。我已经注意到楼下的冰箱里空空如也，她们过惯了饥一顿饱一顿的狼狈日子。听女儿说，她们买回来的食品一般都是在眨眼之中扫荡一空，余下的时间里宁可饿着，最多用牛奶和饼干填空。我哭笑不得。但是我知道我无法改变她们，这就是她们喜爱的自由生活。

超市设在一个很大的商业城中。女儿首先带我上下电梯去看那些琳琅满目的特色商品。她牵着我的手，熟门熟路地进了一家风格前卫的服装店。她伸手在货架上摘下一件连衣裙，然后拉我进了试衣间。我在她期待的目光中一件件地脱去衣服。她内行地审视我的身体，微微点头，似乎还算满意。可是我已经相当窘迫。我实在不习惯在比我高大的女儿面前裸露身体，因此脸孔发红，胸脯也下意识地佝偻起来。

女儿开导我："妈妈你要自信。你看人家澳大利亚人，胖成一堆，照样穿露脐装。"

"可我是中国人。"我说。

她不说话，动手帮我套那件连衣裙。裙子的颜色接近肉红，面料很薄，极其性感。最要命的是，那是一款单肩的新潮衫裙，也就是说，一边的肩膀完全裸露，另一边的肩臂处用同色布料打了一个漂亮的蝴蝶结，结带逶迤垂挂至胸，可以想见走路时衣带飘飘的样子。

"非常合身。"女儿下了结论。

我红着脸看镜中的自己，我承认的确合身，而且非常漂亮、性感。问题就在于过分漂亮了，它完全不适合我。

女儿说："这件裙子我早就帮你看上了。我一直等着你来试它。"

我很感动，毕竟女儿心里始终想着我的。可是我无论如何都没有勇气穿它出门。辜负了孩子的一片好心，我非常歉疚。

女儿逼视我的眼睛："你是不是真心认为它很漂亮？"

我点头。

"如果是我，我喜欢它，我就敢穿它。"

我说："可是我不是你。"

女儿不无轻蔑地说了一句话："你们这些人就是虚伪。"

我也认为我有时候虚伪，可是做人就是这个样子的，在我们这个年纪的人群当中，容不得特立独行者的存在。

接下来，超市购物的过程中，我和女儿之间的气氛有了微妙的变化。女儿因为她推荐的衣服没有被我接受而不悦，我则因为自己的世故平庸而鄙视自己。可我还是不准备轻易妥协。

买好了大包小包的东西，我们在咖啡座稍事休息，每人要了一大杯卡布其诺。女儿生气归生气，还是懂得照顾我，帮我往咖啡里加进香草粉、糖以及她自己喜欢的一些调味料。"你尝尝。"她说。我尝了一口，没感觉到特别的好。但是我依然表示了赞许，也是一种缓和气氛的意思吧。因为接下来我要对她说的事情比较重要。

我承认我是一个比较守旧的母亲，昨天夜里发生的一切给了我太深的震惊，我不能想象尚未成年的女孩子听着楼上那种放肆的声响会有什么感觉，日久天长又会对她有什么影响。所以我委婉地提出来，最好尽快换一个住处。

"我跟露丝她们处得很不错。"女儿开始跟我弯弯绕。

我说："关键是房东，他们……"

"不就是叫床的声音太响了吗？"她若无其事地迎着我的眼睛。

天哪，我简直要背过气去了，我十七岁的女儿用这样的口气来描述这样的事实！

"我们都已经习惯了。"她把脸转过去，看一个两边眉梢上挂着两只小圆环的澳洲女孩。"我们不是小孩子，别以为我们什么都不知道。"她又开始注视那个女孩的男朋友。"这一家房租不算贵，房东夫妇也不算讨厌，女房主还是中国人，不容易碰上的。想想看，如果换一个房东是同性恋，那不是更可怕？"

我已经无言以答。她把话说到这么极端，实际上也是明明白白表示了她的态度。小孩子一旦从身边放飞，那就真是由不得父母了，再想横加干涉，也是有心无力了。

晚上，我给她们做了几个费时间的菜：萝卜炖羊肉、糖醋排骨、牛尾汤、肉沫炒意粉。女孩们早早围聚在我身边，小狗一样地嗅着锅里飘出的肉香，甜言蜜语夸奖我的手艺，当然是希望我第二天再接再厉。女儿说，她们上周末也做过一次炖羊肉，从羊肉开锅不久就开始轮流上去尝试咸淡，结果等羊肉烂熟可吃的时候，锅里只剩下汤水。我听完笑得眼泪都出来了，然后我又觉得心酸，意识到这些孩子离开父母真不容易。

房东杰克下了楼。现在我已经知道他叫杰克。他手里拿了两罐啤酒，问我们在享受美食的同时想不想喝点儿什么。上海女孩露丝马上尖刻地向我们指出：杰克肯定是闻到了楼下厨房里的香味。我想起女主人从一大早出门到现在还没有回家，就问她们，房东太太很少煮中国菜吗？我女儿回答说，从来不。女房东早出晚归，她们之间连照面的机会都很少。杰克基本上靠啤酒和炸薯条维持生活，所以他终日里总是醉醺醺的样子。

我有点同情杰克，就跟女孩们小声商量，能不能邀请杰克共进晚餐。话才出口，三个孩子把头摇得拨浪鼓一样，理由是：杰克身上的酒味太大，不好闻。我只好拿盘子把各样菜盛了一点，笑着递到杰克手上。杰克非常惊喜，但是他也不肯白沾我们的光，他死活要我收下那两罐啤酒。我看见他喜滋滋地端着盘子上楼的时候，每走三步楼梯就往口中抬进一块肥烂的羊肉。

当天晚上女主人是什么时候回家的，我不知道。我平常在国内是整天坐着不动的人，那天又是打扫，又是购物，接下来做饭，感觉非常疲劳，再加上也没有报纸电视可看，就早早睡了觉。大约十二点钟的时候吧，我再次被楼上的哭叫和呻吟声弄醒，但是因为知道了是怎么回事，也就不再惊惧。正像女儿说的那样，习惯了。

星期一，女孩们去学校上课。学校在城里，很远，要坐火车，所以她们中午都不回家。女主人照例很早出门。杰克在大门外捣鼓他的破车。杰克肯定是把修车当作他的乐趣或者事业了，他天天要把自己弄得一身油腻，乐此不疲。

我那天的计划是擦窗户玻璃和吸地毯。挺大挺漂亮的房子，因为缺乏清扫和管理，看上去窝窝囊囊，楼里的空气也不够洁净。下一步我还打算拉着杰克修整一次花园。墨尔本的气候虽然适合花草生长，但是长得过于繁茂也是一种颓丧。

我跟杰克要来了吸尘器，先吸女儿的房间，再吸楼下门厅、过道、起居室。然后我看见楼梯上铺着的红地毯更加肮脏，眼睛里怎么都不舒服，就顺便吸了上去。不知不觉吸到了二楼，发现楼上起居室的零乱劲儿比楼下有过之而无不及：满地喝空的啤酒罐、胡乱撕开的装薯条的纸袋、薯条碎屑、粘着西红柿酱的纸餐盘、擦手的纸巾……我愣了好一会儿，感叹房东两口子能够在这样猪圈一样的环境里惊天动地做爱。我想，已经上了楼，就手帮他们收拾一下，也算是我的一种无声抗议吧，说不定能让他们有所觉悟，从此多少改进一些卫生习惯呢！

我拖了一只大号的垃圾袋，把所有地毯上的垃圾一股脑儿往袋子里装。啤酒罐在袋子里相互碰撞咣啷咣啷作响，渐渐激起我的劳动快感。我一路拣拾过去，一直把清扫范围扩大到了朝南的阳台。这时候我在阳台的玻璃门边看见了晾晒在木头栏杆上的一床被子和一只枕头。

当时的第一个判断：被枕肯定不是杰克晾出去的，是女主人一大早出门前的行动。接下来的一个念头：女主人不似我想象的那样邋遢，她还是讲究干净和舒适的，只是她没有时间顾及床铺之外的卫生。

然后，我的视线落在枕头上。我被那只绣花的枕套吸引住了。枕套的质地是纯棉布，最早肯定是白色，那种令人不舍的无瑕的白，年深月久被脑油和汗渍浸泡之后，有了无可奈何的脏迹，是那种茶垢一样的黄，中间略深，往边上渐渐地淡些，但是因为那种淡，更显得陈旧，看上去极不舒服，属于那种早该替换的货色。现在国内纯棉和绦棉的枕套，颜色千娇百媚，图案纷繁多姿，就是买街边摊档上五块钱一对的大路货，也比眼前的这只体面许多。比较不一般的是枕套上的绣花。绝对是手工绣制。很简单的十字绣。针脚有大有小，有正有偏，反映出绣制者的生疏和笨拙。肯定是女主人年轻时候的游戏之作。我起先还没有看清楚绣在枕上的是什么图案，因为那些线头有的刮断了，有的起毛磨损了，有的干脆烂糟了，变成了模模糊糊污迹似的一团。仔细辨认，才看出来绣的是一枝并蒂莲花，其中的一朵大些，蛋青色的花瓣夸张地怒放，中间隐约有一点嫩黄色花蕊；另外的一朵显出娇弱和羞怯，嫩黄色，蛋青的花蕊，新娘似的倚在蛋青莲花的枝下，欲开不开的，半遮半掩的，幸福绝顶的模样。

两朵莲花，占着枕套四分之一强的面积，其余的部分只是留白，一无所有，有点像水墨画中讲究的构思。但是我知道，那空白的面积本来是要有内容的，绣这只枕套的人，我从前的同事余爱华，她咬断最后一根线头的时候告诉我，等她有一天，恋爱谈妥了，尘埃落定，准备结婚，她就在这些空白处补绣上四个字：百年好合。

当时我没有答话，可是转过头去，我笑得喷饭。我那时候恰巧就在吃饭，单位食堂的饭菜，用一个白色搪瓷饭盆打了，汤汤水水合并一起，托着饭盆边吃边到处走动，哪儿有热闹往哪儿凑。

引我喷饭的是从她口中冒出来的"百年好合"四个字。大学毕业刚刚工作的我，听见这样一个陈旧发霉的词，简直就像是看见了一个从棺材壳里爬出来的死人，那么的惊诧和别扭。余爱华不是一个新近才从"农村包围城市"的临时工之类，她是地地道道的南京大学七六级的毕业生，比我更早地分配到机关，我觉得这样四个规整严肃的字不应该被她昭示出来，作为她的一种婚姻坐标。

我还清清楚楚地记得余爱华嘴边拖着线头说那句话的样子：她坐在办公室的硬木椅上，双腿并拢，上身笔直，像她对处长谈工作时的习惯姿态。冬日正午的阳光从大玻璃窗外漫溢进来，把她扎在脑后的头发照成微黄。她的脸略显瘦削，瘦而且黑，轮廓非常清晰，鼻梁高挺，眼窝稍陷，有一点异族女孩的韵味。会欣赏的人，觉得她的这张脸相当耐看；口味大众化的，就认为她的模样刚性有余，柔性不足，跟她事事好强的性格一样，不那么讨人喜欢。

我还记得她对我说完那句话不久，办公室的走廊里有脚步声走过，她慌忙拉开抽屉，把手里的枕套连同新疆手鼓那么大的绣花绷架塞进去，用胸脯顶着抽屉关好，脸上的表情有一丝紧张，颧骨四边甚至泛出了羞红。后来脚步声又过去了，她才直起身，缓缓地吐出一口气来。我当时还好奇地问她一句："你害怕什么？"她回答我："在办公室里绣花，总是不好，如果是基层单位来人，看见了尤其不好。"我心里不以为然，撇一撇嘴，转身走了。那时候我对她的看法，就如同我女儿现在对我的结论：虚伪。每一个年轻女孩子心中都曾经有一朵花开放过的，她实在没必要拿一块黑布遮住自己，只把那朵花开在别人看不见的角落。

有好几分钟的时间，我手里拎着那只半人高的黑色垃圾袋，傻子一样站在阳台上。我看见楼下的杰克蜗牛一样从车肚子下面蠕动出来，爬进驾驶室，轰轰地发动了车子。汽车排气管中有一股黑烟冒了出来，车子垂死般挣扎了一下，然后就不再响了。他笨重的身体从座位上骤然弹起，用劲拍一下方向盘，嘴里好像还骂了句什么，重新挪出车门。出来的时候，他的手里多了一罐啤酒。他需要用酒来勉励自己接着再干。

我扔下垃圾袋，顾不得里面的啤酒罐和快餐纸盒滚散一地，飞一样地冲下楼梯，奔出楼门，心跳不已地站在杰克面前。

"怎么啦？出什么事了吗？"他把喝了一半的啤酒罐从嘴边挪开，一副吃惊的样子。

我结结巴巴，连说带比画："你的妻子，她的名字……她是不是叫余爱华？"

杰克断然否定："不，她叫海伦。"

"中国名字？"我说，"另外的……名字？"

"她就叫海伦。"杰克说完，觉得没必要跟我再作纠缠，咕嘟咕嘟喝完余下的啤酒，把空罐子用劲捏成扁形，准确地投掷到了路边的垃圾筒中。接着，他跟我含糊地道个歉，再一次把自己仰面放倒，一点一点移进车肚子下面。

那一刻我忽然有个奇怪的感觉：有没有可能杰克从来没打算把这辆车彻底修好？或者说，他留着车里的某个关键部位故意不碰，就让它坏在那儿。因为一旦汽车没有毛病，他就无事可干了。他活着，也需要有个寄托的。

傍晚女儿回家，进门直奔厨房，看我又做了什么好吃的。我抓住她伸向搪瓷炖锅的手说："先告诉我一件事。"

女儿无可奈何道："什么事啊？比吃饭还重要吗？我中午只吃了一个三明治，留着肚子的！"

我问她："房东太太叫什么名字？"

她偏着头，想了半天，扬声喊她的同住伙伴："露丝！你知道房东太太的名字吗？"

露丝在她敞了门的房间里回答："不就是叫杰克太太吗？"

女儿又喊另外的一个："娜娜！"

娜娜嘴里咬着一个苹果跑出房间："别问我，我肯定不知道。"

"瞧！"女儿若无其事地耸耸肩，"我们都不知道。名字对她很重要吗？"

"她可能是我从前的一个同事。"我急切地盯着她的眼睛。

"有可能。"她漫不经心地移开目光，"可是我真的饿了，我要吃饭了。"

我不再阻止她用饭勺捞锅里的肉吃，可是我心里有些失望，为她完全不能跟我的想法同步。她不知道，一个二十年前的老朋友对我有多重要，在遥远的异国他乡跟够碰上旧日同事是多么惊喜。她实在还是个孩子，友谊和同伴都是新鲜即兴的，现开现喝的盒装牛奶一样，她还没有尝过酿久的生活是什么味道。

晚上，女儿在电脑上做作业，有关人类发展史的什么内容。碰到不懂的问题，她可以上网查资料，还可以直接发邮件跟同学探讨。做完的作业，也不用打印出来，一下子就发到任课老师的邮箱里去了。我在她床上百无聊赖地坐着，心里很感慨，想到十几年前丈夫在国外念学位，所有的问题都要靠一本英汉字典解决，回国时那本字典已经被他翻得稀烂。那时候，我带着幼小的女儿出国陪读，我们舍不得用光丈夫的奖学金，日常花销是靠我们双双出门打工挣来的。八十年代的留学生，打工是正常现象，不打工的反会被人视作异类。转眼之间我们的下一代出国，她们的生活和学习跟我们从前的经验已经完全两样。

女儿做完了她的作业，转头问我："妈妈，你怎么还不睡？"我回答说，我要等房东太太回来。女儿做了个夸张的表情："你不可能等到她的。她总是很晚，非常晚。"我说："哪怕等到天亮。"女儿就显得犹豫，磨磨蹭蹭了好一会儿，才跟我商量："你可不可以先睡？你看，我现在要发几封私人信件，还要进聊天室逛一圈，跟大家说几句废话，我希望这些是我的个人秘密。"

"你尽管发你的信，"我说，"我不会偷看。我懂得尊重个人隐私。"

"可我觉得不舒服。我总是想到背后有你的眼睛。"她开始撒娇扯皮。

"你如果用英文，我根本看不懂。你知道我的英文程度。"

"不，我用的是中文。我有很多网友在国内。"

我只好站起身："那好吧，我出去走走。"

女儿追上来，把我的外套递给我，叮嘱说："一定不要迷路。记住家里的电话。"

有一瞬间，我感觉我们之间的角色互换过来了，她成了妈妈，我成了女儿。这样的感觉非常舒服。女人其实总希望有人照顾着和宠爱着。我忽然想起余爱华，她怎么没有孩子？或者她的孩子不在身边，送回了国内？

走出楼门，夜凉如水。我不由自主地打了个寒战。澳大利亚的气候非常奇怪，白天热得穿露脐装，晚上睡觉照盖羽绒被，一天之中差着几个季节。我裹紧了外套，顺着前天散步走过的路线再走一遍。其实我是个不喜欢重复生活的人，但是天黑地广，四周寂静无声，万一走进岔道，迷失了方向，我很难寻找到打电话的场所。

附近一个私家花园里的特殊装置引起了我的好奇，那东西被安在两人高的木杆上，像一个躺卧的金属笔筒，被街灯照射得幽幽发亮，看上去结构还比较复杂。我琢磨了好一会儿，才悟出这是一只电子眼，主人坐在家里，就可以用它来监视走进楼门的每一个行人。我吓一大跳，赶快逃开，生怕被屋里的人看见我凝神琢磨的样子，会以为我要对这屋子动什么脑筋。结果我慌里慌张地撞到了另一家半地下室的窗口前。花枝遮映的窗户里很难得的透出灯光，说明这间屋里有人在活动。我稍觉安心。有人气的地方总让人温暖，即便语言不通，也可以用表情交流，不像冰冷冷的电子眼那么叫人生畏。谁知道当我低头往那窗户里看时，眼前的情景更让我惊惧：凸现在窗玻璃上的是一颗凝然不动的雪白脑袋，白发下的面孔总有七八十岁年纪，皱纹交错的皮肤紧绷在一张怪模怪样的脸上，嘴巴瘪成一条直线，眼睛深陷如两只黑洞，眼皮半天都不带眨动一次，好像站在那里的不是一个活人，而是摆来吓唬盗贼的木乃伊之类。看到我惊惧地后退走开时，老人忽然张开无牙的嘴巴，对我笑了一下。我这才明白，老人站在窗口的原因只是因为无聊和寂寞，他希望看到行人从他面前一个个地走过去，看到这个世界处于活动之中。甚至，他还盼着有人会礼貌地敲开他的房门，向他讨一杯水喝，跟他聊上几句家常。可惜这个时代的人们不会这样做了，他想象中的情景只会发生在澳大利亚的牛仔时代，在"鳄鱼邓迪"的时代。

余爱华出国多年，她一直生活在如此寂寞的世界中吗？她天天辛苦地早出晚归，会不会也是打发寂寞的一种方式呢？我不由自主地又想到了她。

回到家里，女儿已经关了电脑，就等着我上床睡觉。她说："我担心死了。刚才我忘了跟你说，这附近发生过强奸案的。"看见我渐渐张大的嘴巴，她又补充："你放心，我们晚上从来不单独出门。在国外怎么生活，我已经很有经验了。"

尽管如此，我还是表示担忧。我希望她搬到市区去住，好歹人气要旺一点。她马上嘲笑我，说墨尔本市中心的夜晚比郊区还要荒凉，因为公司和商店的职员下了班都离开城市回家，市区是一个空巢。我还想询问她，唐人街是不是会好一点，扭头一看，她已经睡着了。

我起身，蹑手蹑脚地走过去关了房间里的灯，然后坐在椅子上，等着余爱华回来。楼上的电视机开着，大概在放着脱口秀之类的节目，语言的频率很快，一句紧逼着一句，说的人和听的人都来不及喘气似的，背景效果中不时夹有夸张的哄笑声。杰克脚步重重地走来走去，把地板踩得咯吱作响，有时不小心踢到一只喝空的啤酒罐，那罐子就会轻快地滚动起来，一直到碰上了墙壁或者沙发腿，才乖顺地停下。我奇怪他既然不工作，整天无事可做，为什么不能出去迎一迎他的妻子。他放心让一个女人深更半夜独自回家吗？

为了打发时间，我开始回忆跟余爱华相识相交的日子。我记得，那是我感觉精神最自由和振奋的黄金时期。大学毕业分到机关，拿上了每月五十多元的丰厚薪水，单身一人无牵无挂。我在机关宿舍有一间单独住房，虽然窄小，放进一张小床、一桌一椅、两个竹制书架，基本上不成问题。我的更多的私人藏书是被装进纸箱塞到床肚子底下的。四喇叭的手提录音机和大量磁带占据了小床三分之一的面积，使我睡觉时半个肩膀总是悬在床外。吃饭有单位食堂，菜价在五分到两角之间，经济实惠。机关的公共浴室定时开放，免费使用。工作谈不上紧张，偶尔写篇材料什么的，即便不合格，还有处长把关修改，改完了我拿过来抄写一遍，或者直接送机关打印室。因为闲适和快乐，我的身体在那段时间里吹气似的膨胀，由丰满而丰腴，以至于唇红齿白，皮肤娇嫩得吹弹即破。几年之后我从机关出来，体重就开始一年年下降，从此再没有恢复昔日辉煌。

那个年代的审美标准跟现在还不尽相同，"骨感美人"这种词尚未在媒体上大量出现，所以我的爱慕者为数不少。我们机关的老大姐们上班闲来无事，眼睛也总是盯在我们一班新分配过去的大学生身上，以撮合我们的美好姻缘为己任，笔记本上排着次序地为我们介绍对象，不惜搭上大量时间和公交车票钱。我被大家安排着，跟各种身高体重学历和职业的单身男性见面，身边频繁变更着陌生的男性面孔，百无聊赖地对他们重复自己的家庭情况和兴趣爱好，然后一次又一次地怀疑浪漫爱情是否根本就是一种虚幻。

余爱华就在这个时候出现在我的生活里。

余爱华比我早两年分配到机关，那时候也还是单身。我们机关里人员很多，楼上楼下分好多处室，我跟她之前也就是眼熟，还知道她是机关团支部书记，此外几乎没说过话。我不是那种跟别人见面就熟的人，她也同样如此。她长着一张轮廓分明的严肃面孔，做事一板一眼，穿衣打扮绝对中性，说起话来，三句不离"理想""人生"，所以我们都对她敬而远之。老大姐们从来不给她介绍对象，怕自讨没趣，也觉得她那样的个性不会让男人喜欢。她们说："余爱华的第一目标是要入党，其次才谈得上恋爱结婚。"那么，因为她暂时还没有能够入党，介绍对象的事情自然就只能放缓一步了。

那一天晚上，我吃过晚饭回办公室，准备把碗筷放进抽屉，然后上楼看电视。那阵子电视里放的是香港连续剧《上海滩》，住机关宿舍的人总是七点不到就上楼占座位。电视机太小，机关会议室又太大，坐得远了，周润发和赵雅芝这一双璧人眉目传情的样子实在看不过瘾。

我关上抽屉的时候，听见门外脚步响，一抬头，余爱华已经走进门内，并且顺手带上了我的办公室房门。

"耽误你一会儿时间，好吗？我想跟你谈点事情。"

她尽量做出轻松的样子，可我还是觉得心里无端发沉。我站着，告诉她我还要上楼看电视，有事情能不能快一点说。我想不出来她会跟我说什么，我们不在一个处，行政上和业务上都不可能发生关系。

"你还是坐下吧。"她微笑着命令我，然后自己先在我对面的椅子上坐了下来。

因为不熟，我不好意思对她任性，要求改日再谈什么的。我无可奈何地跟着坐了下来，心里惦记着楼上的座位问题。

"知道我想跟你谈什么吗？"她和颜悦色。

我摇头，脸上的表情肯定是很不耐烦。我说："你说吧。"

她咳嗽一声，神情里有短暂的犹豫，甚至还稍稍地红了面孔。她结结巴巴，先扬后抑："其实……我一直认为……你是个很不错的同志……你单纯，喜欢学习，积极要求进步……"然后她话头一转："你自己是不是也感觉到了什么？"

我茫然："我感觉什么？"

她带点尴尬地笑着："比如说，在恋爱婚姻的问题上……"

我尖锐地回她一句："我有问题吗？"

她摇摇头："你不要误会我的意思，我是说，机关里的同志们有一些看法，觉得你的恋爱态度不够严肃，就是说……次数太多了，谈一个吹一个，给人印象不太好。你是不是太挑剔了点儿？"

我起先觉得愤怒，而后又觉得好笑。我知道这不是什么"机关同志们"的看法。那时候已经是八十年代，社会上的风气非常解放，离婚和婚外恋都成了比较正常的事情，没有人会对我选择男朋友的方式大惊小怪。有"看法"的只能是她，她自己一副标准的马列面孔，吓得男同胞们退避三舍，因此对我的恋爱现状愤愤不平。

之后跟她的交往渐多，才知道她对我的看法不是出于嫉妒或者酸楚，那是我自己心眼儿小了。她是真心的认为我的世界观人生观都有问题，起码是过于"小资"，跟一个标准机关干部的形象不相吻合。她出于团干部的责任，觉得有必要帮助我纠正思想。

可我那时候年轻，自我感觉不错，很多事情上就比较锋芒毕露。我记得我一气之下放弃了晚上的电视，即兴做了一场关于现代社会爱情和婚姻观的演讲。我是中文系毕业生，读过的中外爱情小说无以计数。那时候西方的各种现代思潮正在流行，乱七八糟的哲学书籍我也看过不少。我这人轻易不大讲话，一旦讲开，思绪就会突然地活跃起来，言语也就特别地犀利和大胆，强词夺理什么都来，气势上也比较咄咄逼人。要是换一个倾听对象，也许就恼了，起码也会对我心生不满。可是余爱华没有，她非常认真地听着，有时候会忍不住插话，用她的正统纠正我的偏邪。总的来说，她没有一点生气的意思，完全是一副平等交换思想的姿态。临走的时候，她甚至跟我要了几本书的名字，说要去书店买来看看。

一个星期之后，还是在晚上，她第二次来到我的办公室。我们住机关宿舍的年轻人除了八小时睡觉，其余时间都是以办公室为家的，因为办公室比宿舍宽敞，冬天可以烤火，夏天有电风扇可用，宿舍就没有这么好的条件。那天楼上的《上海滩》已经放完了，周润发的死让我欲哭无泪，也令我中毒太深，我从那时候开始就对香港电视剧有瘾，白天无论多累多烦，想到晚上还有两集好看的电视剧等着，有我喜欢的男人女人在剧中生生死死地爱着，心里就倍感慰帖。

余爱华肯定是知道电视剧已经放完才来找我的，她甚至还带来一包瓜子，摆出一副准备跟我彻夜长谈的意思。

"你手里缝的，那是什么?"她隔了宽大的办公桌朝我伸过脑袋。

我把新疆手鼓那么大的绣花绷子放到桌上，给她看。我刚刚从处里的打字员那儿学来这种"十字绣"的针法，正在笨手笨脚地试着绣一块手帕。我一上来就绣了一种很复杂的德国童话式的图案：带红顶的森林小木屋、圆头圆脑的彩色蘑菇、穿巴伐利亚传统花裙的小女孩，还有门前一条象征性的河流、河岸上星星样的黄色花朵。

　　"真漂亮啊！"她惊呼，紧抓着我的绣花绷子，爱不释手的模样。

　　"你喜欢，我可以教你。针脚并不复杂，不需要太专业的技能。"

　　"是吗？"她欢天喜地地应着，然后就绕过办公桌，坐到了我的身边，一边看着我下针，一边讨教各种问题，连绣花线和绣花绷子在哪儿采买都问到了。看起来她是真的感兴趣。我开始对余爱华有了初步的认同。无论多么理智和刚性的女孩，她的内心里总有柔软光滑的一面，对花花草草的东西是天生的喜欢。

　　研究完绣花技巧，我们言归正题。她找我的目的，其实是要探讨读书心得。我介绍她读的几本书，她买来了，也读完了，她需要有个人听她说一说，说了心里就舒服些。她对外国人敢于在书中那么大胆地谈论情欲和性爱的问题感到吃惊。她说"情欲"和"性爱"这两个词的时候，稍稍地顿了一顿，像是难以出口，并且脸上真的红了。我估计她以前从来没有碰触过类似的字眼。她告诉我，机关同事对她的看法和议论她都知道，她的确是个过于正统和认真的人，这没有办法，从小的生活环境和教育环境令她如此，已经成为习惯，想改很难，自己心里的那一关就闯不过去。但是她的心里并非别人认为的那样死水一潭，她也有女孩子隐秘的渴望，有一些自己都难为情的念头，甚至不那么道德的想法……

　　我听她说到最后一句话的时候，简直大为惊讶，完全想象不出来她指的是什么。

　　她犹豫了很久，指头在桌面上画来画去，拿不定主意是否应该对我说出来。日光灯装在办公室的天花板上，光线自上而下，加上她微微低着面孔，她眼窝和鼻翼的阴影就更加浓重，是那种雕塑一样大刀阔斧的线条，比多数女孩的确少了一点秀美和柔软。

她不说，我自然不好催促她说，好像我急着打探别人隐私似的。可我又不能自顾自地低头绣花，放着她不管，那样又显得我不通人情。我们之间的气氛就非常尴尬。

忽然之间，她哭了。泪水从她深深的眼窝里溢出来，顺着颧骨和腮帮无声地滚落。她坐着不动，也没有抬手去擦，完全浸透在一种悲伤和绝望中。她的眼睛依然大睁着，却没有看我，看着屋角的什么地方，目光的焦点是虚着的，也许是因为泪眼蒙眬，让我感觉到那种虚。我在吃惊了一会儿之后，依稀醒悟到她的哭不是痛苦，其实是一种快乐，她需要有这一场宣泄，可以把压在心里的东西释放出来。

长了一副刻板无趣的党性面孔的余爱华，原来也会为感情而哭啊。

在这种时候，我不知道说什么才好，也真的是无话可说，所以我就把一只手放在她腿面上，轻轻捏了一捏，传达一种安慰和理解。我发现她腿上的肌肉非常放松。她那一刻整个身心都是放松的、敞开的、感性和轻盈的，像花朵在黎明中打开的一瞬。

"对不起啊，真的是对不起啊。"最初的激动之后，她反复地对我说着这样两句话。

我向她表示："你无论说什么我都能理解。"我期望知道她的秘密，这是女孩子的好奇。

她终于长长地吐出一口气，上身先是挺直，慢慢地把空气吸进去之后，含住，在五脏六腑荡涤一番，然后非常收敛地吐出来，随之身体软下去，矮下去，舒服极了的那种样子。"我喜欢上了一个不该喜欢的人。"她眼巴巴地看着我，耳语一样，"我们处长。"

我的身体猛地往后一弹，碰到椅背，就定住了，像贴在上面的一件东西。

"连你都惊讶了。"她苦笑了一声，好像有一点责备我。

我赶快解释："不不……我不是……我只是……"我发现越解释越乱，只好住口。

她的处长，我当然认识，王强，那一年也就是三十出头吧，机关干部年轻化的第一批受益者。王强的妻子是我们机关年轻女孩最眼红最羡慕的一个人，因为她拥有那么出色的丈夫。王强非但聪明英俊，而且谦和，上下级关系都处得很好，就连路上碰到我们这些新分来的大学生，也是老远就停下，点头，微笑，笑容是发自内心的，绝不卑微，也丝毫不带暧昧，阳光一样的明朗和健康。余爱华喜欢他，一点儿都不奇怪，因为我自己同样如此。关键是，余爱华嘴里的"喜欢"不是一般的喜欢，那已经是等同于"爱"的一个用词，她提到他之前的悲伤和流泪，明白无误地昭示了她内心的一点一滴。

"可是，他的儿子都快上小学了啊。"我忍不住地替她焦虑。

现在想起来，那时候的我号称"现代"，骨子里还是传统。如果放在更年轻一代人的身上，这样的问题根本就不是问题。爱一个人，尽管去爱，妻子儿子视作无物，还不行吗？什么时候爱到尽头，大家挥挥手走路，"不带走一片云彩"，多么的简单干脆。

余爱华忽然凑近我，眼睛里放出一种异常的光亮："我只告诉你一个人，你千万不许说出去。王强不爱他的妻子，他们夫妻感情不好，有可能离婚。"

我又一次地对余爱华感到惊讶。她远不似我从前想象的那样无趣和刻板，她已经对暗恋着的处长做了很多调查，或许还有跟踪和监测，所以掌握了如此丰富的第一手资料。我问她是不是准备等下去，等到王强有朝一日离婚，然后她乘虚而入。

她嗔怪地责备我："什么叫乘虚而入啊？"

我连忙道歉："对不起，用词不当。"我又问："万一他离不了婚呢？

或者想离又不离了呢?"

她先是说,她可以无休止地等下去,等一辈子。想了想,她又反驳自己,不可能的,她的运气不会这么坏,我不应该用悲观主义的思想影响她。

那天晚上的谈话到此结束。余爱华第二天上街买来了绣花所用的一切材料。她先绣了一块手帕,很简单的一朵向日葵,用金黄色和黑色的丝线搭配,挺漂亮。然后她就买来一对洁白的纯棉布枕套,开始绣那两枝并蒂莲。我发现她对花朵有着特别的兴趣。可是她在生活中从来不穿花色衣服,连格子之外的图案都很少上身。

我注意观察年轻的处长王强,果真发现了一些蛛丝马迹的动向。比如说,星期天他到机关来加班的时候,把他的儿子带过来了。从前他儿子一直是有人在家里照顾的。再比如说,机关里发电影票,每人两张,王强和他妻子都没有去,去的是他的老父老母。还比如说,有一天我看见王强妻子到机关里来,没有去找王强,却直接进了局长办公室。下班时候我在自行车棚遇到她,她好像眼圈有点红,低了头不跟人招呼,匆匆忙忙骑车走了。

我不能不佩服余爱华的细致,她比任何人都要更早地发现了他们处长生活中的一切异常,因而无比坚定地树立起了她自己婚姻的信心。

但是,世间的一切总有太多的意外,世界是因为一个又一个的意外才发展成了今天的样子。一九八四年王强率队去深圳考察学习。新兴的城市深圳除了有令人震惊的建设速度之外,还有了另一样新兴的职业:妓女。那时候也叫:暗娼。谁也说不清王强是怎么昏了头,把自己如花的前程丢到了脑后,睡到了一个年龄可以当他姐姐的妓女的床上。一同去深圳的机关同事都感到吃惊,在王强被深圳的公安扣押之前,他们一点儿都不知道王强是怎样被那个妓女拉下水去的。

王强回到南京,没有进机关大门,直接去了拘留所。那时候赌博嫖娼都是大事，大到要开除党籍，开除公职。

机关上下震惊。党员和干部们大会小会开了不止一次，缺席批判王强的堕落行为。王强的所作所为实在太过超前，南京人的脑子里根本还没有"嫖娼"这个概念呢。

有一天晚上，我到余爱华的办公室，我问她接下来怎么办。她非但没有沮丧，反而眉飞色舞地告诉我："知道吗？王强妻子同意离婚了，今天到机关里来开离婚证明了！"

我于是明白，我什么都不必再说。我只跟她讨论了新开播的日本电视连续剧《血疑》，又说了一会儿枕套上绣花的技术问题，然后告辞出门。我想，她说过要把"百年好合"四个字绣到枕套上去的，现在应该可以做动手的准备了。

不久我结了婚，调离了机关，到另一个单位工作。我知道余爱华实际上一直都没有结婚。几年之后又听说她自费出国。那时候她已经入了党，提了副处。她是先退党，再辞职，才办妥了出国手续的。机关里又一次全体震惊，甚至比听说王强的嫖娼还要吃惊。要知道，余爱华为争取入党，经过了多么不懈的努力啊。

还有那只枕套，余爱华既没有绣上她心仪的词句，又没有舍得丢弃，她夜夜枕它入睡，是不是觉得枕上的花朵也可以在心里常开不败呢？

那晚我一直坐到了十二点以后。因为房间里黑着灯，女儿的呼吸声又如同催眠小曲，我实在困倦不堪，只好站起来，赤了脚在房间里走动。我不明白余爱华天天深夜归来，清早出去，怎么还有精力在床上折腾出那么大的动静。莫非澳大利亚的牛肉比别处养人？

楼门前的车道上响起了碎碎的脚步声。接着，听到钥匙在门锁中窸窸窣窣地转动。我赶快走出房门，随手拉开门厅里的吸顶灯。余爱华被倏忽而来的光线晃得眼睛直眨巴，一只手下意识地举起来挡了一挡。我看见眼前的余爱华是一个胖墩墩的中年女人，上身一件过臀的桃红色织花毛衣，下面配大花九分裤，花卉的色彩非常鲜艳，裤子的弹性也好得过分，腿面和腿肚的肌肉勒出圆弧形的突出线条，十分不堪。还好，脚上一双平底软皮鞋是黑色的。今年流行穿彩色牛皮鞋，她倒是没有紧跟潮流，将自己从头到脚地用色彩武装起来。

她适应了楼里的光线，放下那只遮光的手之后，有片刻时间，我怀疑站在面前的是不是我的同事余爱华。她的脸不再是那样凹凸有致轮廓分明，而是臃肿虚浮，眼袋、颧骨、嘴唇都是鼓出来的，松松地悬着，密布了细细的皱纹，纵欲过度或者酒精中毒的那种症状。难以接受的是，她的化妆技术，粉底打得既厚又白，剃光的眉骨上画着蚯蚓一样弓起身子的细眉。国外唐人街的中老年女性都喜欢画这样的眉形，我实在弄不懂这是怎样的一种审美情趣。

我试着喊她："余爱华？"

她愣愣地盯着我看，惊讶得不能自已："我的天哪，怎么会是你？"

她一把拖起我的手，一直把我拉到楼梯下的卫生间里，关上了门。"我们在这儿说话，别弄醒了孩子们。"她说，"你女儿，她叫苏姗吧？搬过来的时候提起过你的名字，当时我还在想，是不是我的那个同事？我后来还想细问，太忙，没找着时间。哎呀，太好了，我们会在这儿见面！你说这是不是缘分？"

我说："都这么多年了！"

她也说："都这么多年了。你女儿都这么大了。"她垂下头。再抬起来的时候，我发现她的眼圈隐约有一点红。我的心里也就跟着酸涩起来。

我们互相都没有提对方的变化。人到中年，这是一个很敏感的话题。她大致地问了一下我的现状，我做了如实汇报。然后我反过来再问她，她好像不太愿意回答，手捂着嘴打一个大大的哈欠，不无疲惫地说："太困了，都已经一点钟了。我们明天再说吧。明天我休息，有一整天时间。"

我送她到楼梯口，恋恋不舍地看着她上楼。因为处于攀登的姿势，她的身体微微前弓，臀部撅起来，过长的毛衣被臀尖顶出两个小小的山头，而且随迈腿的动作有节奏地高低起伏着。我发现她穿这一身衣服其实很性感。起码，杰克是喜欢的。

回到女儿房间，脱衣躺下，早先的困劲儿全没了，很久都没能睡着。难得的是，楼上没出现令我尴尬的响动。余爱华知道有我的存在，某些举止着意收敛了吗？如果她跟杰克解释这样做的原因，杰克又是否能够理解？

忽然，我又想起二十年前走进我的办公室里郑重其事找我谈话的团支部书记余爱华。每个人的身体中其实都潜藏着两种以上的人格，因为环境的关系，很多人至死都没有表现出来的机会罢了。

我折腾到下半夜才沉沉地睡过去。早晨闹钟响，我听到了，我只是催促女儿起身上学，然后我迷迷糊糊接着再睡。八点多钟，有人在外面咚咚地擂门。这时候阳光已经从窗外一直照到我的床边，零乱的房间里呈现出一种橙色的温暖，女儿睡过的枕头上残留着浅浅的凹痕，她换下的牛仔裤和运动套衫搭在椅背上，口袋里滚出的硬币在地上可爱地躺着，硬币旁边是她的粉红色拖鞋，一只的鞋头枕在另一只的鞋跟上，就像她小时候喜欢枕着我的小腿说话。

是杰克下楼开的门。下楼的脚步声沉重而迟缓，还夹着他大声的叫唤，大概是让门外的人不要性急。后来，他开门之后，就在门口跟来人说了一阵子话。我从窗户里探了探头，看见那是一个年轻的澳洲男人，穿一条带破洞的牛仔裤、一件黑色短袖套衫，头发脏兮兮地披到肩膀，胳膊上的汗毛丛丛簇簇，在阳光下泛出一层毛茸茸的金光。杰克跟他交谈几句之后，放他进门。两个人一前一后脚步咚咚地上楼。那个年轻人脚步与脚步之间的间隙隔得有一点长，我可以肯定他的长腿是每一步迈两格楼梯。

趁他们都不在眼前的机会，我赶快溜出房间，到卫生间洗漱、上厕所。我一向不喜欢让外人看到我油亮亮的隔宿面孔，尽管我已经是不需要过分注意形象的年龄。

我在上厕所的时候，听见楼上传出争执的声音。余爱华那一口怪腔怪调的英语夹杂在其中，而且渐渐地成了主角。她反复地、愤怒地说着一个词："NO！NO！"还有"没有""不可能"之类的词句。出国十几年，她还是一口中国式英语，所以我马马虎虎能听懂一些词。杰克的舌头有点大，吐字含糊不清。也许清早他已经喝了过多的酒，酒鬼都是这么说话。那个年轻澳洲人，嗓门最高，性子也最暴躁，说话又急又快，澳洲土音很重，我只知道他几乎每句话都带着一个英语的"操"字，其余就一概不懂了。

一开始，几方面的态度虽然都不够好，但是勉强还能够说理，有点各执一词互不相让的意思。年轻人说得最多，步步紧逼。余爱华坚守阵地，拦截很死。杰克一声声地追问："为什么？为什么？"也不知道是问余爱华呢，还是问那个年轻人。然后，不知不觉地，争吵就升了级，声音放得越来越大，尖叫、怒吼、咆哮、辱骂，什么最伤人就来什么。他们都忘记了楼下还有一个来做客的中国女人。即便余爱华还记得起来，但是事到如今，她想要顾着我也顾不上，她完全陷入了两个男人的包围之中，声嘶力竭，疲于应付，连嗓子都变得沙哑起来，变成一种垂死挣扎的哀号。

我奔出卫生间，站到楼梯口，手扶着栏杆，想要上去劝解，又不知道会不会把事情弄得更坏。照他们的规矩，也许我应该退避三舍，或者干脆打"911"报警。

忽然，楼上有嗵的一声闷响，像是有人跌倒，或者砸了什么东西。从这之后，形势一片大乱，脚步声杂乱地奔来奔去，啤酒罐叮里咣啷四处乱滚，盘子是照着瓷砖砸过去的，碎裂声惊心动魄，板凳肯定有一张四脚朝天，椅垫之类扔过去的声音发飘，不够分量，幸好还没有人头脑发昏地去碰电视机，否则还会有冒着黑烟的爆炸。

最后，是余爱华一声凄厉的惨叫。我的心跳一下子加快，眼前有一点发黑，浑身都瘫软下来似的。我当时想上楼都没了力气。

幸好，随着她这声惨叫，一切都停止下来。楼上沉寂了约莫一两分钟时间，就看见那个年轻人阴沉了面孔，箭一样地从楼梯上冲下来，一阵风地从我面前刮过去，哗地拉开楼门，消失不见。他没有看我一眼，可是我看见了他那张跟杰克非常相像的宽阔下巴。

然后，杰克跟着下楼。他也是一副怒气冲冲的样子，只是他的步态无法像年轻人那样灵活，几乎是横着身体连滚带爬下来的。他看见了站在楼梯边的我，稍稍地一愣，嘴里嘟囔了一句什么，赶快追着年轻人出去。

又过一分钟，我听见杰克在外面发动了他的那辆破车。那车吭吭地哼了好一阵子，才勉强起步，呼哧呼哧走远。

我扶着栏杆上楼，只觉得两腿打飘，胸腔里嗵嗵地敲鼓。我一路走一路喊："余爱华！余爱华？"

她鼻子嗡嗡地回答一声："我在呢。"

我扑上楼去，一眼看见余爱华蜷在墙角地毯上，脸上血糊拉塌，也不知道是从鼻子里还是从额头上流下来的。她穿的那身大花睡衣上也有血，一点一点，触目惊心。看见我站在那里目瞪口呆手足无措的样子，她苦笑一下，说："吓着你了。"

我弯腰问她："你怎么样？要不要报警？"

她摇头："是杰克的儿子。"

我愤怒："那你就该是他的母亲！他怎么可以对母亲下这样的毒手？"

她不以为然："他亲生母亲就是被他气死的。"

这一下轮到我无言以答。我去厨房绞了块湿毛巾，给她擦血，又打开橱柜找药品。她已经从地上移坐到沙发上，有气无力地说："别张罗了，我没事，一点外伤。"

"他常这样对你？"我从她手上接过沾了血的毛巾。

"偶尔吧。他没有钱的时候。"

我惊讶："他来跟你要钱？他没有工作吗？"

"他挣的钱不够用。"

"他为什么不跟杰克要钱？"

"杰克更没有钱。他是拿救济金的人。"

"可是他有房子啊！光收房租就有一大笔啊！"

余爱华得意地笑起来："房子是我的，我赚来的钱，我买的房。"

我下意识地一声轻叫，现在我大概明白了他们之间的关系。

余爱华盯住我的眼睛："接下来，你是不是要劝我离婚，让杰克滚蛋？"

我声明："暂时还没有这么想。"可我想说的是：这样的日子你感到幸福吗？

余爱华站起来，开始收拾地上狼藉一片的东西。我帮着她收拾。我们先把椅子扶起来，椅垫之类的东西归到原位，啤酒罐装进垃圾袋中，最后拿一把扫地的刷子扫那些破碎的瓷片。整个过程中，余爱华一直闷着头，专心想事情的样子。她最后跟我说了一句话："把杰克换掉又会怎么样？一百个人的婚姻，九十个人都不会圆满。婚姻就是妥协和忍受。"

我承认她的话算得上至理名言。我还猜测到，杰克肯定不是她的第一个男人，她到澳洲这么多年，所经历过的曲折波澜，绝对复杂得超过我的想象力。

晚上女儿回来，我把今天发生的事情告诉她，她嚼着糖果回我一句："家常便饭啊。"

我说："你这种态度，是不是也太冷淡了？余阿姨毕竟还是我们中国人。"

女儿却跟我认真起来："怎么可能？她跟杰克结婚，已经拿到了澳洲身份。"

我怔了半天，忽然觉得我在很多方面都天真得可笑。是啊是啊，做什么事情都是有代价的，我怎么可以光看事情的表面得失而不计它的成本？

余爱华到楼下来，给我们拿来一包橘子，是她家后花园的橘树上长出来的果实。橘子不很大，但是清甜，澳大利亚这地方真是长什么都合适。三个女孩子很会察言观色，知道了她跟我的旧日关系，马上提出来需要请她更换一些家具和厨房用品。她们立刻集合到了露丝房间里，商量之后，开出一张长长的清单。我以为余爱华会表示为难甚至拒绝，还要叫上一阵苦。我知道她的房子是按揭的，她维持这个家并不容易。可是余爱华拿着清单仔细看了一遍，一句废话没有说，折起来放进口袋里，答应近日就办。我嘴里不说什么，心里却有些高兴，毕竟她让我在女儿和她的同学面前很有面子。

她下楼的目的是请我们全体房客明晚吃烤肉。她说她跟杰克讲妥了，烤肉和烤肉炉都由杰克准备，她明天的晚班请假，这样下午就可以回家。她说，澳大利亚也没什么好吃的，她又不会做菜，还是烤肉来得热闹。三个孩子自然都欢呼雀跃。

她走了以后我才想起来，我竟然忘了问一问她的孩子，我是一直很想知道她有没有孩子的。我女儿在旁边很有把握地说，别问了，肯定没有。我说，你别乱下结论。她扬起眉毛："怎么是乱下结论呢？你看她到楼下坐了一会儿，把你带给我的一袋相思梅全吃光了，如果是妈妈，她肯定不舍得吃孩子的东西。"我想了想，哑然失笑。我承认女儿的判断极有道理，孩子对母亲的辨识力几乎是天生的。

第二天下午，余爱华果然回来得很早，还带回来一纸袋的蘑菇、青椒、洋葱，说是可以跟肉类一块儿烤着吃的。她在后花园里清理出很大的一片空地，然后又检查家里的饮料够不够喝，纸杯纸盆需不需要再买，胡椒粉、孜然粉、盐是不是齐全。她穿着那身色彩鲜艳的衣服，楼上楼下跑个不停，真心地要把这场烤肉宴会办得让大家高兴。她还说："杰克会买肉，他知道什么部位的肉烤起来最嫩。我做这些事情总是不如他。"她又问我，杰克是什么时候开车出去的。我说好像上午就走了吧，一直没看见他。她点点头："借烤肉炉去了。我们总是借他弟弟家的烤肉炉用。"

五点多钟，孩子们回到家里。她们动手切那些蔬菜，切成拇指那么大，一块一块往铁钎上穿，一边嘴里不停地说着话，说学校里老师和同学的那些趣闻，麻雀一样叽叽喳喳。烤肉的乐趣不是吃，就在于这些大家动手准备的过程，充满温馨，充满情趣，不似平常的家宴，一人辛苦，其余人坐享其成，缺少关爱和平等。

六点钟，一切准备妥当，可是杰克还没有回来。我们坐在后花园里，边喝饮料边等。余爱华有些着急，不断地走到前门车道上去看。她对自己寻找的解释是：杰克的车不好，可能又在哪儿抛锚了。"要不然，我们先吃些炒饭？"她征求大家意见。女孩们坚决摇头，她们从中午起就开始节食，只为了晚上这顿盛宴，怎么舍得用炒饭来破坏气氛？

终于听到杰克那辆老爷车的吭哧吭哧喘息声。余爱华啊的一声叫，眉眼舒展开，笑得像个无锡泥阿福，跳起来就往前门跑。我们都一齐跟过去，准备帮忙往车下搬东西。杰克的车是扭来扭去"之"字形地开进车道的，而且停车时一下子没刹住，车头顶翻了门口的一个垃圾筒。我看见余爱华的脸上倏然变色，笑容像被一把刷子抹去了一样，嘴唇紧闭，眼袋和腮帮子都耷拉了下来，一声不吭。于是我和三个女孩子都站住不动。我们醒悟到有不好的事情将会发生。

杰克打开车门，踉踉跄跄地走了下来，又打开后面的车门，拎出沉沉的一打罐装啤酒。他拎着这些酒要往楼门里走的时候，猛然抬头，看见了站在台阶上的一排五个女人。他停住了，奇怪地眨巴着眼睛，好像不明白我们怎么会对他举行如此隆重的欢迎仪式。他喘着粗气，微微地摇晃着身体，红通通的鼻头可笑地鼓胀着，眼仁和眼白一片混浊，空着的那只手举起来，比画了好几下，要说什么，却怎么都说不出。他的思维、语言、动作在此刻全都错位了。

余爱华一动不动，她的脸色由通红而变得青白，又由青白转而发紫，不新鲜的猪肝一样吓人。终于她对他叫出一句："你去死吧！"还觉得不能解气，又补充一句："和你这辆该死的车一块儿去死！"

杰克莫名其妙地看着她，又挨次看着我们的脸，结结巴巴地问出话来："为什么？为为为什么？出什么事了？"

余爱华转过身，把我们几个用劲一推："走，我们叫车去餐馆，请你们吃海鲜！吃光用光算数！这个家我也不要了！"

她真的把我们带到了一家香港人开的餐馆，鱼呀虾呀鲜贝呀点了好几个菜。她还叫了啤酒，一个人就灌下去两大杯，弄得我直担心她会喝醉了当场呕吐。女孩们都吓得不轻，谁都不敢多说什么，饭菜也吃得小心翼翼，结果桌上剩了好多。结账的时候，那顿饭花了一百多澳币。我抢着要付钱，她抓住我的手，死活不让，指甲把我的手背都掐出了几个血痕。

那天晚上我很久都不敢睡，张耳听楼上的动静，随时准备冲上去当"灭火"队员。还好，楼上静悄悄的，一点动静也没有，很可能两个人都喝得多了，上床就烂醉如泥，想吵架也吵不起来。

隔天我起床之后，楼上依然安静。探头往窗外看看，杰克又一身油污地在摆弄他的破车了。我走到楼梯口，往楼上喊了几声余爱华的名字，没有人答应。不知道什么时候她已经出了门。生气归生气，日子还是要过下去的，看起来两者之间她分得一清二楚。

我决定进城，到余爱华上班的地方看一看她。之前女儿曾经告诉我进城的详细路线，我很想试试凭自己的几句破英语能不能在墨尔本做成我想做的事情。我下楼找杰克，向他询问余爱华的详细工作地点。比手画脚纠缠了好一会儿之后，他终于明白了我的意图。他很高兴地搓着手，连声说："OK，OK。"他好像全然忘记了昨天所犯的过错和余爱华对他的愤怒，油污的大手在衣服上擦了擦，抓住我递过去的本子和笔，以墨尔本的米黄色中央车站为基准，画出了到达余爱华工作地点的公交线路图。他的手指粗而短，指甲缝和关节处嵌满了黑色的油泥，小小的圆珠笔捏在他手里，就像捏着一根掏耳朵的小棍子，陌生而且还不灵活，画出来的线条也是歪歪扭扭哆哆嗦嗦，弄得他不断摇头，沮丧地笑，对自己非常无奈。他最后在我的本子上标了一个地名：维多利亚市场。他在这个地名上画了一个粗粗的圈，表明这是余爱华工作的地方，也是我的短途旅行目的地。

我没有购买月票或者周票，口袋里揣着现金上了路。在车站，我看见一个华人老太太站在一辆橘黄色公交车的车门口，用广东话对司机表示她的愤怒。中年的司机探出半个身子，用英语激烈地回击着。双方的语言我都听不懂，我估计他们之间也是不可能沟通的，可是他们照样有着表达自己意见的热情，双方的指责你来我往，活像表演一出荒诞情景的戏剧，使我忍不住发笑。这时候，他们双方在同时看见了我，马上把语言的对象转移到我的身上，广东话和英语从两边对着我的脑袋倾盆而下，然后眼巴巴地盼着我来搭起他们之间的桥梁。我无能为力，只好连连道歉，落荒而逃。

路上一切顺利。所有公交车的站名、每班车到达和发车的时间、快车还是慢车，标得清清楚楚，司机也都是严格按照时间表来操作，基本上不会让人无着无落地空等。比较起来，国内交通在时间的把握上完全就是信马由缰了。

我想象中的维多利亚市场，是一个有着维多利亚时代建筑风格的气派非凡的商业场所，所以，当我实际上已经走了进去，穿行在那一排排塑料大棚式的简易构架中时，我还在不断向人询问："对不起，请问哪儿是维多利亚市场？"

我不知道国内的什么地方可以与此相比。也许早先浙江义乌和福建石狮的小商品市场跟这里有些相似。可是那两处市场我都是久闻其名，而未曾身临其境，还是无法确信是不是真的类同。总之，我一走进这片一望无际的棚架式市场，就完全迷失在商品海洋中，再也分不出东西南北、进路和出路。我糊里糊涂地沿着两边货摊空出来的小路行走，耳朵里听着英语、广东话、普通话、越南语、印巴语、阿拉伯语等等乱七八糟的语言的吆喝，嗅着羊皮、羊毛编织品、廉价香水和香料、金属及塑料的小玩意儿散发出来的混杂成一团的气味，心里涌出一种莫名其妙的恐慌。我不是担心抢劫、偷窃、行凶、非礼这样一些实质性的伤害，我是无端地心跳、出汗，好像走进陌生梦境中又挣扎不出来的那样一种焦虑。

万万没有料到的是，我居然在成百上千的货摊中很快发现了余爱华。她那天穿着一件葱绿色外衣，非常显眼，在整体上灰秃秃的摊贩们中间一下子就跳了出来，醒目地招摇着。我这才明白她为什么总穿这些红红绿绿的衣服，她要在无边的千篇一律的货摊中突出自己，非如此不可。中国人还是比别人聪明。

我本来想马上跑过去，站到她的摊档前，给她一个惊喜。后来我看见有一对六十多岁的中国老人从她摊前走过，被她招呼着停了脚，我就没有再凑过去，只是迂回着挪近了一些，看她怎么做成这笔生意。

她首先拿出来的是一大盒澳大利亚特产品：绵羊奶护手霜。那一盒很沉，打开来看时，是三四一十二瓶，整整一打。

"买吧，从澳大利亚回国的人都带这个，冬天搽手再好不过。搽脸也行。纯绵羊奶制品，别处没有。"她满脸堆笑，一口气地说下来，冰淇淋一样滑溜。

"绵羊奶护手霜啊，国内也有的。"老太太拿起一瓶看了看。

"那都是假的，绝对没有澳洲产品这么纯粹。"余爱华斩钉截铁道，"想想看啊，澳洲是出绵羊的地方啊，全世界还有比澳大利亚更好的羊？当然也没有比这更好的绵羊奶了。大姐你试试。"

那个被余爱华称为"大姐"的老太太，很被动地让余爱华捉住一只手，手背上涂抹了少少的一点护手霜。老太太戴着蚕豆大小的翡翠戒指，乳绿色玉镯，穿体面雅致的绲边唐装，操着带上海腔的普通话，一望而知是过来探亲的有点闲钱的老人。

"怎么样啊？"戴金丝眼镜的老头儿凑过去看老太太的手背。

"好像……就这个样吧！"老太太说不出个所以然。护手霜搽到手背上不可能有清凉油的瞬间反应。

"那就买几瓶算了。"老头儿似乎不忍辜负余爱华的一片好心。

"多少钱一瓶？"老太太开始问价。

"给个整数，一百块，这一大盒都归你。"

老太太马上涨红了脸："不可能的呀！你也要得太狠了呀！听我女儿讲，这东西最多卖三块钱一瓶的呀。"

余爱华一拢胳膊收回了她的货品，好像生怕对方抢走了似的："大姐呀，货跟货不能比的呀。你说的那是什么牌子？我卖的又是什么牌子？"她熟练地说了个英文单词。"品牌货哎，原产原装，有质量保证书，产品说明书。都是中国人，我怎么可能骗你？"她把两大张印满密密麻麻英文的粉红色纸头放在两个老人面前。

"总之是太贵了。至多这个价。"老太太伸出四根手指，玉手镯在腕子上晃晃悠悠。

余爱华脸憋得通红，咬牙蹙眉跟自己的思想斗争了半天，无奈地一拍手："算了，五十块卖给你！你们是上海人，我是南京人，差不多也能算老乡。我不赚你们一分钱，只图你们回上海帮着做个宣传。"

"一整盒太多，我只要四瓶。"老太太又缩回半只脚去。

余爱华惊叫:"四瓶怎么够? 你们来一趟澳大利亚,回去要不要应酬? 亲戚啦,邻居啦,小保姆啦,小孩的老师啦……喜欢这东西的人不要太多哦! 一人送上一瓶,好看又实惠,花不了几个钱,说起来还是外国货,你们想想……"

老太太抱起那一大盒护手霜,掂了掂,大概还是觉得太沉,还在犹豫。

余爱华忽然从旁边的一大摞羊皮中抽出一张,啪地摊开在两个老人面前,手掌从皮面上柔滑地抚过去:"要不这样,这是我摊子上最好的一张羊皮,我便宜点搭给你们,怎么样?"

那的确是一张不错的羊皮,洁白、柔软,毛绒很长,冬天铺在沙发上坐,取暖设备都用不着开。

老太太手摸着羊皮,脸上是真心的喜欢。结果她们以八十元的价钱谈定下来。老头儿掏出皮夹子付钱的时候,余爱华顺便又介绍了一种软羊皮做的鞋,看上去笨头笨脑,穿起来舒服得吓人,特别是冬天晚上坐着看电视,一双鞋抵一条毛线裤。她卖给老太太只算一半的价,十块钱一双。

就这样,本来是随便逛逛的老头老太离开余爱华的摊位时,手里抱了一盒十二瓶护手霜、一大张厚羊皮、两双羊毛鞋。口袋里却少掉了一百五十块澳大利亚元。

老人走远了之后,我笑着站到她面前,真心真意地说:"恭喜你呀,又发一笔财。"

她又惊又喜地责怪我:"怎么一个人摸过来了? 真敢啊! 你该让杰克开车送送你。"

我说:"免了。他那车子要是半路上一抛锚,我起码半天时间要丢掉。"

她问我:"想买东西吗?"

我说我也来几瓶绵羊奶护手霜吧。刚才听她说得那么好，不买真有点对不起澳大利亚。我说着要掏钱，她面红耳赤地把我拦住："你干什么你？瞧不起人还是怎么的？送你的那一份，我昨天就带回家去了。"

我说："你做生意不容易，我不能白要你的东西。"

她瞪着眼睛看了我半天，声音忽然变得忧伤起来："我们之间是什么关系啊？从前在机关食堂吃一锅菜的日子，你以为我都忘记了吗？"

我看见她眼圈都要发红的样子，只好答应下来。我说我请她吃午饭，就在这附近找个餐馆。她先是高高兴兴准备收摊，收到一半又住了手，说："不行，出去这半天会耽误生意。今天早上起来的时候我右边眼皮直跳，左跳祸，右跳福，我福气来了，今天还应该有一单大生意。我不能走开。"

我心里直好笑，她所谓的"一单大生意"，撑死了也就是卖个两三百块钱的羊皮和护手霜，扣除成本，能不能赚到几十块钱都难说，她竟然就分分毫毫都舍不下。没办法，我只好跑出老远的路买来两份中式快餐。拎着饭盒和饮料回头时，要不是余爱华那一身招摇的葱绿衣服，我肯定要在这片摊贩的森林里转来转去找不着北。

我本来要等她下午收摊儿一块儿回家，结果她不行，她一共打着两份工：维多利亚市场关门之后，正赶上唐人街的中餐馆下午开门，她要去中餐馆做洗碗工，晚九点之后才能歇下来。那时候往郊区的班车已经少而又少，个把小时才能等到一班，所以天天回到家里都是深更半夜。

"余爱华，你房子都买了，何必这么辛苦！"我温和地责备她。

她嘴巴里含着一口饭，不无哀怨地笑了笑："不辛苦，我坐在家里干什么？等死？"

我后来细想想，觉得她句话的分量很重。简单的几个字中，包含了对她目前生活的不满，以及对过去一切的留恋。我忽然想到了她晒在阳台上的枕头，枕套上因为陈旧而变得幽暗迷蒙的花朵。在她每天每天守着这一堆羊皮和护手霜数钱的时候，她偶尔也会想起并蒂莲是如何一针一线绣上枕头的吗？

一星期之后，我离开墨尔本回国。行李箱里一块极好的羊皮，是女儿特地买来送给我的。虽说她的钱也就是我的钱，但是由她花出去再送给我，感觉就不一样。余爱华送我的果然是一大盒十二瓶护手霜，沉甸甸坠手，为了不让行李超重，我只能拎在手中。她要让杰克开车送我。杰克笑眯眯地说："亲爱的，那你要去餐馆请假，坐在车上帮我看地图。你知道我从来没有去过机场。我连墨尔本都没有离开过。"我连忙婉言辞谢："算了算了，我还是叫辆出租，大家的时间都不会耽误。"然后我就和这楼里所有的人在门口拥抱，告别。

说起来也是巧，我回国以后在南京的晚报上发表了一组澳大利亚游记，里面提到了余爱华的名字。我旧日机关的一个同事看见了，打电话到报社去，然后辗转找到了我。我们之间也是近二十年不见，彼此都搬过几次家，同事又已经退了休，如果不是由报社做中转，茫茫人海中要找到对方还真是困难。

同事走进碧螺茶馆的那一刻，我的心里有一种微微的震惊。我记得从前的她是一个四十多岁看上去苍老憔悴的女人，丈夫去世很早，两个儿子都上中学，成绩不好，调皮捣蛋，学校三天两头要把她拎过去训话。她在办公室里说起儿子就唉声叹气，有一次甚至还拿了刀，在儿子面前威胁要自杀。她最经常说的一句话是："养儿子干什么？儿子是孽债，一辈子都还不清。"看到别的同事不断张罗为我介绍男朋友，她还告诫我："结婚可以，生孩子要慎重，没有充分的思想准备，宁可不要。"

然而我现在看到的她，中等个头，微微地有一点发福，皮肤红嫩细腻，近看才能发现那些浅浅的皱纹，不用说就能知道，是经常光顾美容店的结果。头发也是认真打理过的，染的是深棕色彩油，不像很多染廉价黑油的老太太，因为颜色过浓过深，乌乌的一团，真头发看起来也显着假。她甚至披着一件高档的羊绒披肩，驼色，有长长的流苏垂下来，衬得整个人相当的富贵和娴雅。

她坐下来之后告诉我，是小儿子开车送她过来的，她住得有点远，在百家湖。我听了更加吃惊，百家湖几乎是我们这个城市里最高档的别墅区了，在那里买一套房子，百万以下的价钱免谈。她微笑着说，以她的退休工资，当然住不起别墅，房子是大儿子买的，大儿子在深圳开公司，有钱。小儿子留在身边，做点小生意，钱不多，时间多，能够随时照顾到她。她年纪大了，身体不太好，隔三岔五要往医院跑一趟，每次都是小儿子搀扶着她，忙前忙后，挂号取药的，医生护士看着都羡慕。她幸福地叹着气，责备我："你说你把孩子送到国外读书干什么？好儿女是替国家社会养的，平平庸庸的儿女才是自己的。"

这是一个人生命沉淀之后的切身体会，地地道道的经验之谈。多少人焦虑操心了半辈子之后，才会豁然醒悟：事情的最终结局并非自己当初的一厢情愿。可是我，我的半辈子还没有过完，所以我还在做着盼女成才的梦，一时半会儿不会梦醒。

我们喝着雨花茶，很快聊到了余爱华。同事今天本来就是为她而来的。退了休的人，生活优裕，闲得无聊，喜欢回忆从前的往事。我大致说了说余爱华的现状，但是没说杰克是酒鬼，更没提到深更半夜楼上的疯狂做爱。

同事问我："你知道余爱华那年为什么退党出国吗？"

我摇头。余爱华出国的时候，我已经调出了机关，这回在墨尔本又没有机会询问这些。我知道有很多事情不是随时随地都可以说的，它就像长在脸上的一颗痤疮，要挑开它，挤出刺头，必须酝酿到相当合适的时候。

同事告诉我，余爱华其实是为了王强。王强出事后被拘留的一段日子，余爱华为他做了一切能做的事。她以为王强跟妻子离婚之后，就肯定是她的了，她不嫌弃这个嫖娼的男人，男人肯定是对她感激涕零的。男人在这种情况下，没有可能不接受女人的主动示爱，可是实际上王强就是没有接受。他又去了一趟深圳，要把那个大龄的妓女娶回南京。更加离奇的是，那个女人一口拒绝了王强，理由是赚钱还没有赚够。那女人给王强介绍了另外一个愿意跟他走的女人，王强竟然就带着这个女人回来，登记结了婚。

我目瞪口呆："还有这样的事？"

同事感慨："你想象不到机关里的人有多么吃惊。王强为一个妓女把自己彻底地打进了地狱。你说王强他图什么呢？财？貌？权势？一门都不占啊！他是自甘堕落啊。可惜了他这个青年才俊。"

作为旁观者的同事们都如此想不通，身陷其中的余爱华肯定是更加不通的。余爱华这个人，本来就自卑、保守、偏执，对自己苛刻到严厉，当王强的这些古怪举动如晴天霹雳一样朝她打过来时，她的世界肯定在短时间内基本崩溃。她后来的退党、辞职、出国，是对世事的彻底绝望，还是对王强这个旧日处长的一种信念上的报复呢？

同事最后告诉我："王强还在南京。"

我心里忽然一跳："真的？"

她点点头："在城南夫子庙，开了一家茶馆。去年我带孙子到夫子庙看灯会，看见过他。不过他没有认出我。大概是我老得太多了吧。"

她言不由衷地笑了笑，把肩上的披巾裹一裹紧，抬手抿了抿头发。看得出来，她实际上对自己相当的满意。

从那天谈话之后，我发现我开始心不在焉，做什么事情都不能集中注意力，心思老往夫子庙那边滑。我打开电脑的时候，屏幕上隐隐约约跳出夫子庙白墙青瓦的仿明清建筑。站在阳台上的时候，身体飘飘忽忽地越过小区绿化带，忽然间成了夫子庙热闹街市上的快乐一员。就连我烧开水泡茶，茶杯中袅袅升起的水雾也幻化出来一个又一个夫子庙的元宵花灯。我知道我已经走火入魔了。我这个人，遇事太容易投入，三分理智七分情绪，生命常常就消耗在这些莫名其妙的激动之中。

我决定去夫子庙一趟，寻找王强。

严格地说，我对夫子庙的熟悉程度远远不如新街口或者山西路。夫子庙太乱太嘈杂，人流量大得像是天天赶庙会，搭眼看过去全都是穿轻便装运动鞋的外地旅游者。从我的女儿长到半大不大，对元宵花灯再不屑一顾之后，我几乎就很少涉足这一带地区。而且，我的同事只说王强在夫子庙开了茶馆，并没有具体告诉我茶馆的方位：秦淮河南还是河北，文德桥还是乌衣巷，贡院大街上还是王谢故居旁……夫子庙这地方，豆腐都能卖出肉的价钱，王强无论在哪个角落里开茶馆，相信生意都不会做得差。

我特意换上一双运动鞋，打车到了夫子庙，开始一场漫无目标的寻找。我是在状元楼宾馆前面不远处下车的，然后我没有沿大街走，而是插入一条两边挂满丝绸围巾和手绘扇面的小巷。不知道为什么，我认为王强不会把他的茶馆开在人多热闹处，他做事情从来就不按常理出牌，所以他的茶馆也不会旗帜高扬醒目得像超市。我走过了一些卖金箔画的店、卖紫砂茶壶的店、卖雨花石和文房四宝的店。我在每一家卖特色小吃的饮食店和小巧雅致的茶馆门外驻足停留，观察和感觉店堂里那些坐着的和走动着的人，看他们的着装和姿态，希望能够凭我的鼻子嗅出一种不同寻常的气味。我的耳朵里灌满了青春歌星林依轮和郑秀文的别别扭扭的唱词。也许不是他们二位，而是另外的两个偶像派人物。我闹不太清。从前我跟余爱华王强同在机关的时候，歌星只有一个邓丽君，那声音一听就熟，崇拜和迷恋都是简单的事。不像现在的时代，会唱的人太多，鱼龙混杂，你永远不知道谁才是最好的。我从几个炸臭干炸鹌鹑的摊档边走过去时，头发、皮肤和毛衣上沾了浓浓的油烟，腻歪歪十分难受。其实我已经注意到这个问题，尽量从那些炸锅的上风处绕着走过，可是油烟的分子非常顽固，无孔不入，丝毫也不给行人逃遁的余地。

最后，我带着头发和衣服上的油烟味站到了王强的茶馆前。我是隔着一扇玻璃门看见他的。岁月如梭，光阴荏苒，我却能够隔着玻璃一眼就认出他来，而且有一种被电流击打之后的微微的震颤，只能说明王强当年给我的印象太深，或者说这么多年他没有太多的变化。茶馆正在营业时间，他没有站在柜台里面忙忙碌碌，也没有带着满脸的职业微笑在客人中间来回回穿梭问询，却气闲神定地安坐店堂一角，跟一位银发老者下棋，黑白两色的围棋。他穿着一件跟茶馆相衬的唐装，不是时下流行的花团锦簇的那种，是普通布料的，黑色，立领盘扣，没有丝毫装饰，简单随意中透着一股卓尔不群的傲气。我计算他的年纪应该是五十出头，鬓边的丝丝白发明白无误地标识着他的年华老去，可是他的面容却比从前更显清癯，举手投足从容不迫，少了那种阳光般的明朗，多了世事沧桑之后的低调和沉郁。

我在茶馆前面的书报亭里站了很久，装作翻阅几本时装杂志，实际上眼睛里看的都是王强。我借助报亭里悬挂的花花绿绿的广告，把自己隐藏得很好。我不愿意在毫无准备的情况下和他相认，那会使彼此都觉得尴尬，何况我一身都是炸臭干的油烟味，感觉上再糟糕不过。

回家之后我给余爱华打了个电话，告诉她关于王强的见闻。我的电话是打到她上班的餐馆里的，因此她那边的背景中是厨房间刺啦啦的爆锅声和抽烟机的轰鸣声。我大声地呼唤她："喂？喂？"她也大声回答我："听到了！"她一字一句说："我现在不能跟你多说话，老板会不高兴。我挂啦！"她啪地挂上了电话。

过了一星期，她把电话打过来，内容非常简单，几乎是例行公文一样，告诉我她要回国一趟，她的到达日期和航班号。她要求我去机场接机。"你一定要来接我。"她强调说，"一定一定，否则你就害惨了我。以后我再告诉你原因。"

她搭乘了南方航空公司的班机，从墨尔本飞广州，广州再转飞南京。飞机误了点，我在机场海关出口处整整站了两个小时，腰酸背痛。她推着行李车出来之后，没有半句安慰我的话，着火一样地把行李车塞到我手中，又把肩上挂着的比巴掌略大的小皮包取下来，挂到我肩上，解释说："我不能负重。"我被她弄得莫名其妙："什么意思啊？"她吭吭哧哧："唉，我不能对你多说，反正是一个算命先生警告过我，最近一段时间我要避免负重。"

原来她要求我接机的原因是这个！我简直哭笑不得。

她空着两只手，心安理得地跟在我身后，一边走一边四处张望，对新机场里的一切都赞不绝口。她上一次回国的时候，从上海虹桥机场入关，然后直接搭车去了浙江的老家，根本不知道南京有这么大的变化。

我帮她订了一间宾馆客房，同时也在家里收拾出一个房间，听她挑选。她犹豫了一会儿之后，还是决定住宾馆。她说，在国外待得久了，习惯了不打扰别人的私人生活。可是一路上她反反复复向我提及王强的名字之后，我才恍然明白，她不住我家的原因，是为了预留出她和王强两个人单独见面的空间。

既然她回国的目的是见王强，我的任务也就空前简单：直截了当带她去王强的茶馆，让他们接上头完事。她是上午十一点左右到南京的，从澳大利亚过来几乎没有时差，因此，打车到宾馆住下之后，吃了午饭，稍事休息，她迫不及待就要出发。她换了一身自以为漂亮的服装：黑色齐膝裙和格呢带毛领的宽松式上衣。她对着房间里的镜子照来照去，紧张兮兮地问我："怎么样？还可以吗？你觉得这身衣服能打多少分？"我支吾着说："可以吧。"其实我觉得她还不如穿那身桃红色长毛衣和大花紧身裤，反有一股不管不顾的劲儿，让别人印象深刻。

我第二次去夫子庙，就比较熟门熟路了。我不必穿过那些拥挤的店铺和炸臭干炸鹌鹑的摊档，直接从僻静的居民区插到了王强的茶馆。余爱华依旧是空着两手随我而行，小肩包交给我背着，带给王强的一张袋鼠皮的椅垫也是我拎在手中。我左肩背着自己的包包，右肩背着余爱华的包包，走起路来两边的皮包都往胯部拍打磕碰，别别扭扭，路人看着肯定觉得滑稽。余爱华不管，她走在我旁边优哉游哉，一点儿不觉得有什么不妥。

在我接到余爱华要回国的电话之后，我曾经设想了很多种她和王强见面的情景：惊喜、惊诧、惊愕、百感交集、涕泪交加、结结巴巴语无伦次、拥抱甚至拥吻……总之是戏剧性的，充满了感慨、眼泪和震撼的。可是，当我们像两个不期而至的普通茶客一样推开玻璃门，无比激动地站在王强面前时，他仅仅是张了张嘴，眼睛里掠过一瞬间的愕然，就站起身，平平淡淡地说了一句："来了？"

那时候我心里的第一个想法：王强或许不知道余爱华去了澳大利亚，他以为她一直在南京生活，今天是偶然路过此地，想起来看一看他。

王强接下来的第二句话，却说明他是知道她的一切的。王强说："澳洲怎么样？气候比南京好一些吗？"

余爱华没有回答。她知道这样的问话根本用不着回答。她轻轻地吐出一口气，如释重负的样子，好像为顺利度过了见面的初期而庆幸。

我忽然觉得我活了四十多岁，看似通达，其实幼稚。我先前的那些设想统统都是文学，真正的重逢就应该是这样不温不火、不卑不亢、不惊不乍。

趁王强亲自到柜台后面张罗茶水的时候，我朝余爱华丢一个眼色，悄悄转身出门。余爱华回来一趟很不容易，我不能插在当中白耗她的时间。

为了消磨这一段漫长的等候，我在茶馆附近的街道上来回徜徉，把形形色色的旅游商品一件一件看了个仔细。我发现了很多价廉物美的东西，如果把它们放到装修豪华的大商场出售，价格肯定要高出几倍。我还搜索到一些平常难得一见的民间工艺品，比如虎头鞋，比如从前我们戴在脖子上的银项圈，戴在手腕上的铜铃铛。我最后停留在一家绣品铺前，惊喜地见到了二十年前我买过的那种绣花绷架。店主人是个二十出头的小姑娘，她热情地介绍绣花架的用法："阿姨你可以用它做十字绣，好学得很，像你这样聪明的人，一看就能会。"

我忍住笑，要求她试我看看。她手脚麻利地把一块白棉府绸绷到了架子上，而后飞快地穿针引线，在棉布上绣了起来。棉布上事先已经描妥了花样，是一朵盛开的金黄色向日葵。小姑娘皮肤粉白，十指尖尖，拈针的姿势轻盈秀美，说不出来的好看。眨眼工夫她绣出一小片向日葵的丰满花盘，针脚疏密有致，均匀妥帖。她说："阿姨你看到了吗？好学吧？要是你下岗在家，学会它可以打发时间，还可以绣点枕套什么的卖钱。"

这时候余爱华走了过来。她脸上红扑扑的，眼睛里有一些羞涩，有一些迷失，还有一些从心里涌泉一样冒出来的喜悦。我刚要开口问她的情况，她忽然看见了小姑娘手中的绣具绣品，啊的一声惊呼，说："还有这个东西卖呀！"她问了价钱，毫不犹豫地买下了一套，包括绷架、纯白棉布、针、丝线，还有一沓纸样。她说："我那对枕套太旧了，我得重绣一对新的。"她还问小姑娘："怎么没有并蒂莲的花样了呢？现在不时兴绣那个了吗？"

我问她："看起来谈得不错？"

她抿嘴笑笑："多少年没见了呀！"又说："还不是那些话，你都猜得到的。"她扯过我肩上的小包，弹开包口，一边从里面拿钱，付给开绣品店的小姑娘，一边问我："有没有看见店堂里泡台湾工夫茶的那个女孩？十六七岁，瓜子脸，长头发，挺秀气挺安静的？"

我想了想，摇头。我进门只有很短的几分钟时间，光紧张余爱华和王强见面会出什么事，没顾得上在意别人。

"是王强的女儿。"

我有点懊恼，刚才怎么就那么沉不住气，没看清什么就慌慌张张地走。现在肯定是不可以返回去了。

"他的那一位呢?"我问。

"谁?"余爱华抬了脸。跟眼前粉嫩的小姑娘相比，她脸上的皱纹明显深刻。

我说:"从深圳带回来的，跟他结了婚的那个。"

余爱华舔了舔干裂开来的嘴唇，牛头不对马嘴地说了一句:"南京的气候太干燥，我不习惯了。"然后她才回答了我的问题:"不知道。我没问，他也没说。"

既如此，我也就不必再问了。

我把余爱华送回宾馆，告辞回家。我感觉她不太愿意我总是陪在旁边。毕竟她对南京不是十分陌生，从前的同学、朋友、同事不只剩我一个人。我说:"不陪你不是不帮你，只要有需要，随时给我打电话。"

没料到她第二天下午就把电话打到我家里来了。她用的大概是公用电话，背景里一片喧闹的市声。她大喘粗气，恳求我:"你快来看看，立刻就来!"

我问她在哪儿?她说在夫子庙，王强的茶馆前面。她声音哆嗦得像是要哭。我心里咯噔一下，放了电话，忙不迭地收拾出门。

我赶到夫子庙的时候，看见她孤零零地站在茶馆门前的秋日阳光下，双手抱肩，眼神发呆，身子微微地有一点摇晃。我再往她的身后看去，才发现茶馆已经关门歇业，门上是铁将军把门，把手上还挂了一个白色纸牌，上面是两个大字:招租。扒着玻璃门往里看，店堂里空无一人，地面干干净净，遗下的桌椅板凳摆得整整齐齐。

我惊讶地问她:"怎么回事?"

她神经质地摇头:"我不知道。我什么都不知道。昨天晚上我们还在一起，是他请我吃的晚饭。"

"你们说什么了吗?"

"我们说什么了?"她脸上的表情显出迟钝。"他说，从前我是个好姑娘。还说，如果我现在不幸福，一切都是他的错。"

"可是他现在却要躲避你！他害怕被你追着，连他的茶馆都不要了！"我愤怒，同时也觉得不可思议。

"他是躲我吗?"余爱华目光空洞地喃喃自语，"他只是要躲开我?"

我心里说，也许还有他自己。其实王强最想躲的是他自己。

就这样，余爱华中止了她的南京之行，心情灰暗地返回澳大利亚。我答应她，如果我再次发现王强的下落，一定及时打电话通知她。

不久之后的一天深夜，女儿忽然打电话给我，惊恐万状地报告说，杰克出车祸死了，余爱华被澳洲警察抓起来了。女儿在电话里的声音都变了调，肯定是吓得不轻。我心里怦怦直跳，追问她为什么。杰克出车祸，为什么要抓余爱华? 女儿说，她也闹不太清，好像是警方怀疑余爱华在刹车上做了手脚，有谋杀嫌疑。

"天哪，杰克那辆车本来就破烂不堪、一修再修的呀！"我在电话这边着急。

女儿回答:"可是，杰克跟他太太的确经常吵架，邻居都知道的。"

我不懂澳洲法律，不知道这样的事情会如何处理。我嘱咐女儿随时打听消息，把情况告诉我。

又过了两天，女儿打电话来，说的却是她们搬家了，余爱华的事情一时不能了结，警方临时封闭了那幢小楼。

女儿她们搬到了墨尔本的市区，虽然房租贵一些，学校却近，省了昂贵的交通费。女儿还小，只是个中学生，我当然不能要求她继续关心余爱华的结局。我后来往那幢小楼里打过两次电话，线路那头都是一个柔美的女声，说的是标准英语，大概意思就是我拨的号码是空号。

余爱华又一次从我的生活中突然消失。

又过了半年，我陪同几个外地客人到夫子庙游玩。王强的茶馆改成一个快餐店，莫名其妙地经营傣家风味食品。附近的绣品店还在，那个小姑娘甚至还认出了我，她问我："还有一个阿姨呢？买绣花绷子的那个阿姨？"我说："她恐怕不能再买你的东西了。"小姑娘笑起来："她上次问我有没有并蒂莲的花样，我找到了。"

她拿出一本杂志，摊开，露出夹在书页里的纸样。两朵并蒂莲，一朵大些，蛋青色的花瓣夸张地怒放，中间隐约露出一点嫩黄色花蕊；另外的一朵显出娇弱和羞怯，嫩黄花瓣，蛋青花蕊，新娘似的倚在蛋青莲花的枝下，欲开不开的，半遮半掩的，幸福绝顶的模样。

我轻轻拈起纸样，举起来，放在阳光下照了照。花朵于是就在我的手上开放了。

珞珈路

毕业三十多年之后，我们那一届大学合唱团的团员们终于在北京聚集了一次。之前也有过很多次动议，无奈总是稀稀拉拉凑不齐人头，因为都忙，也因为毕业之后天南地北分布太广，集合令难以到达每个团员的手上。现在好了，有了微信，似乎一整个世界的熟人都聚到了同一块手机屏幕之中，任何事都变得快捷而有效率。就这么的，一呼百应，拔脚都奔到了北京。

　　三分之二的老同学都已经退休。百分之九十以上的面孔完全陌生。更有几个特地从国外赶回来的，不知道是过于激动，还是聚会场面跟他们以往的孤寂生活反差太大，竟然当众飙泪，惹得全体女生鼻酸喉哽。

　　在从前的合唱团指挥的提议下，我们又一次深情款款地合唱了《自新大陆》《在幼发拉底河岸》《让理想插上金色的翅膀》《海滨之歌》以及辽阔无比的《嘎达梅林》。我们没有分声部，很多时候歌词完全不记得，是跟着别人一哼而过的。还有，从前大家清亮纯净的歌喉，因为过多的烟酒，过多的争执、熬夜、算计，跃上天堂又跌入地狱，以及纵欲、苟且、悲伤、抑郁，变得毛躁喑哑，也无法收放自如。

　　不管怎么说，我们仍然快乐，甚至有一点放浪形骸。喝多了酒的男女同学大力拥抱，试图鸳梦重温。很多人面红耳赤地大声揭发别人老底，给谁写了情书始终送不出去，或者谁对谁暗恋到躲在被窝里打手枪。很多愉快或者不愉快的记忆被重新翻出，当事人五味杂陈，哭笑都不能穷尽感慨。

聚会到尾声，手机拍下了无数张现场照片后，像一波轻浪抚过一样，大家不约而同地安静下来，各自找一个角落，或站或坐，埋头发起了微信。配图，配文字，配几句临时胡诌的人生感言，配上各种欢乐的俏皮的沉思的哀伤年华老去的表情和动画。这是必须的，分享是我们这个时代的美德，否则谁可以证明我们过了如此有意义的一个夜晚？

回到宾馆，已经夜深。洗过澡，仍旧兴奋，辗转一小时后，眼看入睡无望，起身服了一片安眠药。过十分钟，已经迷迷糊糊时，手机叮叮地连响几声，打开一看，是刚刚聚会的同学发来的合影照片。蒙眬着瞄几眼，存进了"图片"栏里，明天再慢慢欣赏。不经意之间，目光滑向"通讯录"的提示，发现有人请求加我微信，用的名字叫"血染的风采"。我心想，这个时代还提什么血染的风采，要不要这么耸人听闻，毫不犹豫就点了"拒绝"。

一觉睡到上午九点。起床，梳洗，准备下楼吃个自助早餐，然后直奔北京南站，坐高铁回南京。

滑开手机时，"通讯录"里还是有加入提示，还是那个"血染的风采"。百折不挠啊，真是烦人。微信就这一点做得不好，经常有莫名其妙的陌生人请求加入，一旦你同意了，你的朋友圈就遭殃了，铺天盖地的微店商品促销会让你崩溃。我第二次点了拒绝。

那人实在顽强，立刻发来了第三次请求，这回在备注栏里加了一句：老同学，我是郗宁生，珞珈路三号，记得吗？

珞珈路三号。我在脑子里慢慢地回想。珞珈路三号……

手指一抖，没等我的脑子反应过来，"接受"的指令已经被我触开。对方大概就候在手机上，微信一连通，飞快地打来一行字：我想见你。

我想起来了，郗宁生，也是我的大学同学，同届不同系，我中文，他国政。他是学校话剧队的，戴一副白边眼镜，个头不算高，嗓音低沉，说话有条不紊，总是演长辈一类的角色。我年轻时候在大学很活跃，时间似乎用不完，既参加合唱团，又参加话剧队，这样，我曾经有机会跟他同台演出。不过我是南方人，普通话不标准，只被准许客串"路人甲"，没有台词，至多一两句"来了"或者"太太请"之类。

他接着发来第二条信息："我昨晚看到了你们合唱团的照片，跟我同学要到了你的微信号。三十多年了，我必须见你。"

我回答："我还在北京，两点钟的高铁回南京。"

他发了一个笑脸："好，我去高铁站接你。"

我现在完全想起来了，珞珈路是南京民国街区内的一条路，三号是郜宁生父亲的家，一栋相当陈旧的当年却觉得无比豪华的民国小楼，奶黄色外墙，巴洛克风格的廊柱和屋顶，檐口一排锈蚀成半镂空的马口铁的接水管，还有进楼前必须要踩上去的斜坡面的台阶。我大学毕业分到南京工作的那年，一九八二年，这栋小楼曾经是我常去的地方。后来我结了婚，跟随丈夫出国陪读，跟郜宁生就断了联系。十年后回国，一切都已经物是人非，早年间的朋友们烟消云散，不知道去了哪里。加之人到中年，事业从头起步，孩子嗷嗷待哺，买房买车晋级升职，林林总总，忙得晕头转向，几乎再没有想起过年轻时的友人。

嗯，珞珈路三号，我真的想起来了。

一九八二年春节一过，我拿着学校的派遣书去南京市府的外事办公室报到。

之前我是哭着离开北京的。大学四年，最刻骨铭心的青春记忆留在那个灰黄民房和赭红宫殿奇妙融合的城市。一度我以为生命必会终老在那里。分配结果给了我一个晴天霹雳，原来我们也会去到外地，到一个完全陌生之处。

班里朝夕相处的同学，随着一道又一道的派遣令天各一方，分到南京的仅我一个，这让我倍感孤寂。时令还在冬季，南京虽不是北方城市，冬天却格外寒冷，加上前几年中我已经习惯了北京的暖气，突然进到雪松掩荫下的一座高大阴森的民国建筑，走上空荡荡的楼梯，面对一张张刻板寡言的公务员面孔，更觉周身寒彻。

我分到外办宣传处工作，最初的任务是跟着老科员们学习写简报。外事办公室，顾名思义是跟外国人打交道。那个时候国门刚刚打开，进入中国的老外们各有任务在身，哪怕是观光旅游，也带了冒险家的猎奇心理。而我们的任务，是在陪同引领之余，细察他们的一举一动，详尽记录，写成简报，以供领导判断研究。

如果翻出那几年里有关外办文件的档案，肯定可以看到当年我的那些浮夸又无聊的笔迹：几点吃早饭，吃了什么，说了什么，上午去了哪儿，会见什么人，发表什么意见感想，下午又去哪儿，购物内容，对中国商品的看法，晚餐如何满意，饭后的散步路线，是否与群众有过交谈，几点回到宾馆，几点几分熄灯睡觉。

日复一日，我每天从各语种翻译们手中接过他们的外事日志，阅读，整理，摘要，汇编成薄薄一份手写的简报，交到打字室去，而后校对初稿，铅印在有鲜红的"外事简报"抬头字样的公文纸上，由办公室秘书送达到领导手中。我们主任说，这些简报的最终阅读者不是他，是市委书记、省委书记，乃至中央有关书记。我不知道他说这话的意思是不是提醒我责任重大，又或者是婉转地批评我还不够尽职。

我分到一间宿舍，是一个老旧昏暗的小阁楼，窗户开在坡顶的屋檐下，铰链完全松滑，木头窗框摇摇欲坠，室内能抬头站直的面积不足五个平方米。好处是阁楼跟办公楼同在一个院落，八点钟上班，我每天可以睡到七点半起床，五分钟穿衣梳头，十分钟冲到二楼盥洗室上厕所加刷牙洗脸，再用十分钟奔跑至院内食堂，一碗半凉稀饭就一个馒头，三下五除二下肚，然后一路疾走，穿过院里的雪松林、汽车库、自行车棚，飞快地钻进办公楼，连爬三层楼梯，准时准点坐到我的办公桌前。

每天如此，从不例外。

我买了一块花布窗帘，遮挡那扇丑陋的窗户。三尺来宽的木板床，放着我在大学里一直使用的被褥。门后是我的两只木制衣箱，箱子上有一块搁板，搁着我的两只搪瓷饭盆、一面镜子、脸盆、漱口缸、牙膏牙刷、梳子、扎头发的牛皮筋，还有一只漂亮的饼干盒。窗下是一张小书桌，晚上我会趴在桌子上给我的同学们写信，一封接着一封，有时候心灰意懒地抱怨生活欺骗了我，有时候又加油添酱地描述南京古城的美丽，好让大家徒生羡慕。是自哀自怜还是激情飞扬，全看我当天的简报写得是不是顺手。面对小床还有一小块地方，我上街买了一个竹制小书架（木头的我扛不回来），一排一排放上了我从北京带来的书：《中国文学史》（四册）、《古代汉语》（上下）、《复活》和《战争与和平》《静静的顿河》《巴黎圣母院》《高老头》《红字》《简明汉语》，甚至还有一本英文词典。空闲的时候我会上街，去新华书店，陆续购置新书。似乎只有在翻开那些书本，用劲吸一口芳香的油墨气味时，我才找回了自己，才发现我还活着，还在呼吸，还能阅读。

有一次，一个外系同学出差到南京，打听到我的地址，上门看望我。当天我们坐在办公室里聊得很晚，一不留神，门口的公交车已经停运，同学回不去他的招待所。我建议他在办公室里凑合一夜。我们一共腾清了四张办公桌上的文件资料，拼成一张宽敞的睡床，拿我存档的那些简报当枕头，从值班室里借了一床棉被给他半铺半盖。到第二天凌晨六点，我回到办公室叫醒同学。我们将四张办公桌匆匆归位，资料文件按原样摆好，又领着同学蹑手蹑脚溜出办公大楼。

可是隔了一天，外办主任还是找我做了一个严肃谈话。他说我们这里是涉外机构，有严格的保密纪律，我不经许可擅自留陌生人住宿，是严重的泄密行为，念在初犯，不做处理，下次再错，就要记过了。

那一天我的内心全线崩溃。我回到办公室，觉得全体同事都在看我，嘲笑加怜悯。我校对简报，眼前的每个字都在蹦跳，一个一个跳成了火苗。我很想尽情地发一次火，把那些该死的简报扔出窗外，然后大笑三声辞职。可是我知道我不能。那个时候还没私营企业，没有自谋职业、双向选择、体制内外流动，所有大学毕业生都是国家的人，如果辞职，我的面前必是死路一条。

那天我破例没有去食堂吃晚饭。我气闷，肚子胀，身体里有什么东西将要爆炸。我一个人溜出外办大院，右拐，走二三十米的样子，再右拐，到了中山北路。

这真是南京城内的一条漂亮的马路，路边排列着修剪整齐的参天法桐，靠车行道侧边一排，靠人行道侧边又是一排，算起来总共四排。四排大树，觑眼看去，像四排庄严的列队卫兵，强壮、肃穆、气势逼人。眼下还是寒风料峭的初春天气，法桐在静穆中等待抽枝发芽的时刻，犹有一种蓄势待发的张力，让行人肃然起敬。路灯橙黄，庞大的公交汽车在路灯下一辆接一辆逶迤而过，车窗里的乘客们侧转了头，看着马路的另一侧孑然独行的我，眉眼中是疲惫之后的麻木。透过法桐粗壮的树干，可以看见路边低矮而又安静的民房、偶尔一间敞开着木板排门的烟酒商店、店门口上了锁的自行车，还有守着一方窄小柜台的胖乎乎的中年人。走不多远，便会碰到一两处气派不凡的民国建筑，大屋顶、雕梁画栋，楼前照例有大片绿地，有镂空的围墙和铸铁大门，门口一律有岗亭，岗亭里有戴棉帽手套穿军大衣的站岗士兵。我记得我曾在心情不错的情况下给同学写信说，南京因为有这些民国建筑而美丽。此时，城市灯火的映照之下，飞檐翘脊的楼顶成了夜空剪影，越发巍峨动人。

那天我走得很远，沿中山北路走过山西路，再走到鼓楼。天冷，南京没有夜生活的习惯，鼓楼广场空寂寥落。三两个骑自行车的，缩着脖

111

颈，迎风低头，将车轮蹬得飞快。电影院放的是老片子，张瑜和郭凯敏演的《小街》，我已经看过两遍了。其他百货店、绸布店、南北货店、一家卖大肉包和小笼包的鼓楼食品店，统统都关门落锁，只留食品店楼上的"三洋"大广告在独自风光。我落寞地绕鼓楼检阅台走一圈，实在累了，手指尖也已经冻得发麻，便掉头往山西路走，准备在那儿搭一班公交车回外办。

路过灯火阑珊的山西路，发现新华书店的橱窗居然还亮着，也不知是粗心的店员忘了上门板，还是故意给行人留下这几窗城市里的知识之光。那个年头的橱窗布置都好看，书店的更不例外，因为书籍本身就漂亮，错落着一摆放，品位马上出来了，似乎周边空气中都氤氲了浓浓的油墨香。我身不由己地站下来，趴在橱窗上，隔了冰冷的玻璃，看里面陈列的新书，盘算哪些可以买，这个月的工资还够买几本。

这时候，我听到旁边有人喊我的名字："嗨，是你吗？"

我惊讶地转身，认出来站在我对面的是国政系同学部宁生。他个头跟我相仿，戴白色塑料边框的眼镜，穿一件藏青色立领棉袄，米色格子的围巾，脚上一双擦得光亮的棉皮鞋。他的头发故意留得有点长，又软，额发像孩子一样披下来，显得随和、柔弱、好脾气。

"天哪！"我捂住嘴，失声叫道，"周朴园！"

他笑起来，眼睛的形状很好看，眼角有浅浅的皱纹。"你还记得！"他说。

我当然记得。话剧队排演《雷雨》时，我一心要演繁漪来着，因为我觉我对繁漪心态的理解远远超过物理系的那个校花。可是最终导演看不上我稍有口音的普通话，连四凤和鲁妈的角色都没有给我，只分派我做了那个剧的道具员。

我们面对面站着，热烈地回忆当年演出时候的种种趣事。他说有一次四凤拎茶壶上场，壶把手突然断了，那么大的一把陶瓷壶刚好砸在他脚上，下场之后脱了鞋袜一看，脚趾甲都是青的。我说那是我的错，壶把手在排练时就断了，我没法弄到新的，就拿强力胶水马马虎虎粘上了事，谁知道强力胶不强！他指着我大笑："八成你是故意的，导演不让你上台，你拿人家四凤出气。"我也笑成一团，连连摆手，说我还没那么阴险，再说演四凤的是我同班同学，我不可能害她，信不信她昨天还拿单位电话偷偷跟我通了话？

说到这里，我们忽然停住了，彼此看着，都不再开口。他的那双好看的眼睛在眼镜后面闪闪烁烁地看着我，仿佛知道了那一瞬间我心里想了些什么。他把两只手抄进棉袄袖子里，肩膀缩起来，问我："你分到哪个单位了？住哪儿？"

我告诉了他。

他头一偏："走吧，送你回去。"

我们绕过山西路转盘，上了中山北路。我本来已经走得很累，现在却庆幸没有早早坐上公交车，毕竟这是我来到这个陌生城市之后碰到的第一个熟人。一路上我们说了很多话，我在这里的惶恐，我的孤独，我对刻板无聊的机关生活的不能适应……上班之后，这是我头一回滔滔不绝地对人倾吐，我把攒了一两个月的话在半小时内统统说完了。

他一直袖着双手，陪我走，沉默着听，偶尔有一声"哦"或者"是吗"。

他的冷静让他显得见多识广，高深莫测，我这么觉得。我还渐渐意识到，他的身上多多少少有一点异于寻常人的东西，那种深藏的谜一样的特质。那天晚上我一直处于可怕的宣泄状态，极度沉迷于自我，竟然忘了问一问他又怎么会分到这个城市，他在哪个单位。

终于走到外办大院门口，我们要分手了。实际上时间也真的很晚了。

道别的时刻，头顶的路灯照着我们两个人，橙黄色的光圈中，我好像感觉到了世界的一丝温暖。

113

"这个周末，去我家玩吧，都是年轻人，聚聚。"他忽然说。

我眨巴了半天眼睛，才反应过来：原来他就是南京人，他跟我不同，是分配回老家的。

"珞珈路三号。山西路附近，我们刚才路过的，好找。七点钟。我等你。"他简短明了，时间、地点、方位，发口令一样。

我那时已经疲惫得无法思考，只下意识地重复了他的话："好，珞珈路三号，七点钟。"

两点钟的高铁，到南京差不多六点钟。刷票出站台，看到一个花白头发的小老头儿使劲向我招手，料到那就是郜宁生。

仔细看，他应该也没有太多变化。白框眼镜换成了金丝镜，镜框接头处镶着另一种咖色的合金材料，做工精致，低调的奢华。轻便的拉链衫，咖色软底皮鞋。头发显然稀疏了，不再披垂在额前，而是借助摩丝之类的定型剂向后梳，露出饱满的亮堂堂的脑门。脸颊的皮肤当然是松弛的，却又松弛得恰到好处，无论眼角的鱼尾纹，还是鼻翼到嘴角边的笑纹，都显露出某种智慧、沧桑和阅人无数、波澜不惊的温和。

"你也变化不大，最起码没有胖到走形。"他评价我。

他很自然地接过我的一只小型拉杆箱，领我去停车场。人很多，好像是几趟列车同时到站，往出站口的，往地铁的，找出租车的，瞬间分成几道人流，匆忙地移动，一片咕咚咕咚的拖拉行李箱的刺耳噪声。相比之下，倒是我们两个走得不急不忙，偶尔被步伐过大的小伙子撞上，便彼此一笑，好脾气地让到旁边。

有什么可着急的呢？我们都已经是退休的人，这个世界的匆忙已经与我们无关。

坐上车，系好安全带，郜宁生转头跟我说："六点多了，我们先找地方吃饭。"

我说好，反正都是要吃饭的。

他开的居然是一辆军用陆虎。车身太高，他一坐上驾驶座，立刻显得身形矮小，袖珍老头儿一样。不过他车技一流，下班时间车流高峰段，他只用一只手的掌心滑动着方向盘，另一只手操动手刹，还时不时转头跟我说话，详细问我昨晚合唱团聚会的情况。他很神往，感叹话剧队里怎么没有一个能出面揽事的人，也把大家聚起来弄上一次。

"你出面。"我说。

他笑着摇头："我不行，这得北京的同学来。"

驶出南站范围，他车头一拐，上了一条快速干道。本以为这条路的拥挤度稍好，却不料大家都这么想，都走这条路，反而堵得走不动了。他轻拍方向盘，嘟囔道："人还是不能有占便宜的心态。"

他按下两边的车窗，口袋里掏出一支烟来，征求我的意见："可以吗？"我点了头。他马上从车中的某个暗格里摸出一只打火机，点着了火。从他瞬间挺直胸背吸烟的样子，我断定他烟瘾不小。

"烟还是少抽为好。"我有点没话找话。

车流动了一下。他把烟咬在嘴里，跟着松手刹，让车往前滑行，接着缓缓停稳。之后他腾出手再次拿烟，往车窗外弹了烟灰，眯眼笑一笑："你知道吗，我们班的同学，到今年为止，走掉了五个。"他掐着手指："癌症和心脏病走掉两个。一个官至副部，双规，想不通，跳了楼。还有两个是夫妻，在加拿大开公司，车祸，双双殒命。人就是这么回事，活着，随性就好。"

他说话的神情，淡淡的，好像说的是几个完全与他无关的人。其实我们班里也有早逝的同学，可我轻易不敢说，总觉得心里有障碍。

到此时为止，他还一直没讲到为什么急着见我。看他的模样，也不像是要重温旧情的意思。再说了，我们之间从来都没有走到那一步。

不过我打定了主意，他不开口，我绝不先问。万一人家只想见个面叙个旧，我非要追究个目的，不显得我太过世俗，不解风情？

一九八二年，公历的早春三月，大约在晚上七点半，我第一次踏进珞珈路三号。

一根手指轻轻地按了门铃。我紧张地注意到院门很大，是敞开来可以开进汽车的那种。铁铸大门上斑驳的油漆是红色还是黑色，我已经记不清楚。门铃按响之后过了好一会儿，起码有一两分钟的时间，我几乎都要落荒而逃的时候，大门上套着的一扇小门忽然开了。来开门的是一个三十多岁模样的女人，穿碎花布的中式棉袄，系一条蓝布围裙。门口的灯光有点暗，加之我第一次去到陌生人家，心中忐忑，根本没有顾上看清她的长相。印象中她高挑个头，黑发在脑后盘了一个小巧精致的髻，发髻上插着一根银饰。之所以对这根银饰有记忆，是因为她开了门，转身要领我进去时，脑后的银饰在暗夜中闪了一闪。那璀璨的一闪，如同划过夜空的星辰，一下子把我眼前的灰暗生活照得透亮。我当时就想，郜宁生的家庭肯定不同寻常。

院子很大，难怪保姆走过来开门要这么长的时间。我晕晕乎乎地跟着她往前走。脚下是水泥路，很宽敞，应该也是为汽车通行而铺设的。路两边黑乎乎的全是树、灌木、杂草丛。天空中映着树梢的剪影。路的尽头，是一栋外观朴素的奶黄色小楼，楼廊上有灯，所以我看见拐角处静静地停了一辆墨绿色军用吉普。小楼的左边还有一溜平房，每间房中都亮着微弱的灯光。楼里不知道哪个房间，有音乐声透出来。我一听就知道，那是舞曲。之前在学校，周六的夜晚，我们经常都是在这些熟悉的舞曲中一圈一圈不知疲倦地转过去的。

郜宁生站在楼门口的台阶上等我。天还很冷，他却穿着一件单薄的毛衣，头上热腾腾地冒着汗气。看见我，他笑眯眯地指了指手腕上的表："迟到了啊。"

我大为窘迫，解释说，路不熟，绕了几个来回才找到。

他一把抓住我的胳膊："快进去。"

我就这样稀里糊涂地踏进了郜宁生的那个舞会小圈子。

去了几次之后我才慢慢了解到，原来郜宁生的父亲是南京军区的副司令员，十六岁当兵，身经百战，"文革"中也受了些冲击，对越自卫反击战的时候才官复原位，曾经在指挥攻克谅山的战斗中建了奇功。而郜宁生那个舞会圈子里的人，基本是军区范围内的高干子女，从小到大的玩伴、死党。

可以想见，在这个陌生的圈子里，出身于普通教师家庭的我，会是多么木讷和寡言。

我一进舞场之后，首先做的，是寻找到一条放在角落里的板凳。我认为这条板凳应该是我在这个夜晚的归属。我没有舞伴，舞技也不精进，不可能融入眼前欢乐的人群之中。我只要坐在这里看看就好。

郜宁生过来拉我："别坐着了，我们俩跳一个。"

我固执地推托："你跳吧，我等等再说。"

郜宁生善解人意，知道我新来乍到，怯场，就拍了拍我的肩，嘱咐我放松，转身钻进人群，找他的舞伴去了。

我迅速观察周围环境，发现这是一间类似会议室的空荡荡的房间，四五十平方米的样子，也许更大一点，我估不准确。房间里除了靠墙一圈板凳和一张摆放双喇叭立体声录音机的小桌子，其余一无装饰。地面是水泥的，没有洒滑石粉，跳起舞来应该相当阻涩，转不了滑溜溜的华尔兹舞步。天花板上刷的是石灰，年深月久泛出黄色，靠窗的地方还有灰粉剥落，留下很难看的癞痢头一样的斑痕。日光灯一共有四盏，灯管很长，木制的灯座拿铁丝摇摇欲坠地吊着，如果全部打开的话，房间里应该是亮如白昼。可是舞会上这些人偏不开，偏在对角两个角落里拿接线板插两盏台灯，就那么搁在地上，让暖色灯光往天花板上照，好歹营

117

造一点朦胧暧昧的意思。

这屋里唯一让人感觉奢华的，也就是南北四扇窗户上挂着的四幅窗帘了，那是当年还少见到的金丝绒的质地，紫红色，柔软而又丰满地悬垂着，当我忍不住伸手抓了一把时，丝绒的布料在我手指间沙沙滑动，掌心瞬间有东西膨胀起来，既温暖，又熨帖。这窗帘跟这个小院里的所有东西，跟那些不曾修剪过的灌木杂林，跟房间里粗陋的板凳、日光灯、天花板和墙壁，以及我眼前晃动着的穿军用卫衣和肥大军裤的跳舞的人群，形成一种奇妙的反差，以至我人坐在舞场，心思却飘忽不定，更显出懵懂和笨拙。

房间里很热。十多对跳舞的年轻人簇拥在一起，三步，四步，起伏又旋转，切切私语，鼻腔里呼出炽热的气流，嘴唇和脸颊的温度足以融化冰山。那种密封房间里的荷尔蒙的气味，浓重、污浊、腥膻，仿佛压缩一下能够挤出黄灿灿的人油。

郜宁生抽空过来关照我。看到我穿着厚棉袄满脸通红的样子，他不由分说弯腰解了我的一颗扣子。"脱了它！"他说。

我这才发现，整个房间里只有我一个是穿着棉袄的。也许这是我坐立不安、特别格格不入的原因。我站起身，乖乖地脱下棉袄，露出一件双股杂色毛线织成的毛衣。这毛衣紧身，高领，袖窝非常合体，这让我站起来的时候，一下子变得修长和轻盈。

郜宁生顺便邀请我跳了一支"快四"。我们跳的是"水兵舞"，大三的时候学校里曾经风靡过，节奏欢快，变化复杂，颇有一点表演性质，需要舞伴之间很好的配合。我不明白郜宁生为什么上来就拉着我跳这个舞，也许他在学校大饭厅里看见我跳过。我觉得我们跳得确实默契，每一个舞步，每一次的转身和前进后退，都那么滑润合拍、丝丝入扣。

一曲终了，我们自然收获了最多的掌声。郜宁生贴着我的耳边说："瞧，你是女孩子当中跳得最好的！"

我剧烈地喘息，心跳，感觉这屋里的一切瞬间可爱起来。

就这样，我像一尾快乐的鱼儿，滑进了这群纵情享乐的年轻人之中。周六的那些夜晚，我不断地被别人邀请，有时候我也邀请别人。我们跳"快三""快四"，也跳"华尔兹""探戈""伦巴"。有时候会有部队文工团的过来，我们会虚心地跟他们学上几招。可是到下一次他们又不见了，大约是跳得太好，被这群业余水平的年轻人排挤了出去。在舞会上，我们专心跳舞，彼此之间很少说话，更没有那些暧昧的眼神动作。一直到半年之后离开珞珈路三号，我始终不知道郜宁生之外任何一个男孩的名字。

我不再孤独。每到星期六下午，我会守在办公室的电话机旁，期待郜宁生打来电话，发出舞会邀请。有时候，连着几个星期六晚上都有安排，密集而规律。也有时候，两三周都不见动静，这是因为郜宁生出差了，他好像分在省人大的什么委员会工作，有时候要陪领导下去视察。

天气越来越暖和，我已经脱掉高领毛衣，换上了新买的一件藕色束腰短风衣。这是我花了半个月的工资，出差上海时在第一百货商店排队买回来的。跟我同时分到外办资料室的小刘说，这衣服很衬我的皮肤。

周六的舞会，一般总是九点多钟结束，最迟不超过十点。郜宁生说，他父亲睡觉早，不能妨碍老爷子休息，否则他会骂人。

会骂人的老爷子什么样，我一直没见过。他很神秘，总是不出自己房间的门。不过郜宁生说，他耳朵尖着呢，我们的一举一动休想逃过他的监视。

我喜欢跳到大汗淋漓然后一路散步回去。春风拂面，夜色醉人。沿着珞珈路往东，依次会经过牯岭路、普陀路、莫干路，名字都很好听，引人无限遐想。路两边是一栋接着一栋的民国别墅，英式、法式、意式、西班牙式，略带颓旧、沧桑却又矜持，沉睡在静谧的夜空之中，路过时似乎能够听到墙壁之中苍老而沉重的呼吸。爬在围墙上的蔷薇花开了，层层叠叠挤在枝头，看不清楚花朵儿是粉白还是粉红，只闻见花香溢满了整条街道。粗大的法桐一直在飘絮，不过这很有趣，你会看到路灯下的絮毛是透明的，长着无数的茸毛触角，随着和煦春风慢悠悠地飞扬起舞，像是暗夜中独自妖娆的精灵。我从不介意这些浅黄色的小东西沾在我的头发和眼毛上，它们是黏人的生命，喜欢在那一刻分享我的快乐。

我几乎开始感谢学校的安排了，如果不是分配我到南京，哪能有这些春风沉醉的夜晚。

路实在太堵，我劝郜宁生离开快速干道，随便找地方吃点儿东西，好避开高峰。他听从了我的建议，在东华门出口拐了下去，开到一个门前广场允许停车的饭店。

饭店不错，看上去干净可靠，但是大堂里食客不多。相比前几年一到饭时餐馆里人头攒动的盛世情景，今年的经济形势明显不行。

一个身材颀长的引座姑娘把我们领到窗边的位置坐，递给我们人手一册菜单。我随口说："简单点儿就好。"郜宁生马上对我眨眼。等姑娘转身离开后，他哈哈笑道："你说了这话，下面人家就不爱为你服务了。"

果然，颀长的姑娘再不出现，好久之后才过来一个脸颊上长两团红晕的女孩子。这小姑娘安徽口音，眉眼稚嫩，脸上的婴儿肥都没有消退。我和郜宁生对视一下，忍不住都笑。

我们点了一份黑椒牛柳、一份双炒菌菇、一份上汤菠菜，还有一小锅海鲜豆瓣汤。

郜宁生把菜单交还小姑娘之后，苦笑自嘲："也才三十多年，食欲都减退了。"

我安慰他："我们这代人还算是什么都没落下，该经历的都经历了，要留点生存空间给下一代。"

就这个话题，他问起我这些年的情况。"我什么都不知道。"他抱怨。"从珞珈路三号离开之后，你好像遁形了一样。"

我告诉他说，一九八二年冬天我就换了单位，调到大学教公共语文课。一年之后结婚，先生是学工科的。再一年生了孩子。然后去美国陪读。陪读期间顺便读了个计算机学位。

"啊？计算机？"

"是啊，学中文的工作不好找嘛。"

他啧了一声："真有你的，跨科也跨得太夸张。"

我说："那时候大家都这样，中国人到哪儿都是生存第一。"

"你还真学出来了？"

"学出来了。幸亏学得早，后来的工作一直都不错。"

他吹了一声口哨。

我笑笑："你知道的，我们那一届学生，能够千军万马地杀到北京读大学，就没什么专业能难住我们。悬梁刺股，秉烛夜读，什么不能做？"

"这是真话。"他表示赞同。

我开始反过来问他的情况。"你们家老爷子，后来没有再为难你？"

他摇头。"后来我们就决裂了，我搬出那个家，珞珈路三号。"

"哦，天哪。"

"我不想沾他的任何光。"

"这倒是像你。"

"八四年我就去了深圳。一开始很难，因为我有原则，跟父亲相熟的关系都不找。我后来是做股票起家的，深发展，你应该知道，我的人生第一桶金。头一拨股灾来临之前，我已经出光了手里的全部股票，改做房地产。我那时候做得真不赖，深圳前十的地产企业。也是你说的那句话，我们那届能考到北京的，做什么都不憷。"

我望着面前这个男人。他说到这一切的时候，语言平淡，神情也平淡。

"到五十岁那一年，我突然就不想干了，好像是万念俱灰那种感觉。我把公司卖了，开始云游世界，七大洲四大洋，哪儿都去过，最后回到南京，买套房子定居，应该也就在这里了此残生了吧。"他咧嘴笑了笑，"现在想起来，那几年大概有点轻度抑郁症，可惜当时没有这个认识。"

我惊叹："好危险！也幸好你把公司卖了，要是勉强做下去，还不知道什么结果。"

"天佑我命。"他自嘲。

"你没说到婚姻。当年跟你跳舞的那些女孩子，后来有终成眷属的吗？"

他不答，很怪异地看我的眼睛。沉吟片刻后，他终于开口："我没结过婚。"

我"啊"了一下，后悔自己唐突了。

"我也没有孩子……包括那种，你知道的，私生子吧，我都不想要。"

"对不起……"

"用不着，这跟你无关。现在想起来，是我父亲的原因，我就是想报复他，让他无后。"

他的两只手突然开始颤抖，幅度不很大，我不知道他自己察觉了没有。

"跟你说，我父亲一直都不喜欢我，瞧不起我。我母亲去世得早，我从小没人照顾，常生病，一生病就躺在床上看小人书，结果成绩越来越好，身体越来越弱，舞刀弄枪的事情做不来，他就很失望，认为我枉姓了他的姓。"他终于觉得需要控制一下自己，便拿起桌上的一支烟，又一次征得我同意后，点上。"上小学时，期末考试，我拿回一百分的卷子，他看都不看，却问我，一百米跑了几秒？铅球能扔几米？我说了成绩，他立刻发火，卷子往我身上一扔，头也不回走开。"他连吸几口烟，淡白色的烟雾在他头顶上缭绕。"我考上大学，他一句称赞的话都没说。之前他一直想送我到部队当兵，想让我走他的那条路。我们那时候就差点儿闹崩。"

"可你还是赢了，你走了你的路。"

"那是因为我哥发了话。我哥说，他已经入伍提干了，两兄弟没必要都为国牺牲，老郜家的人也可以换个活法。我哥你记得吧？郜鲁生。"

我点头。

"他是老爷子看重的人，从小就是。他说话顶用。后来我搬出去住，跟老爷子决裂，我哥是支持了我的。"

说到这里，他再次停住，陷入沉思，或者说是某种困顿，因为他的眼神明显发散，似乎看着手里的那支烟，又似乎没看。他紧抿住嘴，咬肌的部位微微有一点颤动，有一小团肌肉在他的耳根到下颌之间来回滑行，活像两只不安于潜伏的老鼠。

他哥哥郜鲁生，我现在记得起来的，是他身姿笔挺坐在轮椅里的样子。

一九七九年对越自卫反击战时，郜鲁生是炮兵营长。攻克谅山的那场厮杀战，郜家老爷子指挥，他直接让儿子上了最前线，结果郜鲁生被对方的炮弹轰掉双腿，伤残退伍。那年郜鲁生三十出头。

一九八二年春天，我一开始出入珞珈路三号，跟着一帮部队子弟们在简陋的舞场纵情欢乐时，并不知道郜宁生还有这么一个哥哥存在。我说过，我们那时候的人活得纯粹，跳舞就是跳舞，跳的时候牵手搭背，跳完了分开就走，彼此并不啰唆。曾经有一个男孩子喜欢上了我，舞会结束后他追出，问我有没有男朋友？我说没有。他说那我给你介绍一个。我好奇地问他是谁？他指指自己的鼻子："远在天边，近在眼前。"

123

我忍不住地笑，说我暂时还没有这个念头。他也就罢了，下一周再见到时，开心如常，并没有尴尬或是记恨。

我第一次见到郜鲁生的场景非常戏剧化。那天好像是寒潮来袭的前夜，天气暖和得反常，气温飙到了将近二十度。我们在房间里跳舞，实在热得不行，每个人的脑袋都像水洗过一样，汗味浓重得让人窒息。我跑到靠廊沿的那一侧窗边，准备打开窗户换换空气。

紫红色丝绒窗帘被我拉开的瞬间，我克制不住地一声大叫，捂住嘴，僵在了那里。我看见窗台外面悬着一颗脑袋，是活的，面孔板正，眼睛威严地跟我对视，毫无怯让之意。

我的惊恐引来了几对舞伴，冲在前面的是郜宁生。他过来之后一把拉开我，喝止道："别叫，是我哥。"

我惊魂未定，心跳得几乎要蹦出嗓子。郜宁生怎么还有一个哥哥？他肩膀只及窗高，难道是个侏儒？我被自己的这个想法吓坏了，满身热汗顿时变成冷汗，脖子里黏腻腻地难受。

可是我发现除我之外的所有人都反应正常。郜宁生带头，另外有几个男孩跟着，他们开了门走出去。我虽然心里害怕，可是学中文的人就是有好奇心，我立刻也跟着出去。

我这才知道，郜宁生的哥哥不是侏儒，他只是端坐在轮椅上而已。他那次穿的是一身单军装，四个口袋的，军装洗得发了白，领口上却有两块深色，是领章留下的印迹。他长得比郜宁生好看，主要是帅气、硬朗，还带了一点不可抗拒的威严。必须承认，出门见到他的那一刻，我心里叮咚的一下子，脑子有那么点晕眩。

郜宁生和他的朋友，他们七手八脚地把轮椅连同他哥推进了舞场。我慌张地退到旁边，看着他们进去。经过我身边时，我注意到他哥抬了一下头，是看我的，他大概不满意我刚才的大惊小怪。他的那一瞥非常用力，简直像刀子一样。我不服气地想，当兵的真会记仇，即便误会，好像也用不着这样。

后来我就知道了郜鲁生的伤残军人身份，和他的一些战斗经历。但是说句实话，我从小是在教师大院里长大的，我接触的人，和郜家这个圈子的人，距离很遥远，郜鲁生打仗也好，负伤也好，我听便听了，并没有对他产生多少亲近。我觉得他端坐轮椅的姿态过于挺拔，脸上的线条过于刚硬，目光也过于冷峻，一切一切，只能够令我对他敬而远之。

他自知异类，一般也不跟我们大家搭讪。之前他坐在窗户外面窥探室内舞会上的喧哗，现在郜宁生当众把他请了进来，他便安之若素地待在房间一角，双肩平端，双手放在残断的膝盖上，目不转睛地看，屏息凝神地听，面容专注、宁静，并且若有所思。有一次我偶然发现他喜欢"华尔兹"，《蓝色多瑙河》的音乐一响，他脸上的线条总会柔和许多，嘴角还若隐若现地浮起一丝笑。我把这个发现告诉了郜宁生，他说："真的吗？"他也觉得奇怪。他马上过去倒磁带，再放一遍《蓝色多瑙河》。可是这回郜鲁生显得有些恼火，很不满意地拿眼睛瞪着他弟弟，过了一会儿干脆扭过头去。

我明白了，他不喜欢我们这些人对他格外关照。他只要悄悄地看，听，欣赏，置身其中成为集体一员，就觉得很好。

所以，当郜宁生告诉我说，他家老爷子之所以没有反对他在家中组织舞会，是因为郜鲁生出面请求时，我一点儿都没有奇怪。我说："你哥就是太寂寞了。"

现在想起来，我当年的那句话说得多么冷血，我对郜鲁生的心境、喜好、想法、渴望……竟然没有一丝一毫的理解，而且也没有意愿打算理解。

晚餐是郜宁生付了账，他举起一只手，制止我说话："这里不是美国，我们没有 AA 制那一套。"他这么一说，我便靠在椅座上，心安理得地看

125

着他刷卡签字。他签字的模样很好看，笔尖在账单上沙沙沙几下，三个字一笔呵成，连贯又流畅。我忽然觉得有男人请吃饭还是挺愉快的事。

收好卡，他又做个手势，我们便起身出门。现在已经八点多钟，估计路上不会再堵。

开车门时他征求我的意见："想不想再去看看珞珈路三号？"

吃人家的嘴软，我只好说："好啊，很久没去过那一带了。"

九十年代末，我先生的父亲偏瘫，母亲年老，他必须担起照料父母的责任。我们一家从美国回来，落户在南京的江宁区。我先生应聘了美国知名热水器品牌的工程部经理职务，我在一家台湾背景的计算机公司负责售后服务。我们在南京没有太多的亲戚朋友，工作和生活半径很小，基本不离江宁百家湖周边。城区偶尔也去，限于购物、商务洽谈、少量的聚会。没有机会再回珞珈路，似乎也没有什么理由。

"不知道现在的珞珈路是什么样子？"我自言自语。

郜宁生没有答话。这个问题实在也不好回答，三言两语哪能说得清楚一个街区的前世今生。我朝他摆摆手，笑了一下，暗想自己一把岁数了还是很傻。

空气清冷，夜色安详，驶上城西高架干道时，一路都有景观灯勾勒出来的城墙的倩影透迤相随。逢到空旷处，远远能看见无数高楼灯光组成的城市天际线，璀璨明亮，美丽非凡。我睁大眼睛，贪婪地四下观望，忍不住地赞叹，又后悔这些年忙于俗务，居然没有调整心情仔细欣赏一个城市的美好。

郜宁生专注开车，一直没有开口。从上车之后，他一反常态，似乎不那么愿意说话。

从草场门拐上了北京西路，再行一段，左拐，从西康路进入琅琊路。

我开始嗅到一种特别的气息，那种年代久远、岁月沉淀、从古旧的墙缝和地隙里氤氲而出的灰白颜色的味道。我看见了曾经熟悉的粗大法桐、奶黄色洋房、围墙上斑驳的铁门、狭窄幽暗的马路、掩在法桐树冠之下的橙黄色路灯、满地金黄的落叶、路边慢悠悠蹬着自行车的行人身影。我当年在珞珈路来来回回，经历了早春、仲春、初夏、盛夏，到秋天刚要来临的时候戛然而止，所以没有见到过深秋时节这一带马路上落叶遍地的情景，我觉得此时老天是赏我补上这美丽的一课。我一边东张西望，一边聆听车轮碾过落叶时妙不可言的沙沙声响。我心疼这些飘零的叶片如此遭人碾压，又钦佩它们年年此时舍身护主的悲壮。有凋零才有新生，这是自然界万世生存的真理。

郜宁生把车子停在一个小小的拐角街口。珞珈路三号！我莫名其妙地觉得心跳。我们从左右两边各自下车，似乎两个人都同时犹豫了一下，才慢慢地往围墙那边走过去。才几米长的路，我却感觉遥远而又虚幻，仿佛是一对老朋友正在逆着时钟的方向，嘀嗒嘀嗒，走向三十多年前的青春时光。

那扇阔大的斑驳铁门自然是不见了。这我能够理解，这些年城市改造，总要推陈出新，弄得光鲜和整洁一点。现在的大门是浅灰色，用料和做工都讲究，上半部用栅栏和铁花拼接，大约是为了景观通透。门上有监视器，黑黝黝的一只眼睛正对着我，让我头皮发麻，我赶紧躲到一边去。大门后面的花园一看就是精心侍弄过的，从前的杂树灌木统统拔除，代之以安装了地灯的花坛、草地、修剪成尖塔形状的雪松、一泓小小的喷泉，喷泉中居然还立着一尊西式雕塑。再往里面看，原本那栋巴洛克风味的奶黄色小楼完全不见了踪影，现在的楼体经过了大规模改造，房廊封闭起来，立面镶有灰色仿花岗岩的墙砖，楼上一排塑钢落地窗，透过飘纱窗帘，可以看见房间里的枝形吊灯，还有电视屏幕闪出来的色彩丰富的光影。

"天哪，"我转头对郜宁生说，"你们家老爷子也会与时俱进啊。"

"我父亲早就不在了。"他淡淡地回答。

我约莫一算，也是啊，当年他父亲就已经六十出头，要活到今天，可不成百岁人瑞了！

我说："那你哥哥……"

他没有正面回答我的话，只告诉我，老爷子去世以后这房子就上交给南京军区房管处，目前到底什么人居住，派什么用场，他完全不知道。有时候路过，瞥一眼，谈不上留恋。"本来就不是私有财产。"他说。

我有点恍惚，莫名的那种惆怅。不管部宁生自己是不是他口中的"谈不上留恋"，我对这栋小楼的记忆，绝对算得上刻骨铭心。我记住的不是这栋小楼当年的豪华，不是小楼主人的显赫身份，不是丝绒窗帘、露天廊沿、停在小院里随时待命的吉普，而是当年逢周六才能听到的悠扬乐曲、交缠又默契的汗淋淋的肉体、面对面站立时男女间闪烁的眼神，以及耳边无法屏蔽的男舞伴们粗重急促的喘气声。

还有就是，我最后一次在珞珈路三号遭遇到的令我羞辱无比的场景。

很奇怪，跳了那么多场的舞，我和舞会上的任何一个男孩女孩都没有建立友谊，他们跟我，我跟他们，彼此客客气气，保持了有距离的关系。男孩们喜欢找我跳舞，是因为我的节奏感好，能够带动他们超水平发挥。他们总是羞涩地走过来，绅士一样地弯一弯腰，然后伸出手，做一个邀请的姿势。一曲跳完，先前松松握着的手并不放下，选最近的路径将我送回原地。大家站着，喘息，擦汗，直到下一首舞曲响起，另一个男孩子向我走来。

我喜欢这样一种哪怕是装出来的客套，这也是我一直待在舞会上的原因。我跟他们之间不在同一个阶层，谈不上什么共同语言，他们偶尔谈起来的部队秘闻或是八卦，全部都超出我的经验，即便为了自尊，我也不愿意介入。

有时候部鲁生会在人缝里偷偷看我，我的身体能够感觉到，像有一

128

条弹性十足的线，一头粘着他的眼睛，一头粘着我的腰际，我每转一个身，这条线就会绷紧一下，提示一种存在。这时候我会回头，越过一对对舞伴们的肩膀，寻找他的目光，朝他送去一个鼓励的笑容。我认为他有权利这么看，看就是他的希望、他的人生。我甚至想，他应该试着使用代入法，把他的小兄弟们的身体替换成他自己的，这样的话，观摩过程会更加愉悦。

快乐的日子总是倏忽而逝，流水一样从手指间哗哗地过去。国庆放假前，我们又聚了一次。有一个军区后勤部长的儿子带来了一箱易拉罐装的"喜力"啤酒，说是从广东边境一个叫作"沙头角"的地方买回来的。我们打开拉环，嘴对着罐口，分着喝了。好像跟玻璃瓶子的"金陵"啤酒也没有太多差别。也许是我不懂喝酒，辨不出滋味。

啤酒让大家变得特别兴奋，我记得那天不知是谁专门挑了一盘"华尔兹"的磁带，于是一对对的男女满场飞旋，水泥地面被碾出呛人的尘土，屋里的气氛膨胀得像要爆炸。

就在我头昏脑涨力不能支的时候，我感觉有人使劲地拉了一下我的手。扭头看，是郜宁生，他用眼神示意我出门。我那时候正累得像狗一样喘气，想都没想就跟着他悄悄出去了。他把我带到廊沿的另一头，拿钥匙开门进去。打开灯，原来是他的书房，因为我看到一长排有关国际关系、世界历史还有外语辞典一类的书。他说："让你看样好东西。"他走到墙边，很神秘地掀开一块勾花台布，露出一台黑色的机器。很大，像我这样的个头一个人抱不起来。机器分成几个部分，一层一层摞叠在一起，每一个层面上都有五六个旋钮，大大小小排列一行，显得神秘而又高贵。

他转身，兴奋地告诉我："瞧，激光组合音响，日本货！"

我那时的表情完全呆傻。我拼命地在脑子里搜索，想知道"激光"到底是个什么鬼。坦白说，那一瞬间我除了呆傻还有忌妒，因为我工作半年，连双声道的录音机都买不起一台，这家伙却悄悄地玩到了这么高级！

"怎么样，听一听？"他征询我的意见。

这还用问什么呢？谁能够忍得住这种好奇呢？

他先弯腰，从旁边桌上的一摞唱片中挑出一张，然后打开音响最上面一层的唱机部分，小心地抬起唱针，将唱片平平地放上去。我目不转睛地看他操作。他应该也是刚刚弄明白音响上的那些复杂机关，每扭动一个旋钮，都显得谨慎甚至是犹豫。当中他还把说明书拿出来看了一眼。他自嘲说："我是机器盲。"

蓦然之间，唱机缓慢地转动起来。几乎在同一刹那，一串美妙至极的音符，像穿透人世的光，从半空里直插我的脑仁，然后一直往下，贯穿胸肺，愉快地融进我的血液。

我永远忘不了那一次聆听激光音响的感受，它超出了我以往的所有听觉体验，让我尝到了灵魂出窍的滋味。我记得那一瞬间我的全身都在颤抖，我想笑，更想哭，还想放声尖叫。终于，我的眼泪很难为情地涌了出来。

我还记得那张唱片的名字：交响乐队演奏的广东乐曲《彩云追月》。

几年之后，我和丈夫去了美国，我们攒了一点钱之后，买了一套更先进更复杂的激光音响。可是无论是听中国乐曲还是西洋乐曲，我再也没能找回当年在珞珈路的那样一种感动。

人果真是不能两次踏入同一条河流。

郜宁生在旁边，他看见了我的眼泪。他走过来，轻轻地拥抱了我。我们踩着《彩云追月》的节奏，慢慢地相拥而舞。那一刻非常美好。我们小幅度移动脚步，感受着在碧波中荡漾，在云彩中徜徉的晕眩。我陶醉地闭上眼睛，心里幻想着这个美好的时刻一直在，永远都在，不要结束。

然后，我感觉脸颊发痒，有什么东西蹭了过来。赶快睁眼，郜宁生的眼睛热辣辣地盯住我，他想要吻我。我悚然一惊，本能地推开了他。

我慌张急了也窘迫急了，连退几步，靠到了墙角，一句话都说不出来。

郜宁生被我一推，也开始清醒，他同样地慌张，觉得不好意思，对不起我。他的脸红得像一个女孩。

我们就那样面对面站着，沉默了好久。现在回想起来，也许就是一两分钟的时间，可我当时真觉得很久。

接着，几乎在同时，我们都难为情地笑了起来。其实真没什么的，一个吻而已嘛，都读了四年大学，一本一本看了那么多西方思潮的著作，干什么还对这种表达方式心惊肉跳？

于是我们都对彼此的失态感到抱歉，而接吻的冲动和气氛也消失无踪。我们关掉音响，拉灭了灯，假装什么事情都没发生一样，一前一后又回到了舞场。

可是我怎么也忘不了那一曲《彩云追月》，整整一星期内，包括国庆三天假期，我坐立不安，走路、看书、写材料，耳朵里始终有几个音符萦绕不断，哗的一声像瀑布冲下来，哗的一声又冲下来，弄得我脑子很累，精疲力竭。

又到周六，我等着郜宁生的电话。电话没来。报纸上登着省人大领导去苏南视察乡镇企业的消息，郜宁生一定陪同出差了。再一个周六，郜宁生来了电话，却是抱歉地通知我，他来了几个同班同学，周末要陪游紫金山。我百无聊赖地上街，四处逛，下意识地注意商店里的电器柜台，结果很意外地在友谊商店看到相似的一套激光音响，标价是四千多元。我吓了一跳，当时我的月工资才五十出头。我都没敢开口请人家试放一曲，急急忙忙地落荒而逃。

第三周，终于有了舞会的消息。我激动万分。走进珞珈路三号，发现大半个月没来，院里的树叶杂草居然开始泛黄憔悴，有了秋意。

同样的人，同样的三步四步的舞曲。跳了不到十分钟，我拿眼色示意郜宁生，表示我还想听一次激光音响。他心领神会，点个头，拿起两

131

个热水瓶，装作去打开水的样子，出了舞场。三分钟之后，我沿着墙根也溜出去。

熟门熟路，我快步走进郜宁生的书房。他已经打开音响，正在弯腰选唱片，两个热水瓶还可笑地放在书柜上。他拿出一张，是德沃夏克的《E小调第九交响乐》。他问我听这个好不好。我说好，我们合唱团当年排练过这里面的一段合唱曲。他吩咐我过去关上门，说是听这种音乐要安静，人不能多。

美妙的小提琴的声音慢慢流淌出来，哀伤，沉郁，凝重。这是给全曲定的一个基调吧，如同小说开头都要定下一个笔调，预示着全篇的风格是深刻，还是俏皮，还是荒诞。我们当年排合唱的时候就知道了，德沃夏克是在纽约怀念他的欧洲家乡时写下的这首交响曲，怀念自然是惆怅的事情。我和郜宁生，我们各人坐一张木头椅子，面对着面，中间隔着那台巨大的激光音响，屏息凝神，准备享受一次美好的音乐旅程。

小提琴开头之后，铜管乐声很快异军突起，昂扬，嘹亮，丝绸一般滑润。接着鼓乐加入，惊心动魄，摄人灵魂。还没等我的心跳平息，弦乐又起，管乐夹杂其中不断抬升，间歇仍有鼓乐低鸣，就这样一波接着一波，飞快地推向高潮。

我微红了脸，含笑看着郜宁生。其实我那时的心思根本不在他身上，我的目光穿过郜宁生的脸，脑子里重叠出现了十九世纪纽约街头的模样、欧洲原野的模样、穿燕尾服的音乐家坐着轮船漂洋过海的模样。我一直一直在想，那个时代的离乡背井，是一种何等绝望的痛楚！

郜宁生也看着我，他一动都不动。今天的音乐不是《彩云追月》，无法在我们之间形成那种爱意绵绵的气场，我们仅仅是为德沃夏克而来，为了不起的音乐而来，我们只需要聆听，全心全意，一心一意。

就在这时候，房门突然嘭的一声被人打开。不不，不是打开，是踢开的，从外面飞起一脚，极有力量，窗玻璃都被震得同时作响。我和郜宁生猝不及防，同时被这一声巨响吓得一个愣怔，两人都身子一歪，差点从椅子上滚落下来。

进来的那个小老头儿，个矮，干瘦，脸型狭长如刀把，眼角皱纹雕刻一样分明，细眯眼，眼神尖利，极具震慑力。

我马上醒悟：这是郜家的老爷子，郜副司令员。短暂的那一刻，我心里居然还掠过一个念头：郜家两个兄弟都不像父亲，长相没有老爷子凶狠。

小老头儿瞪着两只眼睛，上来就大声责骂："你们这是干什么？啊？还锁着房门，偷偷摸摸，搞什么见不得人的鬼？郜宁生你给我回答！"

郜宁生赶快关了音响，束手起立。

老头儿继续咆哮："你他妈的正事不做，成天弄一帮人搂搂抱抱，不男不女，连我的警卫员都看不顺眼！你给我坦白，锁着房门到底要干什么？搞什么勾当？告诉你，别以为我是聋子瞎子，你裤子一脱我就知道你放什么屁，你个小狗日的！"

我心跳如鼓，手脚都在发抖，试图拦着他别再说下去，可是我实在不知道怎么称呼他才好，叫"伯伯"太亲热，叫"司令员"好像又不合我的身份。情急之中，我慌不择言地喊了一声："师傅……"

他身子一转，朝我瞪眼："你喊我什么？"

我吓得要哭出来："我我我……"

郜宁生忽然开口："这是我同学，请你别当她的面说脏话。"

老爷子气得脸孔铁青，重新转向郜宁生，雷霆万钧地把一通怒骂砸过去："你个混账东西，你还挑老子的刺！你这个逃兵、胆小鬼、二尾子尿包！你不是郜家的种！老子身上要有把枪，即刻能毙了你！小狗日的混账！"

我心里一边颤抖，一边想，这大概是他在部队里骂士兵的话，这些话跟郜宁生完全不搭。我抬眼偷看郜宁生，发现他眼珠子僵直，下巴在

133

一个劲地抽搐，脸色已经涨红成一枚即将点燃的炮仗，随时随地都可能嘭的一声飞起来把他的父亲炸翻。

老爷子却是骂红了眼睛，火头越来越大，一眼瞥见书桌上的那摞唱片，感觉是万恶之源，冲上去拎一把在手，高高举起，再重重砸下。唱片是胶质的，又套着硬纸封套，着地之后哗地四散，没有想象中天崩地裂的效果。老爷子愣怔一下，干脆抬起他的翻毛大皮鞋，一张一张地去踩，踩，拿鞋后跟使劲磕，非要看它们粉碎成渣渣不可。这时候郜宁生忍无可忍，嗷的一声上前，摆出了斗牛的架势，抓住他父亲的两个肩膀用劲顶住，要把老头儿顶离书桌附近，好保护仅存下来的他的那点宝贝。一老一少在房间里奇怪地僵持成一副决斗的架势。

老头儿喘息，跺脚，口中断断续续："反了反了……你敢造反？你造老子的反……你信不信我毙了你……我他妈的一枪……"

我贴在墙角处，害怕得厉害，不知道该怎么办，走也不好，不走也不好，拉架又不好，夹在暴怒的父子之间，我那时候真像一条可怜的落水的狗。

我记得那天是哥哥郜鲁生进来解的围。很奇怪，他摇着轮椅一出现在门口，才喊了一声"爸"，老爷子忽然地矮下身来，就像踢足的皮球忽然扎进一个钉子那样，迅速地绵软很多，肩膀耷拉了，腰胯也松了，脸上居然还现出一丝窘迫。

郜鲁生说："爸，家里有女孩子。"

老头儿猛地一转身，看向我，愣怔片刻，挥挥手："姑娘，你先走，走！出去！"

我一下子没敢动。

郜宁生焦急地催促我："你走啊，回头我联系你。"

老头儿忍不住又骂："联系你个头！"

我想我真的不应该再留在这个家里，眼圈一红，扭头就往外走。我经过郜鲁生身边时，他适时地将轮椅一转，给我让开了一条道儿。泪光之中我看见他的神情，超级冷静，笔挺的身姿如山峰一样岿然。

我擦着他的轮椅闪出门，冲下廊沿，低着头匆匆往外走。我生怕舞场里的那些男孩女孩们看见我，也怕撞见他们家的保姆和警卫员，还怕老爷子变了念头再把我揪回去。我一边走一边在心里发誓，此生都不会再到这里，也不会再见郜宁生这一家人……

穿过杂草蔓延的汽车道，快要走近那扇锈迹斑驳的铁门时，我听见后面有人喊我："哎……"

我心里一凛，立刻回头。其实这是下意识的动作。我回头的时候，看见郜鲁生已经用力摇着轮椅追了过来。他看见我一脸决绝又万分警惕，马上在半道停住，举起一只手，表示没有恶意。然后他远远地问我："能够跟你说句话吗？"

我摇头，同时回身，不想去看他的反应。我打开平时进出的那扇小门，一步跨了出去。

回到车中，有很久，我们都像被一个梦魇压住了一样，莫名其妙地呼吸艰难，无法动弹。我眼睁睁地看着秋风从交叉的十字路口掠过，满地枯黄的法桐树叶贴着马路移动，一瞬间像河流奔涌。偶尔有几片格外轻盈地飞舞起来，低低地盘旋，路灯下变成透明的琥珀颜色，美成虚幻。骑车的行人从暗夜进入我们的视野，又弓腰而去，后背同样披一层橙黄。一个老妇人牵着一条小黄狗从斜刺里穿越马路，狗儿在落叶上活蹦乱跳，小孩子一样兴奋，老妇人无论如何拉它不走，只得无奈地停下，等它玩够了再说。

郜宁生拉开车前挡板上的一个抽屉，摸索了几下，拿出一个黄铜色的圆环，交到我的手上。

"什么？"我扭头问。

135

"手镯。"他回答，"我哥用炮弹皮锉的。"

"为什么给我？"

"他的遗嘱。"

我一下子坐直身体，吃惊得说不出话。

"我哥去世三十年了，今天是他的忌日，这就是我急着见你的原因。我必须把这个手镯交给你。你从来都不知道我哥喜欢你吗？"

我摇头。

"嗯，"他说，"有点遗憾，单相思。不过即便你知道，他也不会说出来。肯定不会。"

他低下头，默想了一会儿，又抬头。"那年你离开之后，我没有再联系你，因为我难为情。很快我也离家去了深圳，不想跟我父亲再有任何瓜葛，完完全全地一刀两断。"

我安静地看着他，等待他继续往下说。

"我们的舞会，也就那么散了。往下的几年，经济发展，双轨体制，各种机会，你都知道的。当年我那些玩伴，有人发财，有人堕落，有人铤而走险犯了事，也有人从了政而步步高升，总之都是后话，我不想多说。我要说的是，舞会停办，其实伤害最大的是我哥，他唯一的一点乐趣没有了，人生在那一刻又打了个休止符。"

他停下来，扭头望望我："你原本学中文的，应该理解。"

我点头，同意他的判断。

"可我当年很麻木，从来没有想过我哥的生活。他残废了，不错，可他还是个男人，心智正常，生理需要健全，对不对？我他妈的就是自私，想不到那些。"他轻轻用拳头敲击大腿，显得烦躁、无措。"当年他伤残退伍后，家里本来有个警卫员负责照顾他，那年冬天，对，就是八二年冬天，我们都离开珞珈路之后，警卫员探亲回家，临时改由家里的保姆照顾几天，事情就发生在那几天中。"

我想起了他家那个保姆的背影，有一根银簪在我眼前闪了一下。

"我哥强奸了保姆。"他用劲地咽了一口唾沫。"对，这是保姆的原话，他强奸了她。保姆是个寡妇，在我家前后做了十几年。别误会，我说这话没有别的意思，反正，她跑到我父亲面前哭诉，我哥强奸了她。具体是怎么个情况，事情如何发生，我一直都不知道，我哥的脾气，打死他都不会先说出来。我父亲那个人，你想他会怎么做？问都没细问，电话通知了军区保卫处，来几个干事把我哥抬上了警车。开过春，八三年严打，那不是开玩笑的，中央首长的儿子都判过死刑。我哥是自卫反击战的英雄，有大功在身，将功抵过，最后判三年牢狱。他大概是在坐牢的时候锉了这个炮弹皮的手镯。"

他指指我手里的黄铜色的圆环。

"出狱回家的第二天，他自杀了，用的也是一块炮弹皮，割腕，血一直流出房门。"

他双手掩住眼睛，说不下去，肩膀在剧烈抖动，鼻子里发出吭吭的怪声。

我转过头，看车窗外。我没法儿劝慰他，因为只要开口，我也会崩溃。

过了好一阵，他闷闷地擤了一下鼻子。"这事我一直闷在心里，三十年了，没法说，对谁都说不了。有多少人能够理解那一切？那个时代？那些荒唐又顽固的人？所以我选择了不结婚，不留后代。我只能这样报复我父亲。"

"他接受这个结果吗？"

他想了一会儿，苦笑道："我不知道。很快他去世了，临终根本没有通知我。现在，你瞧，像小说里写的那样，白茫茫大地真干净。"

我实在不知道说什么才好，沉默中，试着把那个炮弹皮做的手镯套在手上。有点大，不过不用力拔的话，还是能够妥妥地套着。

137

一

　　周元珍老太太微耸了肩膀，身体往左侧倾斜，好平衡右手里的重量。那是一个鼓鼓囊囊的超市购物袋。也没有什么说得出嘴的东西啦，两管牙膏、一卷垃圾袋、一包速冻水饺、一瓶"六月鲜"的酱油，还有两筒银丝挂面。七七八八加在一起，不知道怎么就有了分量，让她拎得这么吃力。

　　其实也不是吃力，是无奈和无趣，心气儿不高，做什么都寡淡，都疲沓和慵懒。试想一下，如果她此时手里拎着的是一兜子婴儿用品——纸尿布、奶粉、奶瓶子奶嘴儿、花花绿绿的塑料积木，她会是什么样的姿态呢？那不得身轻如燕、健步如飞啊！她哪里就老了？她才六十出头，血压血脂都没有问题，前看后看，都是女人家含饴弄孙的最好时光。

　　哎哟，不能想，想这些都没用，儿子儿媳不愿意，她又不能变出个小孩抱在手里养。

　　她脚步拖沓地走着。小区的草地刚刚修剪完，随风飘过青涩的草汁香。路边的桂花树也开花了，一树金黄，一树银白，有人拿报纸铺在树底下，是等着风吹花落，撮回家腌桂花糖吧？她一下子想起了过世的老

140

周元珍把狗狗带回家，用纸箱和旧枕巾做了一个舒舒服服的窝，然后重返超市，买了牛奶，买了狗粮，买了塑料的洗澡盆，还买了一只狗狗们都喜欢的小绒球。然后，她往塑料盆里注入温水，给狗狗洗了一个干净彻底的澡。正如那孩子说的，小东西很听话，让干什么干什么，温顺得像玩偶。洗完了澡，茸毛蓬松，神清气爽，它便亲亲热热依偎着周元珍，懵懵懂懂熟睡在她的腿边上，一生一世就这么交给她安排了似的。如此一来，周元珍对小东西是真心喜欢了。这世界上，真真切切依靠着她信赖着她依恋着她的，唯此一个了啊。

周元珍的晚餐很简单，比狗狗的食物还要简单，一碗葱花酱油挂面而已。其实她很愿意每天傍晚仔仔细细做上几个菜，焖上一锅饭，等着儿子媳妇下班回家，再看着他们风卷残云地吃光。可惜，他们总是不给她这个机会。儿子在一家五星宾馆做销售经理，晚餐时光是他最需要奉献隽言妙语、迷人笑容和无边酒量的关键点，一张张桌子，一个个客人，都是儿子的衣食父母；殷勤劝酒，周到送客，一举一动都不敢懈怠，从来就没有十点之前回家吃饭的道理。儿子不回来，媳妇当然不会回来，跟婆婆面对面吃饭多尴尬！媳妇下班之后，或者麦当劳，或者小吃店，或者去儿子那边分享他的一份工作餐，挨到客人散尽，小两口有说有笑地开着一辆 QQ 车回家，洗澡睡觉。

家的意义，也就是小两口的一张睡床。可惜了周元珍的一手好厨艺。

之前在苏北老家，老伴儿还活着时，情况不是这样。周元珍和老伴儿总是夫唱妇随地同进同出，买菜，逛街，打拳，做饭，看同一档喜欢的电视节目。后来，儿子要在大城市买房，一个电话打回家，老两口毫不犹豫地卖掉了自己几十年的老屋，钱汇给儿子做首付，自己拾掇拾掇搬进了郊区的农民出租房。

出租房也不能说不好，除了环境脏乱差，水电煤气什么的一概都齐全，菜场也有，超市也有，买点豆浆油条什么的，比原先更方便。

就是没想到，老伴儿会在六十出头的年岁上中风了。认真说起来，要算是轻度中风，因为他半夜起床发现自己情况不对时，还知道摸到她身边叫醒她，大着舌头告诉她说："我恐怕中风了……"

她急急忙忙起身，安置老伴儿躺平，一边提醒自己："不能乱，不能乱。"一边给"120"急救中心打电话。电话两分钟就打通了，描述病情，讲清楚居住地址的方位、路线和门牌号码，又花了三分钟，然后，漫长的一两个小时之后，穿白大褂的急救医生才敲开门。此时，中风的病人已经神志不清，大小便失禁。

不是急救中心的人渎职，是那片农民出租房盖得太拥挤太零乱，先是司机找不着地点，再是救护车开不进街巷，一来二去，时间耽误了，最佳机会错过了。

老伴儿在病床上缠绵了半年之久，磨尽了周元珍的精力和耐性之后，才毅然决然地与亲人告别。这个时候，周元珍已经疲惫得连一个骨灰盒子都抱不起来。

再一个心如死灰的半年，忽然一天周元珍接到高中同学的电话。同学曾经是她初恋的男孩，两个人曾经低吟浅唱地度过三年青春秘密时光，后来同学考到北京读书，周元珍的成绩只够跌跌爬爬进入当地师专，自然而然地，他们就分了手，几十年再未联络。此番电话连线时，两个人都已丧偶独居，说起彼此的孤独清冷，惶惑无助，竟然又觉得气息相通。热线来往两个月后，同学终于邀请她北上首都，到他家里作客小住。

周元珍对此事的理解，是他们即将要再续前缘。彼此的现状就是这样，又知根知底，再加上各人都有退休金可用，合并同类项生活，谁都不拖累谁，谁也不沾谁光，再正常不过的事。于是，她走之前把家中一切都做了清理，该卖的卖掉，该寄存的寄存，该带走的带走，最后跟房东结账退房，是准备着一去不回的意思。

跟同学的见面，很好，可以说一切都好。老了，脑袋花白了，眼皮耷拉了，嘴角瘪缩了，脖子上起了鸡皮，可是熟悉的东西还在，一个眼神，一声笑，几句老家方言里才有的土得掉渣的俏皮话……时间从来就没有流逝，不，不，它是可以转身返回的，从头开始，从他们十六岁的高中课堂开始。

肩靠肩，亲亲密密地出门买菜，回来择洗削切，锅上锅下煎炒烹炸，上桌前还暖了一壶黄酒。两个人面对面坐下来，轻叹一口气：哎哟，这日子！

酒喝了两杯，菜还没吃几口，门锁响了，老同学的出嫁闺女闻讯赶过来了。周元珍心中忐忑，放下筷子慌忙起身。对方态度倒是不错，问寒问暖，礼数周到。周元珍一颗心刚要放回肚子里，一张巴掌大小的宾馆门卡已经隔着饭桌递到她手边："阿姨，房间给您开好了，四星的，离这儿不远，您赶紧吃饭，完了我送您过去。"

一口京片子，滑润中透着无可反驳的力道。

这是怎么说？六十岁的周元珍，这一点人情世故还不懂吗？人家女儿干脆果断，手法老到，不留余地，你还能解释个一言半语？

都是有儿女的人，周元珍对眼前局面想得明白。在宾馆留住一宿后，她谢绝了同学的苦苦哀求，带上大包小包的行李，怎么来，依旧怎么走了。临别时，同学眼睛里老泪涟涟，周元珍却没有哭，她递给他一张餐巾纸，微笑着劝一句："想开点。"

真是这样，人生若没有"想开"两个字，彼此都怎么活？

归途中拐到儿子家，原是要看看儿子新买的公寓房，儿子还孝顺，知道她老树昏鸦孤家寡人，征得儿媳同意，留她下来同住。这一下，周元珍踏实了，感觉人生一世有了"尘埃落定"的意思。回过头想，在老家的折腾，往返北京这一趟的折腾，冥冥之中倒像是冲着这个结局来

己，依旧是菜煮面、水饺、蛋炒饭。她老了，自己做饭给自己吃，山珍海味也吃不出味道来。

现在的夜晚，有了之前所没有的快乐，因为儿子儿媳回家，会分出适当的时间逗弄小狗玩。他们手拿着火腿肠教它打躬作揖，指挥它绕着一根小木棍转圈圈，还逼迫它学习做算术，纸上写了"1+2"，它就得连着叫三声。最后一个项目比较难，狗狗又实在笨，教来教去不成功。幸好狗狗不是小孩子，学不会也就拉倒，没有人认真生它的气。

要是真有个孙子孙女在身边，怕也就是这个样子了吧！周元珍每每见到其乐融融的这一幕，心里就感慨，就慰藉，就心里发酸，眼睛发热。她感谢那个额纹深深的小男孩，当然更感谢男孩子的妈，要不然的话，她怎么知道日子还有这么多的过法！

可是狗狗毕竟是畜生，偶尔玩疯了头，就忘乎所以，没轻没重。有一回跳起来叼儿子手中的火腿肠，嘴张得猛了，牙尖儿一晃，划破了儿子的大拇指，有血丝红艳艳地渗出来。儿媳惊呼道："哎哟，狂犬病！"两个人同时都变了脸，衣服都来不及换，急急忙忙去医院，打疫苗。

周元珍觉得小两口有点反应过度，才多大点小狗，奶娃娃一个，哪里就有狂犬病了？从前人家养狗养猫，抓着咬着是常事，哪里听说过"疫苗"这个词？哎哟，只能说，现在的人懂科学，也惜命。

狂犬疫苗要连打五次，一个月之内，掐着天数打完，之间不光要戒酒戒荤，前后时辰也不能有讹差。儿子为打疫苗请事假，耽误了两单婚宴生意，戒酒戒荤又少不了影响陪客效果，惹得酒店老总不满意，扣了奖金不说，儿子自己也不开心。

噩运这东西，往往总是排着队的来，儿子的疫苗才打完，儿媳的小腿肚子又被狗狗挠伤了。怪只怪狗狗太热情，太急于讨好女主人。这样一来，医院还得接着去。花钱是小事，时间上太折腾人。儿子和儿媳的脸，明显就不那么好看，回家也不再理睬狗狗了，卧室门一关，留下客厅里老的和小的，满心愧疚，无言对望。

三

小男孩的圆脑袋又一次出现在可视对讲机的荧屏上。因为线路传播不好的缘故，他的声音在机器里嘶啦啦地发哑。他十分委屈地责备周元珍："奶奶，你让我太失望了！"

周元珍凑近对讲机，因为心中有愧而小心翼翼："你已经知道啦？"

小男孩强烈不满："狗狗到你家，就是你的小孩，你怎么能把小孩送到宠物店？"

周元珍心里就想，是哦是哦，这事她做得的确不地道。她感觉自己的面孔在对讲机前面发了红。

可是她转念又想，不送宠物店送哪儿呢？送到荒郊僻野让小狗流浪？那不是更不地道？

乖乖宝贝哎，这是人家的家，不是奶奶自己的家，做不得主哦。她心里说。

男孩没有容许她想太多，斩钉截铁地下了指令："奶奶你下来。"

周元珍鬼使神差地一秒钟也没有耽误地锁门下楼。

男孩汗津津地站在楼门口，因为生气，嘴巴是噘着的，鼻尖是红的，一绺头发软绵绵地耷拉在额头上，倒是遮住了那两道逗人发笑的抬头纹。他不看周元珍，却侧着肩，将右手伸进他的韩版休闲裤的深不可测的大口袋里，掏啊掏啊，终于掏出一个皱巴巴的小纸团。一层一层地剥开纸，里面是一团洁白的药棉。再剥开药棉，宝贝才现身，是一个圆不溜丢的比五分硬币大不了多少的绿疙瘩。周元珍先以为是打哪儿拣来的古钱币、假古董，结果那块绿疙瘩居然在孩子的小手心里慢慢动起来了，动啊动的，忽然探出一个暗红色的尖尖的小脑袋。天哦，原来是一

149

己的心也分解成了五块龟背大小的瓣儿，慢悠悠的，晃荡来，晃荡去，晃得要化开了一样。

儿子儿媳注意到了茶几上的玻璃缸。儿子惊奇道："哈，我妈妈还养巴西龟！跟个小孩子一样。"儿媳说："我小时候也养过，不烦人，蛮好养的。"

他们竞相用手指尖去敲玻璃壁，申请跟小乌龟玩。小东西们很高傲，纹丝不动，相当地目中无人。小两口感觉无趣，转过身，回自己房间去了。

因为养了巴西龟，隔三岔五地，周元珍需要往宠物店跑一趟，买饲料，顺便咨询一两个琐琐碎碎的问题。其实也不为咨询，借这么个由头，找人说说话罢了。之前怎么不知道小区里有这么个好去处呢？之前闷在家里，心头都要闷出霉点子来了呀。

宠物店里大部分时候总是热闹的，精力充沛的狗狗们绕着铁笼子撕咬打架，懒猫咪们觑着眼睛睡觉，虎皮鹦鹉把塑料水盅啄得笃笃作响，一条肤若凝脂的黄金蟒高傲地盘踞在柜子顶上，引得所有进店观望的女孩子失声尖叫。还有几对肥嘟嘟毛茸茸的小东西，长两只尖耳朵，豆大的小眼睛，说是叫"龙猫"，最受幼儿园小男生们的喜爱。从早到晚，看店的小姑娘给这个添水，给那个喂食，打扫粪便，清洗笼舍，手不停，嘴巴也不停，对每一个跨进店门的潜在顾客开展轰炸式的介绍，将宠物们的优点特性夸到了天上，又格外地精于察言观色，总能将顾客的那一点点好奇之心丝丝缕缕地勾拉出来，再将对方目光留连到的某种宠物恰到好处地送进人家怀中。

有一天晚上，儿子和儿媳回家，嗅觉敏锐的儿媳连连翕动鼻翼，奇怪家里怎么有一种味道，很不好闻的味道。她躬着腰，勾着脖颈，猎狗一样地各处嗅闻，怀疑是不是有老鼠蟑螂之类的东西庾死家中，才闹出这种怪异的气味。周元珍开始还跟着儿媳各处寻摸，帮忙探秘怪味源头，走着走着，忽然醒悟：哪里是什么老鼠蟑螂呢？不就是自己身上的味道吗？宠物店里的气味哦。

周元珍脸红心虚，找个借口溜回自己房间，关门落锁，摸着胸口坐在床边上，想想要笑，想想又有点要哭。

就有两天时间没去宠物店。毕竟是在儿子儿媳家，行事还要有忌讳，万不能让小辈们嫌着自己。

到第三天，憋不住了，自己给自己找个借口：怎么这只最霸道的巴西龟无精打采了呢？是不是生毛病了呀？揣上小乌龟，出门又去。倒是懂得掩饰了，一回家就冲进淋浴房，里里外外洗个干净，完全彻底地不留痕迹。

去也不能白去吧？一回两回行，三回四回，人家怎么看她？多少也得成全人家一点生意是不是？千挑万选的，周元珍又买了一对小仓鼠。

怪可爱的小东西，握在手心里，肥肥软软，温温热热，小眼睛滴溜溜地看人，透着乖顺，还透着古怪精灵。颜色也好看，浅褐、深黄、淡灰、纯白，从脊背到肚皮，一层层斑斑驳驳地下来，说不出的谐趣养眼。喂几粒薏米仁，还知道赶紧把到手的食物藏进嘴巴，鼓在腮帮子里，飞奔至它们自认的安全地点，再安安逸逸地吐出来，慢慢享用。没事时爬到滚轮上玩，小细爪子居然那么有力道，把偌大个轮子蹬得呼啦啦响，神了。

再买，挑回来的是一对虎皮鹦鹉，湛蓝搭乳黄。小姑娘告诉她说，蓝的一只是老公，黄的一只是老母。怎么看出来的呢？她问。小姑娘扑哧一笑：尾巴一掀不就清楚了？周元珍跟着乐和起来，想，普天之下，人和动物，行的还都是一个伦常啊。

鹦鹉笼挂在阳台上。巴西龟养在客厅里。仓鼠的气味有点大，被周元珍藏到了自己房间。白天她做事，仓鼠蜷成一团，自顾自睡觉。夜里她睡下，仓鼠醒了，目光炯炯地闹腾，蹬滚轮，嗑瓜子，磨牙，弄出一

抚了抚孩子的脑袋，脑袋是圆滚滚的，又结实，又热乎。

这么聪明的脑袋瓜儿里，到底藏着些什么样的念头啊，她想。

五

噩耗是小区里的保安告诉她的。男孩儿在星期天的清晨，趁着他父母还在房间里熟睡时，从八楼的楼梯间跳下。说是救护车赶到时还有呼吸，还在抽搐，送医院途中才确认死亡。

男孩的家其实是在二十八楼，那天早晨他要去上奥数课，当天的监控录像还见到他是背着书包进了二十八楼电梯的，怎么就从八楼跳下去了呢？小区里有些人猜测，孩子是因为星期天一大早还要辛苦上课，在电梯里想想没意思，随手按停了电梯，脑袋一热做出了如此糟糕的事。

真实的情况如何，周元珍猜不出来。小孩子心里的想法，有时候没有逻辑可言。

只不过周元珍心里刀绞一样的，疼痛了好几天。她感觉她手里还留着那孩子头顶上的余温，那带着汗湿的软软的头发，紧绷绷的头皮，圆咕隆咚的脑勺。她伸出手，总觉得还能再摸到什么，当然是什么也摸不着了。

满房间的宠物还在：叫声清亮的蝈蝈、矜持傲慢的彩蝶、懒洋洋的巴西龟、时而争吵不休时而缠绵示爱的鹦鹉，还有兴奋过度的仓鼠和安静闲适的粉色蚯蚓……它们都活着，它们不知道今日何日，它们也感觉不到悲伤或者是喜悦。

周元珍到此时才知道，眼前这些活蹦乱跳的小东西，她其实是为了那男孩饲养的，她买回它们照料它们，就为了时不时地有一天，男孩子按响了门铃，汗淋淋地走上楼，欢声高喊："奶奶，看看你的宠物哦。"

可是这么想的话，孩子都不在了，宠物留着又有什么意思呢？周元珍缓慢地在屋里走动，给这个添点水，给那个喂点食，而后眨巴着眼睛，重新想，不对，她不是为别人，她为自己，为自己的生命在这些宠物身上得到延续，为某种现实，某种意义。到底什么现实什么意义？她说不明白。不明白也罢，有事做就行，有这些小东西们需要她来照顾抚养就行。

很快，周元珍心里的哀伤被随之而来的巨大惊喜冲走了，儿子有一天对她宣布了喜讯：儿媳已经确认受孕。"妈，你要当奶奶啦，要受累啦。"

周元珍张大的嘴巴半天都没有合上，而后她嗔怪儿子："什么话？我受什么累？我是享福，抱孙子的福！"

一整天，她头昏脑涨，晕晕乎乎，坐也不是，站也不是，身子软成了面条，在幸福的温水中摇摇曳曳，荡来荡去。她着手清理房间，找出一个大大的提篮，把乌龟啦仓鼠啦蝈蝈蝴蝶什么的统统收进去，一手提鸟笼，一手挎篮子，下楼，往宠物店去。她不再是从前的那个闲人，孙子要出生了，她得腾出时间精力当奶奶了。再说，儿媳有孕，家里养这些宠物肯定是不合适，小两口即便不说，她也得替他们想到。什么是老人呢？老人就是时时处处为儿孙着想的人。

宠物店的小姑娘惊喜万分，她没有想到卖出去的东西还能被人送回来，而且是免费赠送。她追着周元珍问："不会吧？你确信？一分钱不要？"

周元珍笑微微说："交给你了，给它们再找个好主家吧。"

小姑娘满口答应："一定啦，放心哦。"

回到家里，立刻觉得房间里很空，空得她心里发虚，满头冷汗。要是男孩儿活着，他会不会又要跑上来大声地斥责她的背叛？她饲养了这么多的小生命，最后又亲手抛弃它们，她是个多么糟糕的人啊。

"没办法，"她在心里对小男孩解释，"奶奶就要有孙子了啊，刚生

陈坤和万艳是一对年轻夫妻，结婚已经三年了，还没有小孩子。倒也不是丁克族，就是怀不上。万艳妈妈逢人就说，现在的空气和食品污染太厉害，搞得怀个孩子好像中大彩。万艳知道这是妈妈在替她做解释。她觉得这完全没必要，有就有，没有就没有，干什么瞎操心。

　　陈坤小时候是弃儿，似乎亲生母亲是外来打工妹，一不小心生了他，扔在了公共厕所边，后来被陈家当小学老师的两口子抱回去，上了户口，精心培养，长成了现在气宇轩昂的模样。父母当老师，小孩子最起码在教育问题上能得益，所以陈坤一路走来，小学中学大学，一直到硕士毕业，顺风顺水，毕业后进了大公司做暖通，地道的技术人才，凭一张暖通工程师的执照吃饭，拿高高的薪水，做有趣的事情。只有一条，陈家人好像寿命都短，他的爷爷奶奶外公外婆都已经早早入土，他的父亲母亲也在去年和前年分别离世，剩他孤零零一个，有时候举目四顾，未免戚戚恓惶。

　　万艳的家庭刚刚相反，祖父一辈就兄妹众多，到了父一辈，堂兄堂弟表姐表妹，数一数有二三十个，再到万艳这一辈，沾亲带故的万氏族人，上不了一百，至少也有七八十口，真的是热热闹闹，烈火烹油。好在从上世纪新中国成立前后起，这些万家子孙们就南征北战，念书的念书，做官的做官，支边的支边，一家一家分布在大江南北，从前书信联系，后来出差和旅游的机会多了，彼此间偶尔能见个一面，认认脸儿，亲密关系说不上，谈起来牵肠挂肚倒是真的。

生活就是这样，平平淡淡，无惊无喜。小两口工资不低，雇了个钟点工每周打扫一次房间，平常三顿饭在单位食堂和小区快餐店解决，周末出门吃一顿特色餐，看一场电影。陈坤爱看国内拍的春青片，因为女主角颜值高，坐在影院前排的话，似乎一伸手就能将她们延揽入怀，满足了他的想入非非。万艳对陈坤的小小心思心知肚明，但是她不说破，说破就没有意思了，人类总是要有怀想天空的权利吧。

这就到了互联网时代，微信技术一夜间火了千家万户。万艳的一个四川表妹有天到北京旅游，召集首都的亲友们聚会吃饭，席上都是年轻人，谈谈说说好不热闹，端茶递酒相见恨晚。趁大家兴致高昂时，在座的一个大学生灵机一动，发起倡议，要在微信上建一个家族群，方便大家交换信息，沟通联系。议题一抛，众声附和。万艳的表妹说，群的名字就叫"万家亲友团"吧，简单，醒目，绝不会跟手机上众多的同学群同事群好友群搞混。

一语定乾坤，万家亲友团从此成立。当天晚上，聚会的一帮人各自将自己有联系的亲友们拉入群中，从爷爷辈的到子侄辈的，凡有手机者，一网打尽。那一晚，身在南京的万艳被表妹拉扯入群后，手机嘀嗒嘀嗒嘈呱了小半夜，尽是群里亲友们相互之间的问候信息，而且用词遣句高度重复，弄得她烦不胜烦，索性爬起来，把群聊模式设置成了"消息免打扰"。

陈坤，万艳的丈夫，万家的女婿，万家亲友团的一员，对这个庞大的微信群表现得无比投入，手机嘀嗒一响，哪怕他正在厨房里哗哗地洗碗，也会立刻关龙头，擦手，兴冲冲地奔进客厅，把茶几上的手机拿起来，第一时间开看。

他会敦促万艳："瞄一眼哎，你三姑转了个视频。"

万艳蹲在地上研究一台空气净化器的说明书，头都不抬："又是广场舞。"

陈坤大惊小怪："你怎么不看就知道？"

万艳"嘁"了一声，懒得回答这个蠢问题。她三姑从贵州的一家三线工厂退休后，迷上了广场舞，每天日场一次，晚场一次，跳得连饭都不做了，把三姑夫赶回工厂食堂吃饭，亲友团里都在当笑话讲。

有时候万艳正上班，陈坤巴巴地给她来个电话："你二哥家小孩，上海的那个万维维，托福刚考过，说是感觉还行。他这回第三次考了吧？也该修成正果了。"

二哥是万艳堂叔家的二哥，二哥家的万维维是堂叔的孙子，跟万艳八竿子打不着的远亲了，陈坤居然也关注，还操心，这让万艳啼笑皆非。万艳忍不住地在电话里教训他："上好你的班吧，不该管的你少管。"

陈坤不生气，乐呵呵地辩解："家里人的事情嘛，人家既然说出来了，起码要点个赞是不是？"

万艳有次回娘家，跟父母说起陈坤，撇着嘴抱怨："这人怎么变得这么八婆？从前真没看出来。"

万艳妈妈想了一会儿，不无哲理地回答她："一个人要是在沙漠里渴久了，看见水源就会不顾一切地扑上去。"

万艳很佩服她妈妈，毕竟是做中学语文老师的，说话就是有趣味。

那一天夜里万艳做梦，果真看到了无边无际的灰黄色的沙漠，一个身影在高丘上奋力奔跑，每拔出一步都无比艰难。这个身影，有点像十来岁的稚气少年，又有点像七八十岁的龙钟老年。她很想超越上前看个清楚，却发现自己陷进了黄沙之中，锥子一样下旋，瞬间要遭遇灭顶之灾。她"啊"地醒来，一身冷汗，心脏狂跳。转头看陈坤，眉眼虽模糊，呼吸却恬然，皮肤散发出微微的温暖。她怜惜地想，陈坤要找什么水源？她这瓢水还不够他喝的吗？

陈坤做暖通，公司的楼盘遍及大江南北，他时不时地要出差，戴着安全帽上工地，检查图纸的落实情况，偶尔解决一两个疑难问题。工地上总是脏乱差，裸露的钢筋、深一脚浅一脚的泥泞、呼呼作响的水泥搅拌机，还有那些脑子不开窍的工程监理，陈坤想起来就头疼。他对万艳说："最多做到四十岁，攒够了周游世界的钱，我们就辞职坐邮轮去。"

这样的时候，陈坤就要喝上一罐淡啤酒，庆幸他的家庭结构超级简单，将来若是周游世界，走到天边都没有牵挂。

出差在外的时候他们一般不打电话，至多就是飞机落地报个平安而已。没有牵挂，也就意味着他们之间没有太多的共同话题，没有可询问的，也没有值得汇报的。万艳倒是喜欢这种状态。她看不起单位里那些开口菜价闭口小孩的女同事们。

秋天，陈坤去上海松江。那里有他们公司做的一个酒店，就在未来的迪士尼乐园旁边。当初陈坤画图纸时，还兴致勃勃地邀请了万艳："等明年乐园开业，我要带你去住这个酒店。"万艳嘴上没说，心里很不屑地想，又不是小孩子，谁会对迪士尼感兴趣！

陈坤出差坐的是高铁，也不过一个半小时的事，感觉上跟同城上班没有太大差别，所以到达之后没有给万艳打电话。晚上八点钟，万艳一个人吃完了一碗速冻馄饨，打开电脑看美剧之前，顺手点开手机里的"万家亲友团"，立刻看到陈坤的一张乐滋滋的笑脸，是自拍照，背景似乎在一个日式火锅店，桌上有热热闹闹的杯盘碗碟，身后还有几张挤作一堆的模糊不清的脸，个个竖着两根手指，做兴高采烈状。万艳皱皱眉，心想同事吃个饭还得发照片，一点没创意。刚想关微信，屏幕上出现了陈坤的第二条信息："老婆，猜猜我身后都有谁？"

万艳不想猜。这太幼稚了，高中生才用这样的语气说话。

第三张照片跟着又过来，这回不是自拍，是陈坤用他的手机拍了别人：男人和女人、大人和孩子。万艳只瞥了一眼，瞬间明白，不是陈坤

163

的同事，是她在上海的亲戚们——表姐、堂哥和堂侄。其中两个不认识的，一个是堂侄媳，今年刚嫁进万家的门；另一个还小，三四岁，或者四五岁，应该是哪位亲戚的孙子吧。

既是这样，万艳不能不做反应，否则要得罪亲戚。她点开亲友团里的回复栏，思忖着应该写上一句什么话，表现出恰到好处的惊喜和热情。

刚写两个字，群里的短信已经一条跟着一条蜂拥而出，挤爆了一版屏幕，蔓延至第二版第三版第四版……有竖大拇指称赞的，有矜持地发上一个微笑的，有热辣辣送上一个通红嘴唇的，还有手舞足蹈的卡通图像，满地打滚的光屁股婴儿，完全无厘头的搞笑动画。

万艳沮丧地抹去了回复栏里已经写好的两个字，深感自己反应迟缓、缺欠机智。

电话铃蓦地响起来，显示的头像是陈坤。万艳无可无不可地接了他的电话。陈坤的声音里透着激动，连音调都比平常高了几分，变得有点尖细。他语气急促地大叫："听得见吗？喂喂你听得见吗？"

电话里的确嘈杂，可是万艳这边却是寂静无声的，凭什么听不见呢？她有点哭笑不得。

"他们都问你好呢，你哥和你姐。"陈坤喊。

"哦哦。"万艳答，同时心里想，那不是我哥和我姐，那不过是亲戚，难得见面的人。

"要不要跟他们说话？我把电话给你姐啊。来来……"

万艳有点慌乱，都来不及组织词句，嗯嗯啊啊着，分别跟她的表姐堂哥们一一说了话。"挺想你们的。""来玩。""下次。"诸如此类的务虚性质的内容。

放下电话，万艳越想越恼火，觉得陈坤的行为简直就是越界，明明是她家的亲戚，陈坤怎么可以自作主张地跑去邀集一个饭局，招惹了一帮亲友们微信参与，还措手不及将她一军，让她在电话里语无伦次像个傻瓜!

两个小时之后，估摸着饭局散场，陈坤已经回到酒店，万艳不依不饶地给他去了个电话："陈坤你听着，以后没有我的同意，不准你在外地见我的亲戚！"

陈坤喝了酒，脾气很好，嘻嘻哈哈："不见不见，坚决不见。"

"你要是背着我干了什么，我宁愿跟你离婚，把你踢出我们家的群。"

"宝贝儿，别生气，来来，亲一个，来嘛。"

陈坤之前很少会这么跟她黏糊，听得出来，亲友聚会让他心情大好。

这事过去之后，隔了一星期，万艳的单位组织秋游活动，就近去了东郊栖霞山。年龄相近的男男女女，爬山，野餐，各种自拍，互拍，还席地坐下来打了扑克牌，用手机软件测了颜龄，算了星运。万艳被算出来她年底会怀孕，怀的还是个小公主。同事起哄，说若是预言成真，要请在座的吃一顿大餐。万艳嘴里说不信，心里却开心。毕竟三十岁的人，要不要小孩子是一回事，有没有能力怀上，又是另外一回事。

第二天是周末，闲来无事，趁着余兴，万艳选出手机里拍得不错的几张栖霞山红叶照，发到了亲友群。不出所料，只片刻工夫，得到的又是一片来势猛烈的赞，有叹红叶惊艳的，有夸万艳拍摄角度抓得好的，还有人更会说话，高调赞美"人比红叶更灿烂"。

万艳头一次在手机上收获到亲友团里漫溢的回应，默不作声地看了一遍，又看一遍，明白了一个道理：人活在世界上，被别人关注是需要。吃饭的时候她把这个发现告诉陈坤，陈坤哈哈笑着说："你总算刷出存在感了。"

万艳在大西北有个亲戚，是她表叔的儿子，曲里拐弯也算是她的表弟，看了万艳的红叶图，心血来潮，群里发了个号召："我们去看红叶吧。"居然一呼百应，到晚上，天南地北已经有十二个人报名参加。

万艳慌得要跳楼。她是独女，家务事上的操办能力一向偏弱。父母

165

虽说同居一个城市，毕竟年迈，又住城郊，总不能闭着眼睛把麻烦推给老人。一想到十多个人的亲友团将会蝗虫一般涌进她的城市，她就懊悔脑筋搭错发了那些图片，恨不得跺掉自己的手才好。

没有料到的事情是，几乎不等她思考妥当，坐在卫生间马桶上的陈坤，已经在亲友群里抢着做了表态：欢迎加入红叶团！

万艳急眉赤眼地冲进卫生间，对着陈坤大喊："这是我们家的事，你能不能别替我代言？"

陈坤放下手机，很无辜地看她："你们家的事，难道不也是我的事？"

万艳就噎住了，冷静了一下，觉得非但不该怪陈坤，还得大力表扬他才对。拿老婆的事情当自己的事，这么忠心又靠谱的老公到哪里找？

万艳道歉说："我是脑子里一下子乱了套。"

陈坤笑嘻嘻地说："你可以靠边，交给我就好。"

话虽这么说，毕竟做主拍板的还是万艳。两个人分工合作，在小区附近的"七天快捷宾馆"订了房间，在宾馆楼下的"大家乐"餐馆订了一日三餐，从两个人的单位同事手中分别借到了足够数量的"公共自行车租赁卡"，还上网订购了成箱的水果和零食。

红叶团最后募集到的人数是连老带小十五个人，分别搭乘飞机高铁动车络绎到达。陈坤和万艳一个开车一个打的，来来回回接了几趟，总算把一行人安置下来。亲戚见面自然是烧一锅浓汤，天南海北的口音像猛烈的柴火，让汤汁沸腾到咕嘟冒泡。仅仅是将这些熟悉和不熟悉的名字面孔及亲属关系对上号，就不知耗去了万艳的多少个脑细胞。亏得陈坤这个理科男的脑子，穿针引线适时提醒，没让万艳闹出太多张冠李戴的笑话。

为接待红叶团，万艳和陈坤真是使出了吃奶的力气。万艳负责后勤保障，吃喝拉撒睡。陈坤是优质导游，全程陪玩。三天时间里，陈坤活像一只领头的雁，带着一支声势浩荡的自行车队，早起晚归，南来北往

166

穿行在城市的各个景点。到了晚上，酒足饭饱之后，亲友群里的信息量便会瞬间猛增，有当天拍摄的各种美景美食，有关于人文历史的专业性很强的讨论，有红叶旅行团成员的音容笑貌，自拍和互拍，段子和搞怪。群里余下没来的，不是后悔错失旅游良机，就是天天伸长了脖颈使劲刷机，在线分享聚会的快乐。

这意味着万艳钱包里的钱像流水一样花出去，还意味着她在餐馆里张罗饭菜时，必须使足全力，喊出最大的音量，才能压过那些亲戚们激动到忘情的嗓门。当初加入万家微信群的时候，她根本没有想到会有如此筋疲力尽的付出。

热点总是轮流转换，一波未平，另一波又起，这也是亲友群里持续热闹的原因。

万艳有个远亲的侄女，年纪比万艳还大了几岁，三十五了，儿子已经读到小学四年级，忽然还想要个女儿，就加入了赴美生宝宝的大军。怀孕七个月的时候，一件宽松的羊绒大衣帮她顺利过关，进入美国洛杉矶，在台湾华人开设的月子中心落下脚来。

一场马拉松式的网上直播就此开始。赴美生子是新鲜事，新鲜事在微信群里最容易发酵，更别说这还事关万姓家人的生死安危。

星期天的时候，陈坤半躺在沙发上，嘴里含一支台湾黑糖话梅棒棒糖，手里举着"iPhone 6 Plus"的手机。顺便说一下，自从加入"万家亲友团"，陈坤发现自己的视力急速减退，为了保住一对画图吃饭的眼睛，他不惜血本更换了最靠谱的工具。此时，他躺着，头枕在沙发扶手上，手指不断地滑开屏幕，关上，再滑开，再关上，百无聊赖的模样，然后抱怨美国那边的孕妇太懒，两三天才提供了四张图片。

"时差十二个小时，孕妇不能不睡觉。"万艳替侄女解释。

"发张图片费多大事啊？她难道不知道这么多人在关心她？"陈坤从嘴里抽出冒着热气的糖棒，脸上是掩饰不住的无聊和郁闷。

万艳心里就有一股来历不明的火头，盘旋又盘旋，寻找突破口。

"如果怀孕的这个是我，恐怕你不会一刻不停地关注。"她斜睨着他手里那台被迫患上了多动症的手机。

"说什么呀。"他懒洋洋地回应，"人家不是在美国嘛。"

"我是说，如果在美国的是我。"

"事实上你在我身边，嗯，我们之间随时都可以谈话，甚至可以做点特别的事情……当然，前提是你愿意。"他嘻嘻哈哈，第一百次滑开屏幕。

对话就无法继续下去了。万艳起身，去厨房里倒了一杯水，咕咚咕咚地喝下去。其实她并没有那么渴。

然后，她回到客厅，站在博古架后面，透过稀疏的木格档，凝视沙发上的男人。她觉得他越来越陌生。他躺出这么一副癞皮狗的样子，还像小孩子似的吮一支棒棒糖，真丢人。

两个月之后，美国宝宝在洛杉矶的医院如期诞生，第一时间就睁开眼睛，啃了自己的拳头。一分多钟的视频发上来，亲友们大加赞许，都说，到底美国的空气好，食品健康，小孩子生下来就是皮实。

这事对陈坤的刺激就是，他开始比较勤奋地在万艳身上耕耘，希望也有自己孩子的照片发到亲友群，成为关注的中心。

黑暗的夜晚，他们汗水淋淋地交缠在床上，你来我往，发出野兽般的喘息。他们的全部心思就是做爱，多多的、长时间地做爱，直到筋疲力尽，陈坤手握着万艳的头发，婴儿一样甜熟地睡去。这时候，万艳会欠起半边身，一只手伸到肩头，掰开陈坤的手指，把他的胳膊小心放平。之后，她重新躺倒，翻一个身，背对陈坤，轻轻地呼出一口气，终于觉得自己不是个妓女，她是真正的自己。

春节刚过，亲友群里开始集中关注来自湖南的消息。湖南有万艳的伯父，是她嫡亲的大伯，父亲的大哥。大伯八年前就查出癌症，三次开刀手术，化疗的经历能写一本医学体验小说，病病歪歪坚持到今天，终于撑不下去了。先是癌细胞扩散，到了肝脏、骨头，痛苦到无以复加。再后来扩散到脑部，索性陷入了昏迷，倒也平静下来，苟延残喘，就等着咽气。

亲友群里的沟通加速，准备去湖南出席葬礼的同辈及子侄辈的人，互相联络，订机票订宾馆，提醒要带上适合丧礼的衣服，私信各方出多少份子钱才是恰到好处，希望大家统一标准，以免有人过头或不足，造成不必要的尴尬。

万艳的父母无法出行，因为老两口不久前去新马泰旅游，乐极生悲，老爷子扭断了脚背上的一块小骨头，目前还打着石膏，不能下地，老太太必须在家寸步不离地照应着他的吃喝拉撒。父母缺席，万艳自然要替代出阵，事关礼节，面面俱到总是最好。

陈坤对万艳说："我陪你去。"

万艳说："求之不得。"

陈坤警惕："好像不愿意？"

"说什么呢？为什么不愿意？"

"口气不对，冷得很。"

万艳哭笑不得："拜托，这什么时候？我伯父都死了，明天就下葬了！"

网上订了票，两个人打车到地铁总站，再换乘轻轨往机场。半路上万艳摸到提包里的房门钥匙，忽然想起出门匆忙，忘了检查房门锁好没有。她"啊呀"一声惊叫。

"干什么？别吓人好不好？"陈坤责怪她。

"你看见我锁门了吗？"万艳煞白了脸。

"没注意。"

"再想一遍。"

"的确没注意。我负责拎箱子了。"

万艳越想越觉得慌——也许现在家里的房门还大开着，也许已经有小偷大模大样地进了门，正在起劲地翻箱倒柜，也许小偷正在眉飞色舞地打电话，从四面八方招来更多同伙，以便拿走她家里更多的东西。

万艳用劲地揪住提包把手："不行，我得回家一趟。"

陈坤叹口气："你要么是健忘症，要么是强迫症。"

"随便你想，我肯定要回家。"

他们在地铁总站下车。陈坤先去机场办票，万艳原车返回。

结果房门是锁了的。万艳舒一口气。她这么年轻，不可能得健忘症。

又打一辆车，还去地铁总站。下班时间到了，路上突然堵了起来，挤挤挨挨好不容易到达目的地，陈坤打来电话："到哪儿了？"

万艳告诉他："地铁电梯上呢。"

"别过来了。"陈坤说，"闸门关了，我已经登上飞机了。"

"不可能的，飞机从来没有准时过！"万艳快要哭出声来。

"你看，亲爱的，还就是不巧，偏偏今天准时了。"

"你真是讨厌！"万艳很失态地大叫，惹得旁边的行人纷纷对她注目。

陈坤笑嘻嘻说："别这么大声，你要感谢我才对，起码我们家里还有我做个代表。"

现在万艳跺烂脚也没用，葬礼是第二天一早，而当天已经再没有航班飞往湖南。

万籁俱寂，万艳孤独地闷坐家中。她没有回单位销假，怕同事笑话她。打开微信群，葬礼的照片一帧接着一帧在群里上传，一水的黑色，黑色中跳跃出黄色和白色的鲜花，场面肃穆，仪式周全。她看到其中一张，陈坤穿着黑色西装，打一条蓝白条纹领带，悲伤地站在亲友群中，

170

高挑，挺拔。不能不承认，这么帅气的小伙子，即便穿着丧服，也是整张照片的亮点。

晚上陈坤给家里打来电话，说湖南的亲戚一家过于悲痛，得有几个人留下来陪个几天。"他们说我留下合适，你觉得呢？"

万艳不觉得，尤其是本应该在场的她反而困守家中。可是如果亲戚真的挽留，她没理由开口说不。

三天之后陈坤才满脸疲倦地走进家门。他瘦了一点，眉眼显得忧郁。而且，关于葬礼，关于葬礼之后的种种，似乎也没有对万艳做太多交代。

微信群里，再没有人提到湖南。这个万艳能理解，经历一场丧事之后，人们总是避免触景生情的吧。

有一天，是在万艳生日的那天，吃过了一顿烛光牛排加澳洲红酒的浪漫晚餐，回家之后，趁着酒意，陈坤异常艰难地对万艳提起离婚。

"离婚？"万艳大吃一惊，差点儿把一杯滚烫的茶水打翻在地。

陈坤抢前一步，接过茶水，放到玻璃茶几上。"离婚。"他低声重复，不敢看万艳的眼睛。

沉默了好一会儿。有一股冰冷的气流在两个人之间来回穿梭。万艳喉头发紧，像有人卡着她的脖子，一门心思要让她窒息。

"谁？"她问，"从什么时候开始？"

陈坤坦白："你伯父的葬礼。那三天我陪的不是你伯母和堂哥们，是你伯母的外甥女，我们两个去了凤凰城。"

万艳冷笑道："凤凰城！"

她心想，如果沈从文老先生还在，看到他的凤凰城成了情人幽会的缱绻之地，不知道会不会再写出一篇《边城》。

她给她的父母打了电话，哭诉了陈坤的负心；又给湖南的伯母打了电话，控诉了她那个外甥女横刀夺爱的可耻行径。当然，她想不出保留

171

自己这段婚姻的理由。这世界总是这样，来来往往，熙熙攘攘，每个人都是过客，想得开就好。

陈坤倒是洒脱，选择了净身出户。既然他早已是一个孤儿，又有暖通工程师的资质，那么，在哪儿生活其实都一样。

倒是有一个要求，是他郑重其事、言辞恳切地对万艳提出来的，那就是：允许他继续留在万家亲友群里。他说，在精神上，在情感上，他跟这个微信群体密不可分，而且，作为历史，他存在过，这是无法抹去的事实。

万艳冷静思考之后，回答他说，她得把这个奇怪的要求发到微信群里，让亲友团成员充分讨论之后，决定他的去留。"这是最公平的。"她在电话里告诉他。

我母亲的学生

大概在十年之前吧，我母亲家里来了一个不速之客。事先没有任何通告，既没有电话也没有口信，那人将一部崭新的铮亮的轿车开到母亲家楼下，上楼，敲开房门，热情万分地，又是不由分说地，把我的老父母架起来就走，弄到城中心一家颇豪华的饭店，山珍海味一通猛上，饭毕又恭恭敬敬将两个老人家送回家里，反客为主地伺候了毛巾茶水，留下一地的土产物品，才告退离开。

母亲打电话给我，是催我赶快过去帮她消化那些土产。两只老母鸡是杀好的，自然不能久搁；鱼要趁新鲜刮鳞剖肚；鸡蛋有两纸箱；麻油是拿小桶装的；光那几袋绿色大米，没人帮忙的话，我老父母没准儿要吃到米桶里长虫。

我在电话里问母亲："谁呀？谁这么大方？"

我担心老年人坐在家里上当受骗。这年头，给你颗糖球再让你吐出块金锭的事情，身边不是没有发生过。

"说什么呢？"母亲觉得我低估了她的智商，声音一下子高亢起来，"我的学生嘛！学生上门来拜谢老师嘛！"

她絮絮叨叨告诉我，这个学生叫邵水通，"文革"中的初三毕业生。初见面她根本想不起对方姓甚名谁。她在老家县中当那么多年的班主任，教过的学生成百上千，不可能个个记得清楚。

"多少年了嘛，那时候都还是十几岁的孩子，脸模子还没长开嘛。"母亲这么解释。

后来，在饭局上，经人家一再提醒，加启发，加暗示，才记起了他的诨名：潲水桶。

"想起来没有？我跟你们说过的，学生时候我对他多好！结果呢，他反而记恨我，'文革'起来时批斗我，揪掉我一撮头发！"

母亲这一说，我有印象了。她的学生大都是循规蹈矩平平常常那种，在老家做个小官，当个不咸不淡的公务员，再就是开公司的小老板，知青回城后早早被下岗的工人，这些人毕业之后极少有机会来到省城，与退休多年易地而居的母亲几乎再无交往。偶尔有几个风风光光混出世面的，或者当学生时候离经叛道，头上长角身上长刺的，母亲对他们的印象才比较深刻，闲时喜欢翻来覆去挂在嘴上作为谈资。

这个"潲水桶"，一定属于母亲有印象的那类吧，我记得听母亲提到过，她曾经把他作为一种"忘恩负义"的典型，愤愤不平地以他为例，来控诉"文革"中那批学生们"坏了良心"。

这个人来自农村，怎么说呢，家境上肯定是比较贫寒的。其实那年头，"贫寒"是中国人家的普遍状态，邵水通的家庭不过是比班里同学更加不堪而已。他个头小，面黄，精瘦，头发都长得稀稀拉拉，一副营养不良的模样。但是他能吃，脸盆大小的饭钵头，熬得像糨糊一样的大麦糁子粥，他两手捧着，嘴边上转一个圈，响声都不见，眨眼间粥光钵尽。县中食堂实行的是搭伙制，每人一个粗陶饭钵，自带粮食，象征性交一点柴火费，由食堂代为蒸饭。菜票却是各人购买，吃饭时八人一桌，桌上一个热腾腾的菜桶，冬天白菜夏天茄子，浇几滴油，抓把盐，炖得烂兮兮软乎乎，各人拿铁勺舀进自己饭钵子里，连汤带水混个假饱。

初中学生，尽管还是长身体的年头，终不比长年下地的劳作之人，再加学生的那点可怜的自尊心，每桌吃到最后，菜桶里多多少少要留下点老梗黄叶之类。这时候，磨磨蹭蹭吃到最后的邵水通便开始打扫战场，挨桌去搬那些浸透汤水的沉重的菜桶，倾倒，喝汤吃菜之后，还拿手指头在桶壁旋转一圈，吮吸沾在指肚上的一星点可怜的油花。

我母亲说，其实这是一个好习惯，有一年她参加"夕阳团"出国旅游，看见老外们吃到最后也会刮盘子，只不过人家拿面包刮，拿西方的教义说，这是珍惜"主的食物"。可中国人不行，中国人好面子，寒酸也寒酸在家里，不能做给别人看。邵水通每天打扫食堂的战场，免不了就让同学笑话了，背地给他起个诨名，叫"潲水桶"。

上到初二，邵水通的父亲去世了。听说是饿死的。他没吃早饭在地里插秧，起身时一阵头晕，栽倒在秧田，泥水糊住了口鼻，一口气没上来，小命归了天。按理说，邵水通家里更加赤贫，可他却没有退学。我母亲替他申请到每月两块钱的助学金，他就用这钱买菜票。他每天蒸在饭钵子里的，不是大米，也不是麦糁或小米，而是受潮发霉的山芋干，揭开钵子，同桌学生就能闻到一股酸馊味。

然后，就是在同宿舍的学生中间，隔三岔五地开始丢菜票。数量也不大，一张两张的毛票。搁现在，中学生身上少个三五十块怕也不会太在意，可那会儿不是没钱嘛，分币都能攥得出水，两毛钱能顶三五天的菜金呢。

也不知道怎么的，都认准这钱是邵水通拿了。感觉这玩意儿很奇妙，有时候它的确像雷达一样灵敏得叫人害怕。何况也有事实：邵水通躲在宿舍里连吃了一星期的盐水萝卜干，这星期忽然有钱打了菜。

于是就反映到他们的班主任，我母亲那里。

母亲不准她的学生把这事说出去，校领导面前不能说，外班级学生面前也不能说。母亲的想法，这种事说大也大，关乎品质；说小也小，长身体的孩子嘛，肚里没油水，他饿得慌啊。母亲怜悯邵水通，她不想为了几毛钱菜票毁掉一个学生的将来。

于是，她就做了一件说不上是愚蠢还是聪明的好事：她从自己工资里拿出五块钱，买了厚厚一摞食堂菜票，趁学生宿舍无人时，压到了邵水通的枕头下。

如果真的是没有人看见，那也就罢了。偏偏那晚邵水通尿了床（顺便说一下，这个学生上到初中还有尿床的毛病），早晨他把被褥抱出去晒太阳，枕头掀开，皮筋裹扎的一捆菜票赫然暴露在大家面前。

五块钱啊。一毛钱一张的菜票，有五十张之多。结结实实一捆。

当时的情况，所有人都目瞪口呆地愣在宿舍里，每个人的目光，箭一般地刺进了那捆菜票，准确而深刻。

然后，一两分钟之后，大家又哗地散开，急急忙忙地，拉开抽屉掏扯口袋，去检查自己身边的菜票夹，拿出来，沾着唾沫星，一张一张数。数完一遍，不能确信，回过头再数。

而这一切，都是当着邵水通的面进行的，丝毫也没有回避对他的诧异和鄙视。

那个可怜的孩子，那一刻孤零零地站在宿舍里，心里经历了怎样的孤独、悲伤和黑暗，没有人能够说得清楚。

在我母亲这儿，从那一天开始，她对邵水通的微薄的物质援助，一直持续进行，到"文革"开始她被批斗被停发工资才无奈结束。援助的情况是这样：每天早晨母亲在学校食堂买一个热腾腾的花卷，拿花手绢包着，锁在她的办公室抽屉里，到第二节课下课后，十点钟左右，她走到教室窗口，招手喊邵水通出来，带他到走廊僻静处，把那个已经微凉的花卷交到他手上，之后急忙转身，做贼一样回办公室。

母亲后来对我们说，她之所以立刻就走，是不想看见邵水通感激涕零的样子，她做好事从来不求报答。

我母亲心地善良但是头脑简单，她喜欢施舍者的崇高的感觉，却往往会忽略被施舍的那个人的复杂心态。

177

"文革"开始，母亲和学生之间的关系颠倒了个儿，学生穿军服，扎红袖章，气宇轩昂地站到了讲台上，指点江山挥斥方遒，把母亲和她的同事们批斗得体无完肤。母亲成了"牛鬼蛇神"，被揪进牛棚里，每天灰溜溜地写检查，替学生抄大字报，扫地做卫生，偶尔还跪着让学生们"踏上一只脚"，仿佛对方非如此不革命。

邵水通当上了红卫兵的小头目，因为矮、瘦，三根筋撑着一个头，出去造反和武斗都不顶用，留在学校里做后勤，负责看管他当年的老师们。每有批斗会，传令兵通知他，他便从牛棚里把那个被批斗的对象押出来，一路拳打脚踢地轰到会场去。

有一天轮到我母亲被批斗，解押途中，因为绳子勒得太紧，我母亲恳求他松一松绑。她喊他的名字："邵水通……"

母亲心里一定认为，初中三年中她对他是有恩的，别的不讲，光花卷就给他吃了上百个，人不能不讲良心。

就在那一刻，在母亲喊了邵水通的名字之后，突如其来地，他发作了，豹子一样跳起来，伸手揪住我母亲的头发，哗地一下子，将我母亲仰面扯倒在地。母亲的一绺头发缠到他手上，鲜血从母亲头顶上流下来，花里胡哨淌了满脸。我想我母亲当年的模样一定超恐怖，所以邵水通自己也被吓着了。他惊吓之后的反应是越加狂暴，跳着，骂着，用脚尖拼命踢着，而我母亲被反绑了双手，除了蜷身屈膝保护面部和乳房之外，无处藏匿她的身体。

那一顿暴虐的结果，是母亲浑身青紫，腰部软组织挫伤，肩胛骨裂，头皮被撕裂一块，至今还留着一个不规则的疤痕，母亲每天早上要仔细梳理头发，才能将那块伤疤遮住。

偶尔母亲跟我们讲起这个故事，总是自比成"农夫"，不能理解被她养育的"蛇"为何要反咬她一口。她的意思是，蛇咬人因为本能，而邵水通是人，人怎么可以恩将仇报。

我母亲七十多岁，这世界上有太多的事情她不能理解。萨特老先生早就说过他人是地狱，可我母亲那代人，天真到永远拿雷锋当偶像。

母亲在电话欢欣鼓舞地说："邵水通当年是做了坏事，他现在忏悔了，他来看我，说明他真心觉得对不起我。"

"你确信？他对你道歉了吗？"我追问。

老太太"哦"了一声："那倒没有。道什么歉啊，我不在乎形式的。"

我没有再说什么。这种事情，如果我评判太多，母亲心里会不爽。

有了这么一个其乐融融的开头之后，邵水通开始频繁地往我母亲家里运送东西。都是食品，四时鲜蔬，米面粮油，五花八门。有一段时候，不光我母亲很少去菜场，连我都跟着沾光，拎回来的杂货堆得储物柜的门都关不上。逢年过节，邵水通会让他的司机拿麻袋装着东西往楼上扛，弄得同楼道的邻居探头探脑，以为我母亲家里住着哪个重要部门的手握大权的官员。

我意识到这样的情况不太正常：如果是一般意义上的人情往来，不带这么声势浩大的。

我问母亲，这个邵水通现在是什么身份？贪官还是污吏？母亲很不高兴地责备了我，说我们这些人都是被网络弄的，满脑子阴暗，总把人往坏处想。母亲说，邵水通不当官，当老板，在县城开了家五星级的大饭店。他从前当"潲水桶"，那是人穷志短。人家现在有钱了，想孝敬一下老师，你不好乱起疑心。孔夫子的学生还惦记给老师送肉吃呢，尊师是美德你懂不懂！

母亲义正词严，我在她老人家面前显得獐头鼠脑活脱脱一副小人模样。

有一年，我记得是"SARS"过后，灾难远去，幸福重来，活着的人不免欢欣鼓舞，四处寻朋友见面，庆贺自己死里逃生。邵水通专门开着一辆大奔驰到南京来，除了送上当季的土特产品之外，还执意要带我

179

的父母出去吃饭。那天赶巧我在母亲家，邵水通顺带邀请了我。

我是第一次见到这位大老板的真人版。之前在母亲的叙述中，她这位学生是面黄肌瘦发育不良，可是见面后我发现，这简直就是一个天大的谬误，这位邵老板非但圆胖喜感，个头也算得上高大魁梧，跟我老态龙钟的母亲站在一起，视觉上的对比相当强烈。

屈指算起来，母亲当他班主任时，他也就是十三四岁吧，男孩子到高中之后才拔节猛长，那是完全有可能的。反过来说，如果当年他人高马大，我母亲也许就会对他严格有加，该批评批评，该处罚处罚，后面的事情又不知道是怎么个写法。

就餐的饭店是南京最好的海鲜酒楼，我和我父母加上邵水通，总共四个人，摆上席面的食物十四个人都吃不完。古典式桌椅，银闪闪的餐具，精致到繁复的菜品，一切一切都带着那种昂贵的、奢华的、派头逼人的气势，压迫得我们呼吸艰难。我看见我母亲把一副银制的刀叉拿起又放下，惊慌失措地拿提花餐巾去擦她面前的一小滴汤汁，非常努力地去咀嚼她根本嚼不动的牛排，把一个简单的就餐程序弄得陌生而慌乱。她不时地抬眼看我，又看邵水通，脸上的神情小心翼翼又自惭形秽，仿佛在说，瞧我，我这个没出息的土老太婆，我怎么把事情搞得这么糟！

可圈可点的是邵水通的表现，他面对满桌的食物，一边浅尝辄止，一边谈笑风生。他说我小的时候他见过我，那时候我母亲在教室里上课，正敲着教鞭训人呢，我抱着半岁的弟弟跑到教室门口大叫："妈妈，弟弟要吃奶了！"全班学生哄堂大笑。还有，我那时候爱看小人书，每到考试前，就有学生拿小人书贿赂我，叫我去偷看试卷上的作文题。"嘿嘿，"他说，"没想到你自己就成了写书的。人啊，三十年河东三十年河西啊。"

我有点敏感，总觉得他这话不是顺嘴说说的。

吃完饭，邵水通又开着大奔送我父母回家。到了楼门口，我代表父母对他致谢，请他留步。他执意不走，要把两个老人亲自送上楼。"不差这几步的。"他说，态度非常诚恳。

我父母住的小区是八十年代建造起来的教师公寓，没有电梯，上下楼完全步行。邵水通高大肥硕，我父亲身形也不算矮小，他一边一个架着我的父母时，三个人便同时拥挤在狭窄的楼道里，免不了磕磕绊绊跌跌踉踉。我走在后面，仰头看着他们别扭的步态，觉得这不像扶携，倒像是绑架，忍不住心里发笑。其实，我父母虽说年迈，腿脚还相当利索，每天上楼下楼买菜散步，一个人走得清清爽爽，搀扶或者架助的时候还远远未到。邵水通如此夸张地服侍二老，在我看起来总是不够家常，有一点舞台上演戏的模样。

也许我是小人之心了。我们这些舞文弄墨的人，没事就喜欢七想八想。

又是几年过去。邵水通的探访断断续续坚持不懈。每回来，依然是大袋小袋扛进家门，林林总总摊满一地。我跟着母亲沾光，几年中着实享用了他不少东西。我一直等着他有一天开口，请我们家的人出面帮他做一件事情。在我们如今的社会里，"互惠"从来都是人和人之间相处的原则。这么说吧，如果有一天我无缘无故接受了别人的重礼，而对方闭口不提要求，我会忐忑不安，会觉得心里悬着个东西，而且那东西会随着时间飞逝成倍地膨胀。可是邵水通偏有点不食人间烟火的圣徒模样，起码在我们家人面前是这样。看上去，他就是个纯粹的"运输大队长"，开着他自己的车，源源不断地往我母亲家里运送着四季食品，那些肥肥的鸡仔、白花花的大米、泥巴还未及干透的萝卜山芋，以及麻鸭蛋、水菱角、豆瓣酱、干腌菜……新鲜丰富的物品，铺天盖地而来，排山倒海而来，仿佛要把我母亲淹没，把我们这个家庭淹没。

偶尔有几次，在我母亲家里碰上的时候，我克服不了自己的好奇心，处心积虑地逗他说话，问他问题，千方百计把话题往从前的事情上挑引。我很想知道他对自己的初中三年如何评价，对他和我母亲之间发生的故事如何评价，对"文革"和红卫兵又是如何评价。可是他拒不上当。他嘿嘿地笑着，给我母亲端茶递水，捶腿捏肩，其恭敬，其耐心，其细致，令我这个做女儿的自叹不如。

如此，我更加不安。他现在给予我母亲的，远远超过了母亲当年给予他的。这是一个巨大的压力，我无法把它从我的身上卸去。更何况，我母亲浑然不觉，自得其乐。她老人家认为师生之情就应该这样。说起来，当年是她对他授手援溺，可怜的孩子才波澜不惊地读完中学。在六十年代，每天一个花卷什么概念？她自己的儿女都没有享受这份待遇。老古话叫知恩图报呢，再怎么科学文明再怎么现代化发展，先生就是先生，学生就是学生，师生关系什么时候都不能改变。

老太太好像已经忘记了她头发里的那块伤疤。

也好，无论虚妄还是真实，能让年迈的老母亲开心，这总是好事。

大概在二〇〇七年的夏天，六月份，天气极其闷热潮湿，邵水通给我母亲打了个电话，说是他们班级毕业四十周年，他想搞个周年庆典，师生们聚一聚。费用他来，吃住都在他的饭店，一切都不消别人操心。邵水通对我母亲说："老师您无论如何要来，你和老先生都来，班主任不能不到场，学生们都想你。当年教过我们的老师中，大家印象最深感情最亲的就是您了！"

我母亲最听不得煽情的话，一听就信以为真，就飘飘然。可是她又有点犹豫，毕竟七八十岁的人，出门总是有风险。母亲就打电话给我，征求我的意见。

"那不行。"我说，"我最近事情多，抽不出空陪你们去。放你们单独出门，我不放心。"

"哎哟，那个……"我母亲心里想去，絮絮叨叨说服我，"人家都准备了，不去不好。再说还有那么多学生呢，还怕我们缺人照顾啊？你看，我和你爸腿脚都没毛病，风油精血压计我们全带上……"

人老了就像小孩子：她提要求，我断然拒绝；她降格以求，我适当妥协……没有什么绝对的原则性，亲情爱心就在这些一来二往的拉锯扯皮中。可我母亲没有继续坚持，大概她自己也觉得大热天出行终不是正事。

到晚上，邵水通却把电话打到我家里来了。"冒昧冒昧，对不起了，我是替两位老人家求情，给个方便。"他嘻嘻哈哈。

我答："方便不了。我是不想给你们添麻烦。"

"哎哟，哎哟，就三天时间嘛，吃住都照总统规格来，还不行？"

"邵老板，承你美意，可这事不是儿戏。"

"真不行？"

"真不行。"

他有点不悦，一下子挂了电话。

我颇感抱歉。可话说回来，万一老母亲出得门去在哪儿磕着绊着了，倒霉的人肯定是我。原则性的事情我必须坚持。

过一天，邵水通的电话居然又来。这家伙还真有点不屈不挠的劲头。

"还是我啊！"他嗓门很大。"没脸没皮吧？嘿嘿。"

我赶快声明："你打一百次电话也不行。"

他在电话那头突然沉默，好半天没有开口，再说话时却先叹一口气。"妹子啊，你听我说，我们这届学生，都已经是年过半百的人了，班里有两个同学早几年就跟我们阴阳两隔了。说句大俗话，人到这个岁数，是见一次少一次。四十年，毕业整整四十年啊，'文革'，插队，回城，做生意，这个运动那个运动，各人忙各人日子，四十年中大家从来还没有聚过。这回是我挑头做东，恳求你帮帮老哥，成全我一次。"

一席话，说得万般悲凉，我一时竟然发了愣，身上麻嗖嗖的，不知道如何接腔。

"反正，有我们这些学生，老人家的安全问题你尽管放心。最坏的可能性，天塌了，那还有我们几十个人顶着呢。"他又开起了玩笑。

我还有什么话说？我不能把人家的情分不当情分。

邵水通的确尽心尽责，自己腾不出空，专门安排他饭店里的公关经理来接我的父母。那个女孩子嘴巴超甜，我母亲还没出门下楼，已经被人家灌了一肚子迷魂汤，高兴得有点晕头转向。

"阿姨你放心，奶奶交给我了。"女孩子关车门之前笑嘻嘻对我保证。

父母去了两天，每天来一个电话向我汇报：来了多少学生，同学宴摆了几桌，场面如何热闹，母亲从前的同事哪些故亡了，哪些还活着，老年痴呆到什么样的程度，见面认识还是不认识。我听得出来，老太太置身在从前的集体当中，在她那些步履蹒跚的搭档和发鬓斑白的学生当中，是真的开心。

第三天中午，父亲打来一个电话，却把我吓得半死。父亲在电话里结结巴巴说，你妈妈晕倒了，正在校园里拍集体照呢，人就倒了。我汗毛一凛，急忙问父亲："人怎么样了啊？抢救没有啊？"

"那个那个……送医院了，没事了哦，真没事了哦。"父亲有脑萎缩的症状，语言正在往幼儿园孩童的用词水准退行，无法把一件事情描述得精细详尽。

我赶快放下手边的事情，临时叫一部出租车，心急火燎赶往故乡县城。

到了县医院一看，母亲早已恢复如常，一个人占着一个单间病房，倚在抬高的病床上，脑袋后面垫着雪白的靠枕，笑眯眯地享受着身边一群老学生的伺候。

"哎哟，"母亲说，"不告诉你没事嘛，大老远地还过来。"

原来她的一个学生就在这家医院当院长。有这样的关系，我果然是多余操心。

184

年届退休的院长很负责任地把我带到办公室，依次展示了我母亲的胸片、心电图、脑部 CT 片和林林总总的化验报告。反正，趁着出这个事，能做的身体检查，他们统统替母亲做了一遍。"老人家健旺得很，再活二十年都没大问题。"院长拍胸脯保证。

　　"那么，她怎么突然会晕倒？"我询问。

　　院长挠着头皮说，还真是查无原因。兴许是气压低、天气热，三四十号人在太阳下面排队照相，拖延了一点时间，老人家有点吃不消。"毕竟小八十岁的人了呀。"他说。

　　"也或者，是她这几天兴奋过度。"我开了个玩笑。

　　"有可能。"院长点头附和。

　　"你们也真行，毕业四十年了，还能聚得起这么多人。"

　　"那是啊！你母亲都到了，我们怎么能不到？"

　　我心里忽地一动，明白了邵水通为什么会一个电话接着一个电话，不把我母亲请过去不肯罢休。这事说起来，的确有点"拉大旗做虎皮"的意思。

　　可是话说回来，一个少年时代被同学戏称为"潲水桶"的人，曾经因为几张菜票一餐饱饭差点儿被赶进深渊的人，他出钱出力筹办一个同学会，容易吗？他凭什么不想铆足了劲儿弄得精彩，弄成他人生落幕前的最后一次辉煌呢？

　　出了院长办公室，我在走廊里碰到邵水通。他正满头大汗地拎着两个绿皮大西瓜往病房里跑。一见我的面，因为惶恐，因为歉疚，也因为后怕，什么什么的，他激动得差点儿要对我下跪。

　　"对不住对不住，一千个一万个对不住！"他把头低到胸口。如果不是两手坠着两个西瓜，可能动作幅度还要更大。"老人家命大福大，命中注定她就是我的恩人！你说，这要是真有个三长两短，我可怎么对你交代？"

我本想对他发个火，起码也要谴责他几句，为他把我的老母亲当成道具。可是我看到他的一头大汗，满脸惊慌，竟又不知道说什么才好。况且我发现，他似乎消瘦了许多，也憔悴了许多，从前油光光喜感十足的一张脸，居然瘦得松松垮垮老皮拉瓜。我不由得怜悯起了他，想，以一己之力操办如此大的一个活动，方方面面都是考虑到筹划到，真不是说着玩的事情。

我回答他："是我母亲让你们费心了！老人家嘛，谁也不能保证今天站着明天会不会躺着，生命规律。"

他越发感激涕零，连声称道说，大城市来的知识分子，思想境界就是不一样。

晚上是告别宴会，同学聚会上最后的晚餐，他邀请我参加。我母亲本是好热闹的人，输过两瓶营养液后，精神大好，坚持要出院，跟她的学生们共享欢乐。拗不过她，院长专门备了个药箱带到餐厅里，以防万一。

宴会就在邵水通自己的饭店里举行，选了一个最大最豪华的厅，备足了酒水和饮料，再加大厅里布置好的气球彩带横幅什么的，明明白白地昭示给大家，接下来的将会是一场 TOP 级的盛大狂欢。

席间，餐具之精美，菜式之丰富，烹饪之讲究，服务小姐之甜美可爱，完全配得上一个县级城市五星级饭店的称号。尽管如此，我发现邵水通的神色还是透着紧张，似乎他身体中的每一根神经都是绷着的，支棱着，雷达一样往各处发射着信号，随时准备应付不测。从开席之前以东道主的身份致完答谢词之后，他几乎没有坐稳过五分钟的时间，不是招呼倒酒，就是往后厨催菜，忙上忙下，忙前忙后，陀螺一样地转个不停。

"吃啊，吃啊，菜不好，酒管够！"他热情，急切，甚至有点上赶着似的，使用当地通俗的语言招呼大家。

菜是肯定要浪费掉大半，因为在吃完桌上一圈分量巨大的冷盘之后，客人们已经有了饱意，面对源源不断堆上桌面的山珍海味，举筷的频率明显放缓。毕竟也都是五十大几往六十岁上奔的老人了。

一个吹着翻翘头、挂珍珠项链、模样像是当地干部的，慢悠悠地放下筷子，突然说了一句："现如今人家不是潲水桶了，这称号该换到我们头上了。看到没有，我们大家在这儿胡吃海喝的，人家到现在筷子都没动过。"

还真是，宴席过半，邵水通面前的餐具却干净如初。

我猜测，就好像厨子不屑吃自己烧的菜一样，邵水通开着这家饭店，他对每天要在眼面前出现的山珍海味早就腻歪透了。

那边喝酒已经喝到高潮，敬班主任，敬数学老师、俄语老师，敬班长，敬学习委员，敬宿舍的舍长，敬来敬去，乱成一团也笑成一团。我看见我母亲端坐着，不停地举杯，不停地笑，脸上居然泛着少女般的红晕。根本搞不清喝下去多少酒，席面上个个红头赤脸，神情狂放，语言湍急，只见人们手舞足蹈，嘴唇翻飞，青筋暴突，谁也听不见谁说了什么，急吼吼地建议着什么表白着什么。反正，中国人的酒桌上，最放得开来最和美融洽的就是这一刻。

一帮发丝花白体态臃肿的女同学，大概也是喝得有点高了吧，开始敲着桌子放声歌唱，唱的都是六十年代的流行歌，《我们走在大路上》《黄水谣》《美丽的哈瓦那》什么什么的。唱着唱着，还不尽兴，七八个人挪开酒桌，空出一片场地，上去就跳，是藏族舞蹈《洗衣歌》。

哎，是谁帮咱们翻了身哎？阿拉嘿司！
是谁帮咱们得解放哎？……

男同学们激动起来，涌上前起哄，把桌上擦过嘴的酒气弥漫的餐巾打开，一边一条搭到女同学的手腕上，权充哈达。当年的班长，拿起餐

187

边桌上两个精巧的酒桶，双臂翅膀一样展开，自告奋勇跳进女同学群里，手拎着酒桶做炊事班长挑水状，插科打诨地，乐颠颠地穿来插去。

> 呷拉羊卓若若，尼格桑梅朵桑哎，
> 军民本是一家人，帮咱亲人洗呀洗衣裳。

就在这时候，在欢宴的高潮当中，我看见邵水通孤独地站在角落里，面无表情，遥遥地望着他当年的同学们。他的目光，蒙眬而又尖锐，像是望到了千里万里之外的将来，又像是退缩回到他忍辱负重的少年时代。我不知道他那时心里在想些什么。他全力以赴操办了这场豪华盛宴，却又落寞地置身于欢宴之外，是出于一种什么样的心理。

回到南京不多久，也就是三两个月的样子吧，我母亲接到消息说，邵水通去世了，死因是胃癌。母亲急忙给我打电话，唏嘘了很久，感叹着人生的无常。老年人对"死亡"这两个字总是格外敏感。说着说着，母亲突然想起似的，问我："你说说，邵水通办那场同学聚会的时候，是不是就已经病入膏肓了？"

我恍然记起邵水通在医院走廊里对我千恩万谢时，那张瘦得松松垮垮老皮拉瓜的脸。

可是，如果邵水通已经知道了自己来日无多，他这样费心劳神又有什么意思呢？

母亲在电话里最后的叹息是："我从前的那些学生啊！"

提篮里的玫瑰

肖红果走进病房的第一秒钟，傅军对她就有似曾相识的感觉。不是因为她的模样，她当时大半个面孔埋在一只浅蓝色医用口罩之中，只余一双低垂的眼睛，不看人，看她自己脚下的地面。她跟外界的所有接触：回答问题，决定某一件事情，似乎全凭两只耳朵完成。她安静地听，迅速地在心里做出判断，然后点头，或者摇头，或者用静默表示否决。

　　但是傅军还是有一种感觉：她是某个相熟的人，他认识她。

　　胖胖的护士小凌特别热心地充当了临时中介。这个是傅军，病床上那个是傅军的妈妈，脑性瘫痪，鼻饲，导尿，全护理。不过她很安静，不烦人，好照顾。这个是小肖，肖莉莉，我们病区的模范护工，手脚勤快，肯用心，靠得住……

　　傅军没听到后面的话，他在想，肖莉莉，那么她一定是改了名字。当然，经历了那样的事情，报纸、电视、网络、微博微信，铺天盖地的舆论讨伐、辱骂和指责，铜头铁臂也会压成齑粉，她不能不隐姓埋名。

　　肖红果，不，现在的肖莉莉，她低着头，踩着碎步走进病房，从傅军和小凌身边侧身擦过，准确地奔向最里面一张靠窗的病床。这屋里一共三张病房，三个看起来一模一样的垂危的老太太，她怎么就能知道顶头那一张床上才是她要护理的对象？还有，从她低头站在门口的模样，悄无声息走路的模样，点头还有摇头的模样，傅军发现眼前这个肖莉莉跟从前那个肖红果相距甚远，泼辣蛮横又无法无天的郊县公主消失不见了，时空翻转，重新出现的女孩瘦得销魂，而且自律、卑微，像一头容易受惊逃窜的小兽。

傅军和小凌站在病室过道，远远观察新护工的举动。只见她先是俯身打量一下床上无知无觉仰面而卧的病人，喊了几声"阿姨"，不见回应后，她抬头看输液袋上的药物标记，瞥一眼滴液速度，做了小小的调整，然后查看插在鼻腔里的喂食管，试试绑在床栏上的腕带的松紧，最后伸手进被窝，在病人的小腹部位摸了一摸。

"阿姨能自主排便吗？"头低着，但是问话的对象明显是管床护士小凌。

"不行。"小凌回答她，"必须有帮助。"

"那好，"她说，"我先帮阿姨解决这事。麻烦你，回避一下。"现在的说话对象是傅军，口气简短、果断，不带情感色彩，却不无权威性。

小凌拽了傅军一把，把他领出病房。

"怎么样？够专业吧？"这姑娘有点眉飞色舞，明显是替傅军高兴。

"她一个人……"

"放心，喂饭、喂药、擦洗、大小便，她一个人全包。别看她个子小、瘦，有力气。"

"那好，要谢谢你介绍。"

"是你运气好，她前面护理的老太太昨天去世，刚好腾了空。"

她忽然噤了口，缩一下肩膀，大概是想到在傅军面前说"去世"这个词不太合适。

傅军道谢："让你费心了。"

"应该的，我是管床护士嘛。"

小凌转身往护士站走，走几步回头，手插在护士服的口袋里，往后退行:"别灰心,你妈妈一定能恢复,我们一起努力。"

傅军看着小凌圆圆的笑脸,心里漫过一股暖流。这女孩宽厚仁慈、善解人意,能让人生出难得的亲近之情。他不知道是医院里所有的护士都有这种教养,还是小凌独此一个。

他趴在病房门上,从小玻璃窗口往里看。最后一张病床前已经拉上了一张粉色的塑料帘,影影绰绰看见帘子后面有人在忙碌,抬头,弯腰,又抬头,又弯腰。母亲长得胖,肉身沉重,傅军送她进医院时还打电话喊来了大海帮忙,肖红果这么一个瘦小的女孩,不知道她用什么办法料理一切。

傅军现在的工作是送快递。这活儿说起来不好听,其实收入还不错,干得最好的一个月,他曾经拿到过将近两万元。不过那一个月干下来,傅军整个人像被扒了一层皮,面孔黝黑,眼窝深陷,肩胛骨跟蝴蝶翅膀一样嶙峋高耸,昔日派出所的好哥们儿大海在路上跟他擦身而过,愣是怔了半天也不敢相认。要不是仗着当年在警校那点擒拿格斗练出来的底子,这活儿他还真是撑不下去。

他必须要撑着,因为需要钱。母亲中风躺倒,虽说医药费大部分由医保结算,护理费用却是全部自付,加上护工的吃饭钱,夜间睡觉要租用的躺椅,母亲每日须换的尿布垫、卫生纸、营养液,各种耗材,算起来比药费更高,母亲的退休金远远不够。作为母亲身边唯一的亲人,傅军不能不振作精神全力以赴。

他汗流浃背地把一个将近一人高的纸箱子拖进电梯,上到十二楼。收件的是个老头儿,这让傅军心里一沉,暗地里骂了一句粗话。老年人收货总是拖泥带水,要拆箱,要验货,要唠叨货物看起来不如图片好,价钱也不便宜,总之就好像东西不是他自己买的,是快递员硬要上门推销给他的。碰到这些老年货主,傅军只能自认倒霉。一天中有要三四个这样的，时间就白耽误了，下面催货的电话会一个接一个把他的手机打爆。

果然，傅军对付完了老爷子，刚三步并作两步地蹦出楼门，手机响了起来。

傅军不能不接。不接的话，货主投诉到公司，公司会扣他工资。

"喂！"他喘着大气高喊了一声。

"你小子，这么大声！我耳朵没聋。"是片警大海，从前的派出所同事。

傅军放松下来，简洁明了地说："快说，还有好多货要送。"

大海就说，帮他看中一块地方，靠医院不远，圈起来的建筑用地，据说业主资金有问题，三两年内开不了工，现在撂荒着，租下来开洗车店再好不过。"好地段啊，"大海说，"我帮你打听了，租金很低，等于付个管理费，包赚不赔！"

傅军心动了一下，还是谢绝说不。开店总是要成本，他现在捉襟见肘，再说也腾不出时间和精力。

"是滕所让我转告你的！他妈的你别癞狗扶不上墙啊！"大海吼他。

"兄弟，心领了。"

"什么心领了？跩什么词？都两年过去啦，真想就这么打个零工晃荡一辈子？真不想讨老婆结婚？"

傅军揶揄他："你先讨，你讨个我看看。"

"你个混蛋，别不知好歹，是兄弟才惦记你。"

傅军沉默了一下，换个话头："问你个事。那个肖红果，记得吧？她后来去了哪儿？"

对方想了一下："啊，你说那个……好家伙，还打听她干吗？还嫌害你不够？"

"去了哪儿？"

"不知道。"

"大海!"他声嘶力竭。

"好吧,既然你非知道不可。她改了名,好像是在哪个医院做护工。滕所出面安排的。"

他不说话。

"兄弟,她也是个可怜人,我们不能不管,我们不管的话,她就没有活路了。"

"谢了。"傅军挂断了电话。

所有经历过的都无法忘记。傅军先还以为只有他是这么顽固的人,现在他知道了,原来滕所和大海,他们都是一样,责任感太强,做事太要好。

做事太要好,就会把事情做过了,一不小心情节反转,把自己葬进坑里。

送完这一天所有的快递件,差不多已经七点。夜幕低垂,华灯初上,傅军买了两份盒饭,去医院看母亲。

住院区很静,病人们睡得都早。傅军路过护士站,看见白炽灯下小凌正忙着清点送药车里的一大堆东西,就扬了扬手里的塑料袋,算是跟她招呼。

小凌眉开眼笑地:"才来啊!你妈妈今天做过康复了,护工推她过去的。老人家有进步!"

任何时候,她都是这么一副乐天知命的喜兴模样,傅军心里称她是病区里的天使。她长相普通,圆眼睛,肉鼓鼓的洋葱鼻,不好看,也绝对算不上难看,属于让人相处舒服的女孩。问题在于她稍微有一点残疾,走起路来两条腿略有长短,不能完美平衡。据她自己说,是小时候髋关节脱位,父母大意了,没帮她治好。她一点儿都不忌讳跟外人谈论她的缺陷。

傅军走进病房。肖红果还没休息，趴在床脚，头低垂着，用一把剪刀把尿垫上没有污脏的地方剪下来，以便再用。老人家头脸收拾得清清爽爽，花白头发梳得服服帖帖，大睁着两眼看天花板，嘴里无目的地嘟囔着没人能够听懂的话。傅军弯腰喊她，她机械地点头，傅军不清楚母亲是否真的还认识他。母亲从年轻时血压就高，一辈子都害怕中风偏瘫，果然，六十出头就中了招，真是宿命。

"肖红果。"他冷不丁地喊出她的名字。

对方一哆嗦，剪刀差点儿剪着手指。

"摘了口罩吧，一天都闷着，难受不难受?"他说，一边把一个盒饭递过去。

红果不接。"吃过了。"她眼睛不看人，轻声答话。

"那就留着明天吃，反正病房有微波炉。"

她站起身，接过盒饭，出门送冰箱。他打开另一个塑料袋，掀开盒盖，撕开方便筷，狼吞虎咽地吃。奔波一天，上下楼梯都不止一百层，真是饿狠了。

母亲忽然兴奋起来，在床上含糊不清地说了一大串话，傅军听懂了两句:"买半斤虾，油爆，肉丝炒豆干，放青蒜。"

傅军大声回答她:"好，油爆虾，炒豆干，等你病好了出院，我做给你吃。"

肖红果返身回病房。口罩摘掉了，露出尖得让人心疼的下巴，还有脸颊上一颗鲜红颜色的痣。傅军记得小时候听母亲说过，长在脸颊上的痣叫"等泪痣"，主命苦，诸事犯冲。还真是这样，想想她那些年的折腾，她注定了就不会把好日子过好。

她在床边的一张矮凳上坐下，告诉傅军:"其实我也认出你了。你那次绑我用了大劲，还踢了我一脚，这儿，"她指指腿侧，"皮鞋踢的，

195

青了半个多月。"

傅军不说话，把干硬的米饭拨进残油汤里，筷子搅和一下，呼噜呼噜吃。

"我后来去找过你，他们说你不在派出所上班了。"

傅军把空了的饭盒收进塑料袋，袋口打个结，扎紧。"托你的福，不在了。"

他想，幸好不在了，否则噩梦没完没了。滕所将他革职不是害他，是救他。

"你给我。"她伸手。

"什么？"

"塑料袋。我去扔。"

她又出去一趟，扔垃圾。她勤快，动作也敏捷，一套护工制服穿得山清水秀，完全不是从前那个夸张怪诞又云里雾里的吸毒女孩。

等她再进来时，傅军刚好摸出一根烟，另一只手在裤袋里摸打火机，她飞奔过来阻止他："不行，病房不能吸烟。"

傅军笑了笑，停止了动作，烟放回烟盒，随手搁在窗台上。

"你怎么样？我是说，过得好不好？"他停了一下，没话找话。

真的是没话找话呢，一个人经历了那样的事情，再用"过得好不好"作为询问句，简直是轻得没有分量。

她习惯性地低下头，过了一会儿，又抬头，眼睛里有一层雾气。"就这样。你都看见了。"

同样的轻描淡写。对等。

"大头呢？"

"死了。"

"真的？"他非常惊讶。他记得那家伙壮实如牛，曾经有一次偷人家家里一只小型保险箱，几十斤重的东西，他扛起来就走，一口气跑出两

196

里路，弄到城中村里的销赃点。

他打听大头是怎么死的？她说，那事情出了不久，大头从牢里出来，死在复吸过量。"找不到工作呗，心里也难受，就吸粉。才一下下，不动了。那一口实在吸得太狠。"

傅军下意识地伸手，要拿窗台上的烟盒，忽然间惊一下，手缩回来，用劲地搓脸，搓头发。他摸到自己的脸庞稍微地有一些发热，也不知道是惊诧，还是不安。

"我记得你还有个外婆。"

"也死了。老死的，八十岁了。"她说得很平静。

然后，就没有话说了。他们干坐着，彼此都不看对方，又都能听到对方的呼吸和心跳。房间里的日光灯管嘶嘶作响，生命监护仪时而迸出嘀嘀的一声叫，母亲在床上自顾自嘟囔，还把牙齿磨得咯吱瘆人。

八点钟，从病房出来时，傅军又拐到护士站，想看看小凌。好像那一刻，他的心脏被一个能收紧的弹簧套子套进去了，血液不流通，透不过气，一定要看到小凌的笑容才舒服。

小凌不在。另一个小护士说，她去了病房，帮几个病人挂今天的最后一袋静脉滴药。

"找她有事？"小护士也很热心。

傅军摇摇头，沿着空荡荡的走廊走向电梯。病区此刻太安静，他努力放轻脚步，还是走出了不和谐的声响。

两年前，傅军是闸口社区派出所的片警，因为他的公安学院本科生的学历，他几乎被视作滕所的必然接班人选。

闸口社区有点复杂，本身地处城乡接合部，辖区内人口又是全城共知的贫富不均。西边沿江一线，高楼林立，环境优美，是本市最有名的富人区，走进这些小区的地下车库看一眼，奔驰宝马都成了大路货。中间隔开一大片崭新壮观的公共建筑，隔开几条宽阔无比、一尘不染的景观马路，就到了绵延数公里的拆迁小区，人员成分是被征地之后的郊区农民。

这个小区的建筑质量乏善可陈，外观沉闷无趣，内部装修简单，小区里马马虎虎植些草皮，种几棵杂树，再配些花花绿绿的老人健身机和儿童乐园，大面儿上过得去拉倒。好在大部分洗脚进城的农民还在温饱阶段，拿房子只要面积不求质量，一家有个几套，爷孙们分别安居乐业，倒也过得优哉游哉。

再下来，绕城公路、高架桥下，被政府拆得乱七八糟又没有能力一气建成的荒野地面上，便是一个接着一个冒出来的"城中村"，真正的鱼龙混杂之处。房屋乱搭乱建不说，光人员的复杂就让傅军他们头大。外地求职的大学生有，本地谋生的混混有，邻近各省过来开出租、送快递、做美容、当钟点工、打烧饼炸油条、修鞋磨剪子……三百六十行无一不有。滕所每次开会，强调的都是两句话：环境复杂，瞪大眼睛！

肖红果家祖辈菜农，前几年征地拆迁，按面积计算，一下子拿到了四套房。红果父亲早先是外地打工仔，入赘肖家，红果出生后，就离家出走，不知所终。她妈精神分裂，有一天跑上高速公路，稀里糊涂被撞成一摊肉泥。红果从小跟着外婆长大，倒也是娇生惯养、千宠百爱的小公主，勉强读到初中毕业，再不肯去学校了。恰好逢上拆迁，轻而易举地四套房子到手，有了游手好闲的资本。红果提出跟外婆分开单过，剩下的两套房子出租，再加分到手的现金，日子相当好过。

穷人总在想法子挣钱，富人却发愁该怎么花钱。拆迁的农民们自认他们是富人。他们没了土地，住上了高楼，脚踩在水泥地上，屁股坐在抽水马桶上，手里捏着银行存款，却对自己崭新的身份无所适从，于是就懵怔了，惶惑得团团直转。

拆迁户的小区里，沉迷赌博的、日夜搓麻将的、疯迷广场舞的、成群结队戴着小红帽出门旅游的、五十块钱拉回家打一炮的、找个美容店就敢拉皮整容的，无奇不有，变着法儿地把手里的钱花出去，就怕一觉醒来，凭空而得的这些钱又会凭空飞走，自己再回到赤贫的土地。

高速发展的社会，把无数百姓拉扯出一个奇怪的形状，脚伸进了富裕的天堂，脑袋还留在青砖小瓦的祖屋，两端距离越扯越大，撕裂的痛楚也越发猛烈。

傅军认识辖区里的一个小伙子，才二十出头，在省级机关里当临时工，开车。每天他驾着自己铮光闪亮的新款宝马上班，到了单位，停在角落，再开上单位里的一辆老旧桑塔纳，接送领导，传递文件，一天下来，换回自己的宝马下班。傅军很能理解他的行为，在家无聊，又找不到更好的工作，权当出门闲逛打发时间。

拆迁小区里全是这样的年轻人该有多好，都这么做的话，傅军他们就省事了，就不用整日里提心吊胆，睡觉还得醒着一只耳朵了。

二十出头的红果如花似玉，大眼睛，翘鼻头，尖下巴，就连脸颊上那颗鲜红的痣，也俏皮得像要飞起来。她走在小区里，身前身后会围一堆年轻人，他们一呼隆地出门K歌，一呼隆地上网吧打游戏，也会一呼隆地打架，飙摩托，飞檐走壁地闹出动静，害傅军他们一趟又一趟出警处理。傅军每次看见肖红果出场就觉得头大。

大头不是本地人，从小随父母过来打工，城中村长大的混混。但是大头很奇怪地长了一副西方人的面孔，卷头发，眍眼睛，一嘴的络腮胡，走在外面仪表堂堂，很能迷人。红果很快便看上了他，带回家里同居。

照理说红果不缺钱，她养着大头也无所谓。无奈大头是惯偷，闲不下来，不出门手痒。偷也罢了，他还吸毒，还聚众赌博，数目又不够大，判不了刑，成了派出所里常进常出的老面孔。有一回滕所气极了，说要把他押回老家。当然也没有押成。滕所指派傅军和大海两个人盯死他，发誓总有一天要把这个害群之马送进监牢。

隔年肖红果生了一个女儿，取名叫小宝。大头初为人父，新鲜，消停了两年，几乎要让傅军认为他彻底地改邪归正了。两口子专心在家宠女儿，花团锦簇地养着，有两次傅军出警到小区，亲眼看见大头把女儿扛在肩上，颠着跑着逗孩子开心。案发之后在红果家里，傅军见到过整整一面墙壁上都贴着小宝的照片：她满月时小猫咪样的脸；大了一点，长了两颗牙，又白又胖，笑得像一尊弥勒佛；会摇摇摆摆走路了，张着两只小手要爸爸抱；穿着漂亮的公主裙吹蜡烛；在某个旅游点，戴着一副小墨镜，摆出了又萌又酷的姿势……一帧又一帧，满墙满壁，五颜六色。可以想象那段时间年轻父母的欣喜和快乐。

接下来，他们又生个女儿。为人父母的热情已经消失，代之而来的是大量家务和辛劳。这回连名字都懒得想，小女儿直接叫妹妹。红果才二十多岁，一朵鲜花开始枯萎。

大头摇摇晃晃又出了门，偷盗，吸毒，赌博。为还他的赌债，肖红果卖掉了一套房。

两口子常常打架打到派出所，你揪我头发，我撕你衣服，滕所称他们是活闹鬼。

屁股一转，他们又好成两块牛皮糖，搂着抱着，就差当众做爱。

红果顺理成章地跟着大头吸了毒。他们又卖掉了一套房。两个人时常各出各的门，不知道厮混在哪里，小孩子就扔包吃的锁在家中。

邻居们后来说，亲眼见到三岁的小宝拿着奶瓶给一岁的妹妹喂食，两个孩子的头发沾满米糊，板结成了鸟窝。母亲呢？母亲四仰八叉躺在地板上，睡成猪。

老外婆住得不太远，有时候会过来，给两个孩子送些吃的，帮忙洗把澡，洗洗衣服。可是外婆年近八十，不可能完全负起抚养责任。

大头伙同几个城中村的混混，偷窃了一家小公司的仓库。这回总算被滕所抓到现行了，这是团伙作案，性质严重，同案犯统统被抓入狱，判了一年零八个月刑期。

接着有一天，傅军和大海突击检查某个烂尾楼的别墅小区，想抓一个外地毒贩，不料在别墅地下室里捎带着抓住了一伙聚集吸毒的人，其中居然有肖红果。

傅军铐住肖红果的时候，她反抗得厉害，死命挣扎，也许是刚吸过毒的原因吧，力气还大得要命，隔着警服咬傅军一口，把他咬得一个劲儿抽气。傅军很是恼火，再加两个民警要对付十来个吸毒者，现场一片混乱。傅军更加没有好气，飞起一脚踢在肖红果大腿上，她一下子跪倒在地，披头散发，呜呜哭泣。

傅军鄙夷地责骂她："哭？哭有鸟用？"

肖红果跪着朝他磕头，苦苦哀求，说家里还有孩子，她还要给孩子喂奶。

傅军嗤之以鼻道："现在想起来有孩子？早干什么去了？"他根本不想听。吸毒者扯起谎来眼睛都不带眨，他是干片警的，这种人见得多了。

一串男女从傅军手上送到了市局拘留所。根据《治安处罚法》，吸毒者一旦被发现，处十日以上十五日以下拘留，罚款两千。

隔了几日，肖红果的老外婆想念两个重外孙女，带了糕点上门看望。敲门，无人应答。央邻居拨打红果的手机，手机关机。老外婆心生疑虑，叫来锁匠开门。门推不动，有东西堵在门后。再用劲，推开了尺把宽的缝，有恶臭扑面。外婆颤巍巍挤进半个身子，只瞄一眼，瘫软在地。

两个小女孩，一个三岁多，一个一岁多。一岁的那个，屎尿糊满手

201

脸，脸颊已经被老鼠啃食。三岁的那个，一直趴在门上挠门，指甲缝里全是木屑，门上一米高处是一道又一道深浅不一的抓痕。

人间悲剧。

傅军时不时地，总想偷看一下肖红果的脸。这张瘦成锥子的脸上难得见到表情，因而一双眼睛格外大，格外空洞，让傅军五爪挠心一样，不知道如何面对。

谈话总是简单到惜字如金。

"今天我妈怎么样？"

"还好。"

"大小便正常？"

"嗯。"

"鼻饲管要换掉吗？"

"不用。"

"你的工资我交到护工中心了，明天你可以去取。"

"噢。"

接下来再说什么？没什么可说的。他想了半天，冒出一句："你不该做这个事。"

她垂着眼皮，没有回答。即便坐着说话，她手里也总不闲着，搓一根纱布绑带啦，把一沓卫生纸抹平啦，按摩病人浮肿的手背啦。傅军其实不希望看到她这个样子。她有权利休息，去多功能厅里看几眼电视，听听收音机里的流行歌曲。傅军给她拿来过一台掌上收音机，她好像一直都没有用。

傅军又说："真的，你不该做这个事。你看这里的护工，都是有点岁数的人，你这么年轻，能找更好的工作。"

她重复了他最后一句话，用的却是反问的语气："我能找到更好的工作?"

"能找到。"傅军非常肯定，"钟点工、餐馆工、超市收银，哪怕做公司保洁，都比这个适合你。"

她茫然了一会儿，自言自语:"还是医院好。"停一下，像是怕傅军不满意，又补充道:"人多的地方我头晕。"

"你不能永远都逃避，这样不对。要么你去上个培训班，学点儿技术什么的!"

她自嘲地笑起来:"我学不会。"

傅军叹一口气。女人犟起来，就是会刀枪不入。母亲也是这样，退休以后还做家教，辅导一群十一二岁的孩子，为他们理解不了一道应用题着急上火。傅军说她血压高，不应该多操劳，母亲就不高兴，说她在儿子眼里成了"老废物"。果然，没等到傅军结婚就中风了，倒退成婴儿，吃喝拉撒都不会。

傅军一般是晚上才有空过来看母亲。晚上病区人少，清静，他守着母亲很安心。小凌一直乐观地告诉他说，他母亲年纪轻，能恢复，可是傅军潜意识里觉得不可能。他做好了打算，母亲即便一直瘫痪，也没关系，出院之后他可以请个护工到家里。他只有一个母亲，他不会不管她。

周二和周四，快递件相对少一些，他中午也能过来半小时。母亲白天要做康复，他帮着肖红果把母亲连人带病床推到康复室，然后一边一个架起她，绑在器械上，通电，让那台一人多高的机器带着病人一上一下地做运动，作用是避免血管栓塞。医生说，瘫痪的病人一有栓塞就会很糟糕，基本没有救。

母亲好像不愿意被他们绑在机器上，她会哎哟哎哟地叫唤，嘴里咕哝很多谁也听不懂的话，还会朝着他们吐唾沫，做鬼脸。

肖红果解释说:"她睡久了，身上骨头疼。"

傅军问她："能不能不做这个？"

红果说："不做骨头就锈死了，更疼。"

傅军无法替母亲选择，这让他觉得悲哀。他告诉肖红果："我真没想到我妈最后是这个样子。"

她守在机器边，侧身对着傅军，手里拿一沓早早准备好的纸巾，用心擦病人嘴角的流涎，一边回答他："谁都不知道自己一辈子。"

傅军继续说："我妈从前当小学班主任，出了名的厉害，学生个个怕她。新老师上课，教室里闹翻天，我妈过去往门口一站，小猴子们瞬间石化，姿势都不带动的。"

肖红果"嗯"了一声。

"别的班学生隔三岔五要喊家长，我妈从来不喊，有问题自己解决。有一回学生打架，铅笔盒里的东西砸到脑袋上，见了血，小孩子全部吓晕，我妈过去背起那个孩子直接奔医院，自己掏钱给孩子消毒缝针，完了还把孩子送到家，嘱咐家长不能打，也不能骂。过后教师节，那孩子拿彩纸做了一堆玫瑰花，拿塑料袋拎着送我妈。"

病人的身体软绵绵歪到一边去，肖红果手里正攥着纸巾，来不及放下，躬腰拿胳膊兜住病人腿根，发力朝上一提，妥了。

傅军流出眼泪："我不想没了我妈，真的，没了她我不知道怎么办。"

肖红果扭过头，往傅军手里塞了一张纸巾。

傅军擤鼻子的时候心里想，真是糟糕，他怎么会当着肖红果的面失态，这太蠢了。

护士节的那天，他特意在病区楼下的花店里买了两枝红玫瑰。卖花的小姑娘笑眯眯地说："今天是护士姐姐们的好日子。"

举着两枝花上楼奔护士站，先抽出一支递给小凌。小凌正在低头摆弄一盘消毒针管，看见视线里忽然多出来的花，猛然抬头，不敢相信，指指自己鼻子："送我的?"

"节日快乐。"傅军简单地说。他有点难为情，这辈子还是头一回给女孩子送花。之前在闸口社区派出所，女警员个顶个的严肃，小伙子们从不敢轻举妄动。

小凌显而易见地开心，跑来跑去找了一个玻璃茶杯，接半杯水，把花枝插进去。

"看，我的花朵最大，比她们的都好看!"她举着玻璃杯，神色激动。

"今天你是第一个给我送花的人。太好了! 跟你坦白吧，假如别人都有了，我没有，我的小心脏会崩溃。"这句话她是凑近傅军，在他耳边上小声说出来的。说的时候，她的表情既快乐又夸张。

傅军忍不住地笑起来，他觉得这女孩子真是一个开心果，任何时候看见她，都是满足的，明亮而且强大的。

今天她也打扮得很漂亮，画了眉，涂了一点淡金色眼影，白色护士服的大翻领下面，是一件黄底碎花的连衣裙，脚上一双崭新的软底白鞋，脚踝的部位还系了一条细细的金脚链。女孩子不管自身条件怎么样，骨子里都爱美，希望有人关注和疼爱。要不是护士站前面人来人往，傅军真想亲吻她一下。

早晨这段时间是医生护士最忙碌的时候，傅军不想耽误小凌做事，说一声"走了"，就抬脚去病房。

一眼看见了穿着浅蓝色护工服的肖红果，她把头发束进无纺布的一次性帽子里，戴着只留两只眼睛在外的大口罩，绕病床来往走动，给他母亲换床单：先把僵硬又无知觉的病人搬成右侧躺姿，一手扶住病人，一手卷起左半床的旧床单，铺上新的，再搬动病人翻身，换左侧躺姿，抽出整张旧床单，扔在床下，跟着抽出卷好的新床单，全床铺开。整个过程，娴熟而利落，仿佛百多斤重的病人是她手里听话的小孩，左躺右卧全凭她一个手势。之后，她小心翻转病人躺平下来，轻搬病人的脑袋，抽出靠枕，飞快地换了一个新枕套，枕芯拍松，再垫回病人脑后。再然后，是最后一道工序：把新床单两边扯平，抹得不见皱褶，多余的部分塞进床垫。

母亲在肖红果的熟练翻动中，一直都还安静，满脸乖巧的模样，突然看见傅军，兴奋起来，大着舌头嘟哝出一串话："不能进来！有坏人……去找派出所……打电话……不能让小偷进门……"

傅军快步上前，握住了母亲的一只手："不怕，我就是派出所的。"

母亲身子动不了，表情却是惊恐："小偷啊！打电话……找傅军……"

"妈，我就是傅军，你儿子。"

母亲啐他一口："骗子！"

傅军无可奈何，用目光向肖红果求援。

红果拉下口罩，俯身拍一拍母亲的肩膀，凑近她："不怕啊，我打电话了，派出所的傅军就快来了。"

母亲长吐一口气，放松下来，很快沉沉入睡。

傅军忧心忡忡："我妈怎么胡言乱语？"

红果说："没事，中风病人会有幻觉，常见。"

傅军趴在母亲枕边，仔细看她熟睡的脸。他不知道母亲还能撑多久，这张脸上还能见到多少或惊恐或欣慰的表情。

他想起手提袋里的玫瑰花，拿出来，递给红果："你辛苦了。"

完全不同于小凌刚刚的惊喜，红果脸上瞬间掠过的是慌乱，慌乱还加尴尬，仿佛玫瑰的花刺会把她深深扎伤。

"你弄错了。"她小声说，"今天是护士节。"

"你也是护士。"

她制止他："别这么说，别人会不高兴。"

"我不管别人，在我心里你跟护士一样重要，你比她们更辛苦。"

她几乎要哀求他别再说下去。他执意把花朵举在她面前时，她干脆扭身走了，跑进病房卫生间，把门紧紧关上。

傅军低头嗅一嗅花，香味还很浓郁，玻璃包装纸把花瓣保护得很好，没有一点萎态。他学着小凌，找了窗台上的一只空药水瓶把玫瑰插上，然后写个便条留给肖红果："请给瓶子里灌点水。"

他起身走到卫生间门外，隔着门告诉红果："你说得对，我不该绝望，我妈能恢复的。"

他停止说话后，听见里面窸窸窣窣地响，像是在抽动卫生纸，又像是打开龙头刷牙洗脸的水流声，或许都不是，是她在哭泣？擤鼻子？他不能确定。

一周之后，傅军母亲第二次中风，送到重症监护室，接了呼吸机。医生问他要不要抢救？傅军在监护室门外徘徊了一小时之后，答复医生说，还是让她走吧。

办完母亲的丧事，傅军筋疲力尽。他很伤心，但是也不太伤心。母亲像这样活着，还不如早归泥土。几年前母亲刚退休时，在电视里看了一部电影，讲一个人如何去瑞士接受安乐死的过程。母亲隔天就问傅军：瑞士签证难办吗？傅军开玩笑说，旅游的话就不难办。母亲正色道：不是打哈哈，谁都该想好自己最后要走的路。

再早之前父母离婚时，他还小，不知道血压超高的母亲是怎么度过那段时间的。那时候母亲有他，现在他却没有任何亲人。

他初当警察时，一直都觉得自己强大，有掌控命运的能力，别人的，也包括自己的。实际上真正面临困境时，他却虚弱、无措，懵头懵脑找不到一扇门，可以让自己的灵魂挤出去飞翔一阵子。

肖红果转到了另一个病区，还是当护工，看护一个癌症病人。傅军要多付她一个月的工钱做酬谢，红果收了一半。她不贪财，但是懂得让家属心安。

两个月后，傅军收拾心情，买好一枚小小的钻戒，回到医院向小凌求婚。他没说"你愿意嫁给我吗?"，他说的是"我来带你回家"。

护士站里一片掌声。谁都知道小凌是好女孩，也都知道小凌是残疾，有缺陷，在这个看脸的世界里活得不容易。

小凌趴在他肩膀上，哭成一个泪人。她说她没有想到幸福也会向她敲门。她说她都准备受洗入教了，从此只信上帝了，现在她改变了主意，信人，信傅军这样金子一样的人。

傅军觉得小凌言过其实，他是哪一路的金子? 他是被这个社会吞进去又吐出来的垃圾，最多是有点用的垃圾。

滕所指挥着闸口派出所的全体内外勤，刷墙的刷墙，铺地板的铺地板，把傅军母亲留下的房子彻彻底底翻了个新。而后他们又包下一家自助餐厅，搬去一套卡拉 OK 设备，滕所亲自当司仪，一大帮兄弟吃了一顿，又吼了一通，尽兴而散。

婚礼之后，傅军盘算着要带小凌去国外旅行一趟。他要小凌挑地方，小凌毫不犹豫地挑了法国，原因也简单，医院里的很多女孩儿都去过了，回来夸得天花乱坠，她想看看大家都喜欢去的地方是什么模样。

"我走路不方便，你会不会觉得我累赘?"

"胡扯!"傅军假装生气。

"要是我也想买一个 LV，你会嫌我乱花钱吗?"

"你要是把全世界买下来，我都不介意。"

他们亲吻，喘息，像两个贪婪地寻觅甜食的孩子一样，搂抱着双双飞入天堂。

结果是，还在挑选旅行社、比较价格和行程的阶段，小凌发现自己怀了孕。这是喜事，可是出国的事情泡了汤，傅军有一点扫兴。小凌笑眯眯地安慰他："等孩子会走路了，我们一家三口出国玩，那才叫开心。"

小凌不娇气，能吃苦，怀孕七八个月了，拖着个大肚子还去上班。她希望把产假省到生完孩子后用，那就能够多点时间在家陪孩子。她买了很多育儿书籍看，也上网咨询和讨教。她告诉傅军："如果是男孩，五岁送他去学国标舞；女孩的话，就学跆拳道。"傅军问她是不是说反了，她说不反，男孩要学会当绅士，女孩必须善于保护自己。

傅军乐不可支。学护士专业的姑娘，似乎天生就是做好母亲的料。

临产的那天，小凌很镇定，阵痛开始后，她还拖着一个大肚子走动着，不慌不忙地收拾了一个产包：婴儿衣服、包被、奶瓶、她自己的换洗衣物、卫生用品。她说她是顺产，胎儿头已经入盆了，顺利的话，三天就可以出院回家。

阵痛间隔不到十分钟时，傅军开着他的送货皮卡把妻子送到医院。是小凌自己工作的医院，一切熟门熟路，所有的医生护士她都认识，所有的操作规程她自己都懂。

"你放心，最多三四个钟头。"这是小凌被推进产房时，握着傅军的手，最后对傅军说的一句话。

真的就是最后一句话。小凌死于羊水栓塞，孩子也没有活下来。是个男孩，要能长到五岁的话，小凌会送他去学国标舞。

万分之一的概率，这一万人中的一个居然是小凌。

傅军这一次的伤心，跟母亲去世的那次完全不一样。完完全全不一样。母亲是慢慢慢慢地从傅军生活里离开的，走得自然和从容。小凌和他们的孩子，母子两人突然就把他的胸膛扒开一个洞，血淋淋的洞，然后跳出洞口，消失在空气中。他们甚至都没有等待傅军回过神来拉他们一把。

这个巨大的洞口，傅军要填进去多少悲伤才能够让它愈合啊。

现在傅军三十多岁了。嗯，他过了而立之年，无家无业，没有积蓄，也没有建树，这样的人生够他妈操蛋的。

因为前几年要挣钱，干得太狠，体力消耗过大，他感觉自己的身体明显在走下坡路，扛着重物爬楼会喘，胸口发疼，膝盖上长了刺。有一回他莫名其妙就摔下了楼梯，原因是左腿忽然间没了知觉，一脚踩空似的。幸好那回扛的是一大箱婴儿尿不湿，腿擦破了皮，货物没损失。他最怕就是货物损坏，或是遗失，碰上个较真难缠的货主，一个月半个月算白干。

傅军不得不正视这个问题：快递员的工作他还能做多久？他正儿八经跟大海商量这件事，大海立刻吼他："你他妈还不辞工，等腿断了腰瘫了再吃后悔药？"

他心平气和地问大海："我还能找到什么工作？"

大海拍拍他的腿说："咱们兄弟什么关系？有我一口吃的还能饿得死你？"

傅军就笑，他知道大海要说这句话，也期待他会这么说。无论如何，有朋友还是好，起码在这世界上还不是孤零零一个。以前他读杰克·伦敦的小说，读到美国十九世纪白雪覆盖的荒原，荒原上孤独求生的狼，他会喘不过气，想象如果换作是他的话，他肯定要崩溃，人跟狼还是不一样。

开过年，几乎是一觉睡醒的工夫，城市的房价突然就翻了倍，涨得让人惊心动魄。大部分市民都对这样的涨势没有心理准备，感觉莫名其妙。几乎一大半的人都在咬牙切齿，恨自己手慢眼拙，也恨政府调控不力。回过头来，更多的人又在迫不及待地挤入抢房大军，借钱，贷款，上杠杆，掏光父母积蓄，唯恐错失最后一拨挣钱机会。

很早之前，在傅军刚刚大学毕业分到派出所当片警时，他母亲帮他筹划了一个小小的投资行为：在江北某个温泉度假区附近，以不到二十万的总价，贷款买下了一个公寓单元。母亲说，钱不多，负担不重，也免得年轻人拿了工资瞎花，以后出租也好，做婚房也行，总能有用。母亲的安排总是没错，十年过去，贷款已经还清，而那个地段因为接通了地铁，又造了过江大桥，房价居然冲上一平米两万，傅军成了名副其实的百万富翁。

他果断地卖了那套房子，按滕所和大海的建议，在医院附近的大型超市里，租下停车场的一个边角空地，置办好一应器械工具，招来几个十七八岁的外地小伙儿，开起了洗车店。

感谢老母亲，他这辈子还能尝试一下当老板的滋味。

开张筹备期间，事情千头万绪。这可是自己的生意，傅军把他全部的财产精力和人缘关系都搭进去了。他在洗车店里架了张行军床，一切现场办公。守着大超市，吃饭不是问题，百把块钱有汤有水是一顿，十块二十块来碗雪菜肉丝面也是一顿。中餐吃够了，还有麦当劳、肯德基、必胜客，还有韩国冷面和土耳其烤肉。

傅军就是在吃冷面的那次，再次碰上了肖红果。

她新剪了头发，穿着一件超市里随处可见的廉价衣服，孤零零一个坐在窗口位置，冷面已经吃完，手托着腮，目光空洞地看窗外来来去去推车购物的人。

他几乎没有多想，走过去在她对面坐下。

"嗨！"他说，"你还好吗？"

肖红果转过头看他，并没有表现太多惊讶。"你总是问这句话。"她说。

"快两年了吧？真不知道你怎么样了，挺惦记的。"

"没有怎么样。我还能怎么样？"

"嗯，比方说，工作、收入、家庭……"

她近乎嘲弄地看着他："你不是逗我吧?"

傅军嘿嘿一笑,接过服务员送来的面,上下翻了翻,大口吃。

肖红果全神贯注地看他吃面,似乎惊奇一碗冷面能被人吃出如此如此千回百转的滋味。她还是头一回光顾这家冷面店。之前她护理的一个出车祸的年轻女孩儿出院了,下一家暂时还没敲定,她得以走出医院换个环境,透口气。当了几年护工,她现在特别喜欢看人,看那些活蹦乱跳、衣着鲜艳、走路能走出一阵风的人。她还愿意呼吸马路上带尘土的气味,或者坐在街边随便哪个花坛上,让阳光透过灰黄色的雾霾,晒出后颈上一层薄薄的汗。早前几年她是不能接受这一切的,所有那些华服美景,那些花朵阳光,她的脑子会自动选择屏蔽,现在她能看得见了,这是个进步。

还有,她要利用这几天的空暇办点私事。

她要卖了出事的那套房子。

"缺钱?"傅军问。

"不是,就是想卖了。"

她告诉他说,出事的这一套房子她是不可能再回去住的,空放着房子容易朽,还要交物业费,卖掉合适。病区里的家属们都在说,现在房价高,卖房是好时候。她真的是比以前话多了一点,一字一句,不疾不徐,说得既有条理,又客观冷静。

傅军忽然意识到,经过了这些年的生活磨炼,她早已经不再是从前那个稀里糊涂混过青春的不着调的女孩子了。

她说着说着,忽然问傅军:"你能陪我去看看那房子吗?"

傅军心里一凛,屁股似乎在椅面上弹了一下。他本能地要想拒绝,可是他的身体已经站起来了。嗯,当然可以,应该的,他对她和她那套出事的房子负有使命,躲无可躲。

搭公交要换乘,有点麻烦,为省时间,傅军干脆打了个出租。十多块钱，不算很远。

那个巨大的拆迁户楼盘有个格外美好的名字：莲花小区。从两个孩子的尸体被抬上警车之后，傅军脱下警服，归入平民，从此再没踏进小区一步。转眼几年过去，昔日熙来攘往的热闹楼盘竟然现出颓势，绿植稀稀落落，草坪被楼下各家瓜分，种成了菜地，一股臭烘烘的人畜粪便的发酵气味。楼道铁门锈得斑斑驳驳，外墙面砖被小孩子们涂上各种脏话图形，而且隔三岔五就缺上一块，也不知道被人敲走派了用场，还是掉落在地碎成了粉泥。在小区道路上蹒跚行走的，似乎除了背着手的老人，就是被老人牵着学步的婴孩。这是地道的城市里的凋敝乡村。

肖红果从踏进小区就紧闭嘴唇不再说话。她还曾想拿出口罩戴上，又发现在这个小区里戴口罩比不戴更惹人注目，于是尽量地低头佝背，拿披垂下来的头发遮挡面容。她一路都走得飞快，近乎小跑，傅军需要拿出急行军的步伐才能跟上她的节奏。隔开近两米的距离，傅军已经感觉到她周身散发的寒意，沉默而冷冽，仿佛凝固的冰墙，拒人千里。其实，傅军自己也不想说话，悲伤沉坠在他的胃里，秤砣样的一团，每走一步，那砣重物就跟着晃荡一下，五脏六腑都钝钝地发疼，他需要努力控制自己才不至脚步踉跄。

肖红果家的楼门是开着的。实在也没必要设防了，因为在这个出过事的单元楼里，上下六层，老住户们已经搬得精光，都怕有一天会在楼梯上撞见那两个幼小的灵魂，没有人能够过得了自己心里的这一关。

爬楼。一层又一层。脚步声滞重，每一步都溅出细小的粉尘，气味冷冽而霉旧。楼道的每个转弯处都结了蛛网，有的看上去比较新鲜，亮白如银，有的已经垂挂下一角半角，彰显了猎物挣扎逃命的过程。不时有拇指大的黑物在脚下蹿窜一窜，弄不清是蟑螂还是壁虎。每层

213

楼道都有窗户，半开半闭的那种，用于通风透光，可是所有的窗玻璃上都承接了过多雨水灰尘，污垢巴在上面如一层厚厚糨糊，光线被遮挡了大半，傅军走在这条楼道时，感觉自己是走在一条长得看不见尽头的地狱之路上。

总算爬到五楼。房门自然是紧闭的，门框上方居然还有半张淡红色的"福"字，靠近门锁处，是早先歪歪扭扭贴上去的一个动画小人，色彩早已褪尽，看不清是花仙子还是蓝精灵。肖红果沉默地站在门口，眼睛盯着这张贴画，看着看着，身子就摇晃起来。傅军只得上前一步，抠出她手心里的钥匙，插进锁眼。

空荡荡的房间。没有床，没有桌子椅子，没有锅碗瓢勺，没有孩子的自行车、布娃娃、积木画册，所有目光看到的地方，空空荡荡。

谁搬走了这屋里的一切？包括那面墙上满满一墙的孩子的照片？那些欢声笑语，碗盆叮当，小人儿张开手臂拍打小脚趔趄奔跑的美好时光？傅军想问，可是他又觉得不问最好。这一切都不重要，完全没有了意义。现在他胃里的秤砣已经变成结石，在翻转作怪，他迫不及待要呕出那团东西。他灰白了面孔冲进厕所，脖子伸了几次，憋得满眼泪花，还是呕不出来。他想，这真是太难受了。

然后，他出了厕所，看见肖红果躺倒在门后，在那两个孩子最后咽气的地方。她侧了身，两手两脚蜷在胸前，脊背弯曲，头埋在肘窝里，缩成一个胎儿的姿势。在她身后的门板上，一道又一道深深浅浅的抓痕，像黑夜里刺破天边的闪电，惊悚到傅军无法睁眼。

他走到肖红果身边，跪下去，用劲掰开她两条僵直的胳膊，把她扶坐起来，抱入胸怀。他不知道应该跟她说些什么，可是他知道现在他很想抱着她，把她冰冷的四肢暖和过来。他还觉得，在这个世界上，他和她是相同的人，同样黑暗又同样悲伤。他们都不配有天堂、阳光、鲜花，不配有慈爱的母亲，有小凌那样美好的爱人。他这一辈子只能跟她厮守在一起，她的身躯必须嵌入他的胸膛，好像筋疲力尽的小船务必驶入避风的港湾。

除此之外，别无选择。

肖红果辞去了医院护工的活儿，入职傅军的洗车店，收款，兼司务，兼登记洗车卡，兼日用杂物管理。闲下来的时候，还帮忙擦车，打蜡，内饰除尘，毛巾甩干晾晒，无以计数的琐碎事情。她不玩手机，不跟任何人说话，也没有坐着发呆的习惯。她似乎需要用这些繁重、细碎、杂芜的劳作填充自己的每一分钟，在身体如陀螺一样旋转起来的时刻，思维陷入空白，好忘记从前经历的一切。

偶尔，洗车的客户在等待拿车时闲得无聊，会嬉皮笑脸地挑逗红果说话。毕竟她还是个长相出色的年轻女孩。她眼神幽怨，嘴唇紧抿，苍白面容上有一种令人心疼的忧伤，中年人特别是自视成功的男人尤其愿意为这样的忧伤买单。他们有时候会去隔壁小店里买一杯奶茶，体贴地递到红果手上；有时候干脆脱下漂亮的西装，抓块抹布凑上去帮红果擦车，期待能有个几分钟一亲芳泽的机会。

红果知道不能得罪客户，往往会接下奶茶，轻声道谢，等客户走了转赠某个嘴馋的小工。若是有人帮她擦车，她干脆把工作让给对方，自己躲进店堂的财务间里。她特意留了一头柔顺的长发，披散下来时，可以像屏风一样阻隔她跟外界生物磁场的交流。她的衣服总是素净，以不好看为标准，甚至她在整个白天都穿工作服，那种帆布质地、连身款式的藏蓝色工装。她瘦小的身体装在那样粗糙宽大的衣服里，猛看上去像是她没有发育成熟，还是个不谙世事、羞怯无助的小女孩。

大海特地来洗车店看过她一次。他瞅个冷子，悄声问傅军："真的就这么过日子了？"

傅军笑笑："顺其自然吧。"

大海忧心忡忡："我不觉得她能安心做下去。泰山能搬，本性难移。"

这虽然是一句老话，精辟，入木三分，可是对人性也未免太悲观了一些。傅军希望这世界上多少有一点光亮，能让他分清现实和梦境，能让他努力之后能看见未来。

他们同居，但是没有结婚。不是傅军的缘故，是红果死活不肯。她告诉傅军说，她害怕。害怕什么？为什么害怕？傅军问她。嗯，也不为什么，就是害怕。因为我踢过你一脚？他有心开个玩笑。她的脸越发苍白，苍白而惊慌。她小声说，你应该踢，我那时候太浑。

这句话让傅军又一次陷入自责。没有那一脚的话，有没有可能两个孩子还活着，红果也不是今天的模样？

晚上，在母亲留下的房子里，傅军洗去身上机油和清洁剂的气味，把穿着棉布内衣的红果拥在怀中入睡。不同于之前小凌的丰腴圆润，红果孩子样的乳房和窄小的臀部让他怜惜。他还记得红果之前的模样，娇小但是结实，俏皮的短发，挑染了怪诞的紫蓝色，像孔雀脑袋，脸颊上总有两团消不去的红晕，说话带一点郊区农民的口音，快，急促，劈头盖脸不容人反驳。有两次大头被派出所拘留，她怒气冲冲跑去要人，连哭带闹，只差没有就地躺倒，那股子撒泼劲儿，谁碰上谁头大。那时候傅军嫌她素质差，烦她，现在想起来，那才是鲜活的人世，鲜活的女孩。

长夜漫漫中，傅军的一只手放在她腰间，慢慢抚摸，絮叨些洗车店里的琐事，熟人朋友间的趣谈，甚至延伸到他小时候犯下的大大小小的错误。他不是一个喜欢家长里短的人，说这些是为了引出红果的谈兴。可是她背对傅军，侧身而卧，一动不动，除了稍带急促的呼吸声，没法证明她是睡着了还是醒着。她的思维和形体，每一个脉动每一缕气息，统统都是疏离的、出世的。

傅军没有灰心，他相信时间，相信遗忘的力量，总有一天，他会把她拉回到这个世界上来。

出事的那套房子很不好卖。中介小伙子对傅军摇头说，别的房源一出来，买家都要排队抢，这套不行。不光是这一套，同一单元门内的房子都无人问津。当年出的事情太悲催也太奇葩，买房的人心理上不能接受。他说，要不这样，先撤单，放个几年再说，到人们差不多忘了这事的时候。

红果等不了，她坚持要卖。那房子如同一根硬刺，在她心里扎得太深，一天不拔出来，她就得忍受一天的疼痛。

房价一降再降，便宜到所有的买家都会心动。有一对外地过来的大学生急着结婚，万分惊喜地签下合同，可是回家上网一搜，发现是凶宅，连一万元的订金都不要了，连夜赶去找中介取消了合同。后来又等到一对外地过来打烧饼的，孩子到了上学年龄，拖家带口急着要房，再降两万，那两口子要了。男人说，他们家男孩子多，一窝光喇头，火气旺，不怕。

卖房的钱，打在红果的银行卡上，她攒着。傅军跟她说，钱不能放活期，至少也要买成固定理财的产品，否则缩水太厉害。红果不反驳，但是也没有照他说的做。

傅军有一种感觉，她时刻都处于准备逃遁的状态。她的一切生活用品，不多几件衣服，从来不放进橱柜，宁可每天从拉杆箱里拿进拿出，方便随时拖起来就走。她买菜只买一天的量，护肤品用的都是旅行装，偶尔使用了傅军的钱，当天必须结清还上。哪怕在他们两个做爱的时候，她躺在傅军身下，满头大汗、面颊泛红、牙关紧咬的时候，她的眼球依然是颤动不宁，暴露出她心里的戒备和不安。

傅军很烦恼。他约大海去烧烤摊喝啤酒，说了他现在生活中的尴尬。"她心里太冷。"他说，"火大了要烤化她，火小了暖和不过来，我真是拿捏不好。"

大海抓耳挠腮："我也没办法，老干部碰上新问题。"

"女人都想要承诺，她要的是什么？搞不懂。"傅军转着手里的一个啤酒瓶。

大海拍一下腿："会不会是要钻石？大个儿的？要不买一颗试试去？"

傅军踢大海一脚，责怪他没个正经，不是真心帮朋友解决问题。

大海很冤屈："兄弟啊，我能解决什么问题？干了快十年，我还是小片警一个，老婆都没讨得上。当年抓捕肖红果犯错误，你为主，我为从，你被革职，我记了处分。这个处分一记，从此我升职机会是零！早知道我也跟着你开溜，没准儿现都混成了大老板，兄弟你想要钻戒，我二话不说一张银行卡啪地一拍，多爽！"

傅军想笑，没笑得出来，一只手在大海腿面上拍了拍。

他们闷着头喝酒，拿瓶子当酒杯，敲得叮里咣啷。后来两个人都醉了，红头赤脸，敞了衣服在马路牙子上坐了好久，才勉强能够起身回家。

肖红果怀孕，最早发现的不是她自己，是傅军。傅军先是奇怪冰箱里的辣椒酱怎么消耗得这么快，才买没两天，煮面时又没了。然后他看见她在吃一碗米饭时，眼睛不眨地倒进去小半瓶红艳艳的辣椒，把一碗白饭从上到下地拌成了红海洋，坐在旁边的傅军都能闻到她碗里呛鼻的辣味儿。

"你怎么回事啊？分分钟变成了川妹子？"他笑话她。

"嗯，忽然就喜欢辣了，下饭。"

傅军想了想，放下筷子。"红果，"他说，"你恐怕是怀孕了。"

肖红果满嘴红油，一口米饭在嘴巴里才嚼了一半，腮帮子上鼓着一个半圆形的包，挺直了身板，如梦初醒般地僵坐在那里。

照理说这不该由傅军提醒她，可是很久以来她已经忘记了她是个女人，她还有怀孕生孩子的能力。

她许久不动，也没有说话。片刻之后，她重新端起碗，低头扒饭，快而且急，一口接着一口，囫囵吞咽似的。透过她脖颈上薄薄的皮肤，能看到米饭在食道里上下滑动的节奏。

"红果！"傅军喊她一声。

她不答，依旧埋头进餐。一碗饭下肚，她长出一口气，抬起头，第一次正面盯视傅军的眼睛，说："我要生下这孩子。"

她又说一遍："我要生下这孩子。"

傅军背过身去，用力地憋气，不想让红果看到他的失态。他在想，他现在怎么变得这么软弱，像个娘娘腔的小男孩。小凌怀孕的时候他好像不是这样的，那时候他只有傻乎乎的乐。他老了两岁，却成了一个婆婆妈妈的老家伙。

红果怀孕之后饭量猛增，迅速发胖，下巴丰润起来，脸颊见出红晕，连鼻子尖上都有了肉，亮闪闪的像顶着个太阳。她坐下来记账收钱的时候，喜欢挺直腰背，把墨水笔咬在嘴巴里，手指头笨拙地捻着收据，动作和神情都有一种懒洋洋的惬意，宠物那样的漫不经心。她还喜欢坐在财务间那张牛津布的转椅上，若有所思地望着玻璃门外某一个地方，轻悠悠地把自己转过来，再转过去，小孩子一样乐此不疲。偶尔走过那群打打闹闹的十七八岁的洗车小工，她看他们的目光显而易见地带上了母性，脚步和形体动作都变得很不一样，嗯，圆融？圆润？雍容？从容？傅军小时候语文不太好，想不出一个合适的好词儿。总之，绝不是从前那样的冰寒和刺人。

傅军有事没事都喜欢盯住红果看。给车身冲水时看，打开车盖检查零件时看，蹲着给车轮胎上保护液时也要看。怀孕的女人真是好看啊，就如网络上小年轻们爱说的那句话：她们自带光环，莹莹闪亮。

足月的时候，肖红果在医院里生下一个女儿。全程风平浪静。

她坚持要给女儿起名叫玫瑰。傅军认为这名字过于老古董，听起来像上世纪的姑娘们。红果说："不，我就想叫她玫瑰。"

傅军溺爱地一笑。他抱着猫仔一样红通通的女儿，满足到不能再满足。名字有什么重要呢？叫花，叫叶，叫果子，当妈的高兴就行。关键他有女儿了，他今天是这世上最幸福的人。

玫瑰满月那天，他们给她穿上一件粉红色的针织小裙子，戴了一顶蕾丝边小圆帽，抱着她去区民政局，领到两本大红色结婚证。结婚证上的傅军和肖红果，嘴唇微抿，目光慈爱，同时看向一个方位。那是照相室的左前方角落，那里有个小小的婴儿提篮，粉红色的玫瑰在提篮里蹬腿，挥拳头，打哈欠。

心就是用来碎的

陆丽从邺城都市报的总编辑职位上辞职时，报业集团董事会送给她一只刻有"感谢"字样的瓷盘做纪念。陆丽觉得这只盘子实在太丑陋：光溜溜的白瓷底子上，居然绘上了一大朵俗艳无比的红色牡丹花。把瓷盘从纸盒里拿出来，在一圈同事前当众展示时，她脸上的笑容已经有了点勉强。带着笑容跟大家握手，道别，互送祝愿，同性之间还逐一拥抱。

　　回到家里，她觉得疲惫，把打开的瓷盘的包装重新裹上，拿绳子胡乱一扎，塞进了壁橱空隙。她心里甚至在怀疑报社老总：到底是审美品位太差，还是对她的离职根本没当回事。

　　隔了几天，陆丽从外面办事回家，一进门就发现哪里不对劲儿，站下来，目光从左至右地在客厅里巡睃一遍，明白了，那个丑陋的牡丹花盘子，被钟点工吴姨扒拉了出来，擦拭得艳光四射，拿一个粗糙的木头架子当底座，郑重其事摆放在迎门的矮柜上。

　　"哦，天哪！"陆丽说了一句。

　　人高马大的吴姨赶过来护在盘子前面："小陆你怎么回事？这么好看的东西，就给你扔壁橱了。"

　　"好看吗？"陆丽茫然。

　　"牡丹花，富贵和气，怎么不好看？"

陆丽举起两只手，表示不争吵了，她投降。

吴姨和陆丽之间，仅仅相差了一岁的年纪，可是吴姨身坯高大，陆丽却是体格娇小，站在一起，的确有一点气势上的悬殊，吴姨也就毫不客气地称陆丽为"小陆"。仔细想想，在陆丽周围，无论同事还是亲友，把"小陆"两个字喊得如此理直气壮的，除了吴姨再无旁人。

还在陆丽离婚前，女儿上小学的时候，吴姨就已经到了她家里做钟点工。相处多年，彼此成了家人，陆丽对吴姨自身乃至她的一切行为作态都已经甘之若饴。吴姨喜欢做主，家里买什么菜，用什么清洁用品，空调开多少度，都由她说了算。陆丽本就散淡随和，家事不管更好，乐得让别人操心。连陆丽的前夫林立清，都不能不称赞吴姨，说她是陆丽前世修来的"保护神"。

林立清说这句话，是抱怨还是嘲讽呢？陆丽一点儿也不想弄明白。

吴姨自己很早就离了婚，偏偏对同样离婚的陆丽有那么点不屑。吴姨的逻辑是，她在离婚事件中是主动方，陆丽却是被动方。她老公粗暴、懒惰，下岗之后又迷上了赌博，差点儿连房子都押给了赌友，被她忍无可忍一脚蹬出门去。

"儿子归我，房子也归我，他敢打官司？我连他鼻子都踹歪！"离婚书拿到那天，她挥舞着抹布，在陆丽面前大声宣告。

而陆丽呢，长得好，学问也好，工作更好，却被胖成了猪头三模样的林立清一脚蹬开，那蠢男人连亲生女儿都不要了，跟一个吊梢眼的小寡妇另立门户有滋有味地过起了日子。吴姨为这种事情琢磨很久，有一天神秘兮兮问陆丽："你晓得你男人喜欢人家哪一点？"

陆丽迷迷瞪瞪："哪一点？"

"小婊子天天帮你男人洗脚！"

陆丽说："吴姨你不能骂人。"

"我为什么不能骂？她都把你男人洗到床上去了，我还不能骂？"

陆丽差点儿没有笑出声来："会洗脚也算优点？"

吴姨满肚子的话，表达不清楚，恨铁不成钢地指着陆丽："你呀你呀，枉读了那么多的书，脑子里就是少根筋！"

陆丽还是有点懵懂，理解不了洗脚跟离婚的关系。无论如何，她对林立清恨不起来。有时候，夜半梦醒，透过薄纱窗帘看对面大楼里星星点点的灯光，她会想到很久之前林立清躺在身边侧脸看她的样子，想到他每次出差，拎个箱子出门，侧身跨进出租车，还不忘回头朝她摆手。她的这些回忆，温柔中有几分伤感，昭示了他们的婚姻是一场聚短别长的梦魇。

现在，陆丽又恋爱了。她这回的辞职，完全跟恋爱有关。这个情况吴姨还不知道，陆丽暂时也不想让吴姨知道。

做报纸的人都知道，报社的收入完全靠广告。硬广告不归陆丽管，软广告她能做得几成主。有一回，因为影视剧宣传版面的关系，她被朋友拖着参加了一个文化公司老总仲天明的饭局。见面的一刻，他跟她握手，笑容天真爽朗，显得毫无城府。陆丽明白自己的软肋，她喜欢这种坦诚和松弛的人。她告诫自己要警惕。结果还是不行，一顿饭吃下来，她迷上了这个人的笑容。

中年人的爱情，没有年轻时代曲里拐弯死去活来的周折。仲天明请陆丽几个人去参观他的拍摄基地，当晚安排住附近度假村。晚上 K 歌时，老仲邀陆丽同唱一首山西小调。老仲的歌喉很好，能够游刃有余地托起陆丽不那么专业的唱腔，让她处处感觉舒服。一首结束，老仲轻挽她的肩膀送她下场，说了两个字："谢谢。"

回到房间，还觉得酒酣耳热。老仲领着他的司机，推一辆餐车，挨个房间送冰好的果盘。最后一个送到陆丽房间。老仲留下没走。那是他们的第一次。陆丽已经好久没有享受到如此热烈的爱抚和进攻，她疲惫至极，同时还不可避免地有罪恶感。

但是接下来的几次，她不再做见鬼的道德考虑。她告诉自己，对，我就是喜欢他，就是想要他。她喜欢和他聊工作、报社的事情和他即将投拍的一个电视剧的题材，喜欢他对艺术圈子里同行们精到幽默的点评，还喜欢他在不聊工作时，靠在沙发上圈住她的腰肢，把自己的下巴贴上她的额头，蹭来蹭去……

偶尔她会想到他的妻子，想他在家里是不是也这么对她。立刻她又想，管他呢，她又不想跟他重组家庭，生命中一场美好的邂逅罢了。瞧瞧，她单身，女儿在北京读大学，有房有车，经济独立，根本不需要任何情感之外的凡俗之物。她愿意维持这样一个隐秘的激情的模糊性的格局。

想来，老仲也是吃透了这一点，才能放心大胆地与她交往吧！

一个报社总编，把自己的客户发展成情人，说出来总是荒唐。再有，做报纸的人，一年三百六十天都要守着那几张版面，值夜班、加班加点都是常事，时间上极不自由。而老仲做的那份工作，更让他成了陀螺似的空中飞人，见投资方，见编剧导演，跟各地媒体打交道，首映式站台，电视节亮相，官场周旋……他难得回到家里喘上一口气。陆丽深切地感觉到，这样的忙碌，让他们两个人的作息时间太不能合拍，为了爱情，必须有一个人做出牺牲，所以她毫不犹豫就辞了职，自己把自己解放了出来。

这样的理由，这样的心思，她怎么能对吴姨坦白呢？她怕吴姨指着她的鼻子骂她："小陆小陆！你真是头发昏了！吃错药了！"

仗着很不错的学历和工作简历，陆丽没费太多时间便找到了另外一份工作：一家地方性的纯文学刊物的副主编职位。从主编到副主编，对陆丽的事业是一条下滑线，好处是这家单位弹性工作制，只要不耽误发稿，迟到早退可以，半天上班半天忙自己的私活儿也行。主编是个秃脑袋的北方汉子，一口抑扬顿挫的山东腔，本科学的是行政管理，误打误撞分到杂志社，对付编辑的事务一直都吃力，这回找到陆丽这样的熟手，别提多高兴，领着她楼上楼下一通转，见人就打着哈哈介绍："瞧瞧，来内行了啊，往后好好干啊。"

小楼很小，不到二百平方米，杂志、信件、书籍加上空白信纸信封什么的，一堆一堆叠加如纸山。陆丽小心选择楼道里能下脚的地方，思忖是不是先发动大家搞一次卫生，搬开这些积灰长螨虫的东西。几个年轻人都腼腆，不怎么会说话，有的跟陆丽握手时还脸红。大家的衣着也保守，茶杯基本都是玻璃瓶，桌上用的电脑也是十年前的旧款式。陆丽心里倒是觉得很熨帖：这样的小楼里，就得是这群人待着才合适。

一圈看下来，主编完成了自己的任务，搓着手，眼巴巴地等着陆丽的评价。陆丽满意道："挺好，气息很对。"主编就松口气，掏心掏肺地操着一口山东腔叮嘱她："记住，在咱们这儿不谈经济效益，咱们刊物是有财政补贴的，咱们谈政治，政治正确是头等重要的事。"

陆丽差点儿要笑出来，如今这个社会，办刊物不谈经济效益的话，那简直是上天恩赐的一份闲差。

因为开心，回家忍不住把新单位的事情说给吴姨听。吴姨在拖地，手里的拖把哗啦哗啦地大幅度划拉着弧线，亮棕色地板上现出一个压着一个的潮湿的半圆。

"你听没听啊？"陆丽问她。

吴姨直起腰，皱了眉头，居高临下地看陆丽。"我只问一句，你现在能拿多少薪水？"

"六七万吧，一年。"

"你蠢！"吴姨愤愤地，一根手指几乎要戳到陆丽鼻尖上，"米箩跳进糠箩，就是个作！"

陆丽一点不生气。她承认她是蠢，可是蠢有蠢的幸福，这又是吴姨

226

不能理解的境界了。

梅雨季过后，天气一天比一天热。吴姨天生爱出汗，每天进门出门都是汗流浃背、面红耳赤的样子，仿佛干的是货场搬运工。她的后背永远是湿漉漉的一大片，头发里永远有一股浓重的汗腥味。陆丽体贴她，总是在她上班之前提早把空调开到最凉，而吴姨心疼电费，又总是在进门之后先冲过去把空调关闭。

陆丽说："你不必这样，省不了多少钱。"

吴姨就回她："省一个是一个，谁的钱也不是天上掉下来的。"

陆丽觉得，像吴姨这样一心一意替主家着想的人，现在社会上还真是不多见。

吴姨跟她那个离了婚的男人一样，也是下岗工人。她三十岁那年，厂子关门，领了一笔遣散费，从此开始登门入户做钟点工。她忠心、勤快，做事不惜力，就是粗手笨脚，洗碗会打碎盘子，擦桌子会甩落花瓶，因而一家一家总是做不长久。碰上陆丽，算是前世有缘，陆丽不心疼东西，只心疼感情，吴姨在这个家里总算是舒舒服服安顿下来。刚来那年她儿子还是个鼻涕娃，穿一身肥大无比的小学生校服，鞋子在脚上踢踏踢踏，让叫人，斜着眼睛死活也不开口，气得吴姨抬手就是一个耳刮子。后来读了技校（也是陆丽帮忙联系），学电工，倒是不错的职业，找工作没费大事。现在谈女朋友了，听说在筹备结婚了。吴姨诉苦："要买房子，搬出去住。房子现在是什么价钱？他以为他老娘屁眼里能屙金子？"

陆丽只能笑，没办法接话，因为房子的事情太大，她帮不上忙。

跟这城里的许多同龄妇女一样，吴姨每天晚上都要收拾整齐出门去跳广场舞。名义上是锻炼身体，实际上就是感情需要，陆丽再明白不过。高层次的群体有各种集体休闲，茶会、看展、义卖、出国游，什么什么的，底层群体只能等天黑了穿上花衣服，跳个广场舞。

陆丽从报社辞职后，有段时间空着没事干，吴姨不由分说地拉她去凑了几次热闹，也想把她发展成自己的同盟军。

　　头一回去，陆丽一个动作也不会做，脚底下完全跟不上拍子，比画了两下，坚决地退出去了。眼前的人群还在整齐划一翩翩起舞，陆丽一个人站在黑幢幢的树影里，听录音机反反复复播放着《红尘情歌》《我爱你胜过你爱我》《草原情哥哥》，看吴姨穿一条花俏的阔腿裤，衣长过臀的绿绸衫，人高马大地站在一片矮墩墩胖嘟嘟的人群中，目光专注，神情严肃，笨手笨脚地转身、弯腰、踮脚尖、扭屁股，忍不住无声地笑趴在石凳上。

　　"哎哟，你饶了我，我这人天生没有舞蹈细胞。"陆丽第二天见了吴姨就哀告。

　　"谁天生就会？都是从头学起！跟着比画就行。"吴姨热心热肠。

　　"算了，我腰也不好，怕闪了劲。"

　　吴姨凑近她，热烘烘的呼吸撩得她耳朵发痒："告诉你，真有好男人去跳舞的！前几天有个大学老师……"

　　"吴姨！"她一下子叫起来。

　　"你这人！你是真不懂还是假不懂？"吴姨生气了，悻悻地收住话头。

　　一个月前，吴姨果真在舞场上结识了一个六十岁出头的鳏夫。那几天她满面春风，脸颊泛红，一边晾衣服还一边五音不全地哼着《我爱你胜过你爱我》，让陆丽听得心里直乐。

　　"要吃你的喜糖啦。"陆丽打趣她。

　　"哪有，还早。"她忸怩。

　　一天两个人看完电影后，吴姨招呼也没打，直接把男人带到了陆丽门上。门打开的一瞬间，陆丽看见门缝里挤进了两个头，上面一个是吴姨笑成一朵花似的圆盘大脸，下面的一个，尖嘴猴腮，脑袋只有吴姨的一半大小。陆丽是个以貌取人的人，立刻心里就不爽，行动上也就没那么热情，开了门，点一个头，茶都没让，转身进了书房。

吴姨跟进书房，返身关上门："喂，给个面子好不好啦？"

"你自己的事，我管不着。"

"不是让你把个关嘛，你见多识广。"吴姨眼巴巴的。

"别的先不说，个头就不合适，才到你耳朵。"陆丽说了第一个理由。

"个小饭量少，好养。"

"瘦成杆儿似的……"

"老婆死了，没人做饭吃，饿的，几只蹄膀下肚就能缓过来。"

陆丽无话可说了，情人眼里出西施，搁谁身上都是真理。

第二天吴姨来做卫生，小老头儿又跟过来了，黏黏糊糊的，像巴在吴姨身上的大肉虫，吴姨到哪个房间，他跟着到哪个房间，也不动手，就是往窗台上椅子上一坐，细细碎碎地说些什么话，惹吴姨不断地笑。陆丽偶尔想听一耳朵，看那老头儿给吴姨灌什么迷魂汤，却始终听不分明，老头儿的声音仿佛带着黏性，稠而绵密，把大个儿吴姨撩拨得如同少女怀春。

陆丽终于不能忍受，严正警告吴姨不要再带陌生人进门。

"小陆，"吴姨姿态庄严地发出声明，"要是你真不愿意看见他，那我也只好辞工走人。"

陆丽马上说，她不是这个意思，她只是觉得家里都是女人，突然进来个男人，不合适。

"有什么不合适？他是我朋友，又不是你朋友。"

陆丽觉得吴姨的逻辑真是有问题。但是她不敢就这件事情继续说下去，吴姨脾气倔，她要真提出不干了，八匹马都不一定能把她拉回头。

幸运的是，吴姨自己发现了不对。大概是在一周之后吧，吴姨进门

229

时，身后意外地没有跟那条尾巴。陆丽正诧异，吴姨主动开了口，说她跟那个死老头吹了。

"他领我下馆子，总是不带钱！不是忘了就是皮夹子被人扒了。哪有这种小气鬼！我以前那个，离婚那天卖了手机还晓得请我吃一顿。"

陆丽长出一口气，立刻觉得浑身都轻松，窗外的阳光都明艳而动人。她告诫吴姨，以后再找男朋友，千万不要在广场舞伴里找，混在舞群里的男人，八成都是为了钓女人。

吴姨轻蔑地哼一声，也不知道她是同意还是不同意。

仲天明从北京回来，打了电话给陆丽："出来吃个饭吧，就我们两个。"

陆丽慌慌张张地开衣橱，挑衣服，一件一件看过去，总没有最合适的那一件。先挑了一件带蕾丝的米色丝质衣裙，镜子前面连转几个身，觉得太隆重，显得自己太当回事；又挑一套暗色碎花的连身裤，穿上却似乎太娇俏，故意扮嫩一样。选到最后，还是淡灰色牛仔裤，配一件带花边的白衬衫，脚上是经典小白鞋，青春、低调、不浮躁。

老仲开车接了她，偏头细看，赞许道："这套衣服适合你。"

陆丽盈然一笑，心里受用。

开车途中，逢红灯等待，老仲就自然而然地伸过一只右手，放在陆丽左边的大腿上。陆丽感觉到那只手心的温度，微微地灼人，又不至于让她烫得受不了。她侧头看他，他也扭过头，迎向她的目光。两个人同时都笑，气氛舒适而又轻松。

去了一家相当市民化的龙虾馆，因为这个季节吃龙虾最当时。食客很多，都是三五成群的，衣着随便，说话高声大嗓，啤酒一点就是一箱，情绪彼此感染。陆丽对龙虾本身没有大兴趣，对老仲的选择倒是很欣赏，起码说明他不装，实实在在的一个人。

吃龙虾的规矩，不论斤，论盆。老仲没有征求陆丽的意见，上来就要了一盆蒜蓉的。"不会吃的要十三香，会吃的要蒜蓉。"老仲偏头告诉陆丽。

陆丽对吃是外行，也没有态度，基本上老仲的喜好就是她的喜好。对于这一点，开始的时候老仲甚至有惊喜，因为他之前接触过的女人们，个个都自我，太把自己当回事。

老仲先动手给陆丽剥了一只虾，看着她吃下去，才点点头。接下来他说了一句："龙虾要自己剥的才有味。"扔给她一双薄膜手套之后，自顾自酣畅淋漓地吃起来。他不愿意戴手套，说是太碍事，很快弄得满下巴满手指都是浅黄色的油汤汁。汤汁攒到盈盈欲滴时，倒行逆施地沿了他卷好袖子的手腕往手肘方向淌，一条迅速生长的肥硕蚯蚓一样。他扎撒着十根手指，没法拿纸去擦，干脆把嘴巴凑上去，吸溜一声舔干净。

陆丽抿着嘴，笑得肩膀直耸。

老仲跟着笑，说："我是个野蛮人。"又说："吃龙虾就不能怕难看。"

吃完饭，照例回陆丽的家。陆丽一向不习惯在酒店开房，她说开房的感觉不好，像妓女，而且总觉得有人会破门而入，弄得她无端紧张。

老仲笑话她："你紧张个什么？又不是党员干部。"

陆丽想了想："做新闻久了，职业病？"

老仲自嘲："也好，省我的钱。"

有一次陆丽带老仲回家，时间上算得太紧，吴姨刚干完活儿从小区出门，陆丽坐在老仲车上，远远看见吴姨骑着自行车飞一样过来，赶紧矮下身，躲在椅背后，心跳了好一阵。事后想想，她觉得自己有点莫名其妙，单身女人谈恋爱，正正当当的行为，她有什么自惭形秽的！

在这方面，她还真是不如吴姨。

到了家里，先开热水，两个人轮番冲了淋浴。身上的蒜蓉味太大，陆丽又有点轻微的洁癖，不洗个澡上床，陆丽连自己都接受不了。

231

空调温度开得恰到好处。莫代尔的床品柔软舒服。陆丽和老仲虽然都是人到中年，腰腹倒还没有臃肿，皮肤摸上去也还紧绷滑腻。躺上床，没有年轻人的生涩和慌张，一套熟悉的程序，从抚摸开始，慢慢地渐入佳境，呼吸急促但并不紊乱，目光有醉意，皮肤烫手，额头和脖颈薄薄的一层汗。

先是老仲在上面做了一次，休息片刻，喘匀了气，陆丽又默契地翻身上去，努力地做了一次。

两个人都觉得够了，很美好了。

然后就躺着，陆丽小小的脑袋枕在老仲结实的胳膊上。胳膊其实太硬，接触面小，仰面朝天时顶着后脑勺，侧身而卧时又硌得耳朵疼。可是胳膊和枕头绝对是不一样的两种物体，这是人生的不同层次，肌肤接触才会换来灵魂的交融和认可。

放松地躺着，说一些恋爱之外的事情。陆丽的意识时不时会滑到林立清身上，回忆年轻时候做爱的感觉有什么不同。滑过去之后，有一瞬间的出神，很快她就惊觉，思绪又拉回来，带点歉意地找话跟老仲聊，问他这回要投拍哪种类型的电视剧？到北京搞妥拍摄班底没有？导演是谁？男一号期望找到谁？老仲说到电视剧心里就有些烦，感叹这行当真是越来越不好做，抗战剧拍烂了，谍战剧创不了新意，伦理剧卖不出钱，穿越剧限制拍摄，玄幻的抓不住中老年观众。

"那你们要做的到底是哪种呢？"

"弄个国安题材的试试水……"老仲含糊应着，因为刚刚付出太多，人有些疲惫，说话间眼睛已经迷蒙起来，很快头一歪，响起了细细的打鼾声。

陆丽轻轻把脑袋抬起来，移到松软的枕头上。耳边鼾声轻柔舒缓，可是她却无法熟睡。

女人一痴情，脑筋就变坏。陆丽换了工作之后，空闲时间多，有兴致琢磨事。单位里的年轻人三句话不离买房子，如何贷款，从哪儿凑首付。上下班开车，电台里的消息全是楼盘涨价，土地价格拍出新高。陆丽受感染，开始盘算要把现在正住的房子卖了，换一套距离老仲家更近的，方便他来回。眼下的格局，老仲家住城东，陆丽住城西，一个来回，两次跨越全城，耗时间不说，精力上也是浪费。

陆丽的房子还是之前林立清手上买下来的，三室一厅，标准套型。离婚时林立清是过错方，房子自然归了陆丽母女俩。如今女儿出去上大学，房子立刻空得很豪华。仔细看，虽说装修已经不那么时尚，保养却好，亮点也突出，是响当当的学区房，这就值了大价钱。女儿刚满二十，第三代还遥遥无望，学区房对陆丽没有实际意义，换一套城东高档小区的新房，不说有剩余吧，贴钱是完全不必，光这一点就有操作空间。

陆丽当过几年报社总编辑，决断力说不上，执行力还是锻炼出来了，思考几天之后，说干就干。拣一个不那么闷热的上午，不需要看稿校对，杂志出版的空档期，她翘了班去城东一带看楼盘。

也没有什么明确目标，事先在手机上存了几个地址和楼盘名称而已。有的楼盘是口碑爆棚，有的纯属广告做得诱人，还有的，陆丽的朋友已经入住，做过推荐。不过朋友入住的陆丽不考虑，她现在的情况，恨不得逃往无人之境尽享二人世界，哪能允许有朋友见证和参与？就这么开着一辆车随意兜，随意看，渐渐地进入山脚一大片葱茏之地。眼前花木扶疏，蜂飞蝶舞，环境宜人，却因为离城稍远，人迹稀朗。楼盘的样板间已经开放，实景却在建造过程中，工地用临时景观带封闭起来，虽然机器轰鸣噪声刺耳，倒还井然有序干干净净。就这一点让陆丽顿生好感，凭经验，管理到位的楼盘绝对是好楼盘。她于是停了车，整理衣裙，小皮包拎在手里，闲闲地走进售楼处。

没有想到，外面看起来冷冷清清，一踏进售楼处，里面却是热气腾腾，完全不同的两个世界。忙着看房的人们三五成群，有围着售楼小姐急切询问的，有拿着计算器与家人热烈讨论的，也有撅着屁股趴在沙盘模型上，恨不能拿放大镜把每一个细节都研究透彻的。

陆丽走进去时，并没有工作人员上来左右包围，不知道是她看起来不像如狼似虎的目标客户，还是这段时间房子太好卖，售楼小姐傲气冲天，对于她这样不期而至的潜在消费者已经懒得搭理。

陆丽独自一人，随遇而安，慢慢踱过去，看墙上的规划图、房型图、各种房屋设施品牌供应商的名字、有关售楼许可证、装修资质证书，等等。一圈看下来，发现楼盘不大，却是空间疏朗开阔，附近有公交有地铁还有大超市，基本生活没问题，心里先有了几分满意。她远远地瞄了一眼沙盘，感觉一时挤不进去，便索性转悠到人堆里，想听听别人的议论。

结果，完全没有准备的，她在一片黑乎乎的脑袋之上看见了吴姨儿子的面孔。

吴姨长得高大，生个儿子也高大，一米九的个头是起码的，这就让他站在人群中有点鹤立鸡群的意思，醒目，一眼就看得见。年轻人此时低着头，脸上的神情带点谦恭和巴结，在跟他旁边的老妇女说话。不知道怎么，下意识的警觉吧，原本散漫的陆丽瞬间心头一凛，想到了吴姨，觉得应该替她留个心眼儿。

她把别在额发上的墨镜抹下来，戴好，简单地遮个面，从人群背后转过去，迂回到另外一侧，刚好看清楚年轻人对面的一对母女。女儿应该就是男孩的女朋友无疑了，二十出头，眉眼算是俏丽，淘宝货的衣服穿着也还时尚。母亲的年纪跟吴姨相仿，模样整个就是女儿的中老年版，头发紧紧地在脑后挽个髻，一双眼睛小而聚神，透着一种小城市妇女的精明强势。

"八十？八十怎么够？我们老夫妻将来是要过来住的，不然宝宝哪个带？现如今还不是生一个，是两个！两个宝宝哦，想想看。"

母女俩原来是外地人，好像安徽一带的口音。母亲的语速很快，张力十足。

讨论的当然是房子面积。那么，决定下来要买了吗？这么高档的楼盘，得掏多少首付？谁掏？贷款怎么还？还有，吴姨知道这事吗？

短时间内，陆丽的心里已经替吴姨翻了好几个跟头。

"八十还不够哇？"年轻男孩的声音有点发飘。"要多大？一百？"

他显然是把牙齿咬了又咬。

"要我说，买就买一百二十，三房两厅，一步到位，下回再不烦。"准岳母的指示明确简洁。

陆丽心里惊叹：还想有下回！

小女友适时介入，扭动肩膀，两手抱住男孩的胳膊摇晃："一百二十的吧，我妈的话没错啦。"

"那个……还不一定能抽到签……"男孩嗫嚅。

准岳母的脸就沉下来："多拿几个身份证，怎么就抽不到？"

小女友鹦鹉学舌："是啊，怎么就抽不到？"

"啊，也说不定……不过……我妈的房子卖了付首付的话……"他抬眼，居高临下地用目光寻找售楼小姐，大概是想请对方重新做一遍资金核算。

陆丽怕被发现，赶快低头退出人群，逃一样地出了售楼处。

回家，在电梯里巧遇了吴姨。她刚刚撅着屁股把一盆制作粗劣的鲜橘色的塑料红枫拖进去，一转身看到陆丽，开心起来："多巧！搭把手哎。"

陆丽按了楼层指示灯，顺手摸一摸硬邦邦足有手掌大小的假枫叶，再抬头，发现这棵树真是有足够的气派，褐色树干比她的胳膊要粗，庞

235

大的树梢几乎擦到了电梯的天花顶。

"谁家要这个?"陆丽问。

"你呀!"吴姨笑嘻嘻地说，"你这人跟绿植犯冲，养了多少盆都不活，还是这个好，不浇水不添肥，天天有的看。"

陆丽立刻脑补了一下家里放上这棵红枫后的喜洋洋的场景，感觉自己都要哭了。

吴姨继续表扬自己:"我借了个三轮，专门到银桥市场拖回来的。那人要一百，我还价还到七十。七十块啊，这么大一棵!"

陆丽一声不响，琢磨着要往哪儿安置这个庞然大物，如果拒绝入户的话，吴姨又会是什么表情。

电梯门开了，陆丽跌跌撞撞帮着吴姨把枫树拖到家里。吴姨自作主张要放在客厅沙发旁，说这个位置看起来最气派。陆丽这回死活都没松口，在门背后的角落里腾出块地方。她心想，还好要准备换房子，到时候总有抛弃的理由。

想到房子，又想起售楼处里的那一幕。她试试探探问吴姨，儿子结婚的事情是不是还在进行中?吴姨拿一块湿抹布，踮脚擦着红枫叶子上的灰尘，随口答:"我不管，家里存折都交给他了，怎么折腾是他的事。"

陆丽就不忍心再说下去。

天热，吴姨的后背湿了一大片，汗味浓重。陆丽赶紧去开空调，给家里降温。

陆丽新到杂志社，总觉得应该表现一下，给主编和员工留个好印象。

一家地方性的文学杂志，又是财政供养的，活动空间就小得可怜，无非找家企业出钱，搞一两个"××杯"大奖赛而已。陆丽去向主编请教，主编正忙着签几张出差发票，想了好一会儿，兴味索然地告诉她，搞活动也可以，他支持，不过要提醒在先，真是没什么大意思，化缘的滋味不好受，喝酒喝得翻肠倒肚，也就拿张几万块钱的支票。再说了，地方刊物，奖金再高，能拿到谁的好稿子？勉强评出来，自己都看不过去。

主编对她倒是掏心掏肺，不过陆丽还是想做。有句话怎么说来着？没死就得喘口气。

老仲去了一趟欧洲，似乎是为一个电影电视节的事，他有一部电视剧要参展，想卖国际版权。回来后见陆丽，送给她一件礼物：一只"宝格丽"的手镯。

陆丽对奢侈品牌不精通，上网一查吓了一大跳，这只手镯的价格差不多过十万。

她给他打电话："我能不能卖了它？"

"不喜欢啊？"老仲笑呵呵的。

"不是。太贵重了，我戴不出去。卖了它，我搞个小活动，打你公司的名字。"

老仲问她要搞什么活动？她回答说，征集"微电影"剧本，评奖。"微电影"现在很时兴，自编自导自演，门槛低，好上手，年轻人都喜欢。杂志需要吸引年轻读者。

老仲马上表态，说这个活动他感兴趣，要投多少钱，弄个预算，他来掏，前提是得奖的剧本版权都归他。

陆丽没料到，就这么一个电话，经费有了着落。想想，有钱还是任性。再想想，好像老仲也不吃亏，这年头做事情，创意为王，无论大赛中发掘出来的是好构思还是好写手，老仲的投资都能翻上几个跟头。

钱是润滑剂，钱一到位，一切都滑溜溜地转起来。征集稿件阶段，开头一段日子每天收到的作品以个位算，很快就上了十位数，看稿编辑们开始叫苦，毕竟这是他们正常编稿之外的额外任务。再统计一下，参与群体中，高中生居多，其次是在校大学生，可见年轻人当中文艺情怀还是有。有人甚至送来了拍好的微电影，参与热情高得过分。陆丽不得不亲自上媒体做了说明：他们是纯文学刊物，不是影视制作部门，只评剧本，不评拍摄成品。

主编没料到赛事这么火，心情大好，笑眯眯的，穿着一件印有网站广告的老头衫满编辑部乱串："好好干，咱不蒸馒头争口气，让领导看看，小刊物也能红透透！"

陆丽忙了起来，仿佛又回到了当报纸总编辑时候的"陀螺"状态。她浏览每一份来稿。有的高中孩子不习惯电脑写作，寄来的是作文纸，蝇头小字写得密密麻麻，年轻编辑们不耐烦看，信封口一开就扔到一边去。陆丽见到了，总要捡起来，打开那几张皱巴巴的作文纸，眼睛里过一遍才放心。她总觉得天才就在这些勤奋又稚气的孩子中。

有一天她读到一个微剧本，名字很朴实，叫作《蓝花营》。才读几行字，就觉得放不下。读完，心里竟有通电的感觉，麻酥酥的，有细细的浪头一波一波在周身荡漾，舒适，又温润。

一个好女孩，交了一个男朋友，一年后男友劈腿了，她悲伤到只想好好作践一下自己。她在街上随便抓了一个男孩，跟他激吻，进而求爱。男孩看着她的眼睛，认真地考虑之后，让女孩跟他走。冬天，下着雪，天寒地冻，他们坐了很远的地铁，又倒了一次班车，到了一个名叫"蓝花营"的郊区小村镇。男孩在地铁上给女孩买了一支很美的玫瑰花。等车时风太大，他解下自己热乎乎的围巾，贴心围到她的脖子上。女孩死活不肯告诉男孩她的名字，男孩便沉默，什么都不再问。天很晚，他们才进到一座乡村小屋。屋里的人都已经睡熟了。男孩说，屋主是他的叔叔，他是孤儿，从小被叔叔一家收养的，所以，他爱的女孩，要带回叔叔家才对。女孩此刻崩溃了，她原本只想跟男孩约个炮，奈何男孩子人这么好！她放弃求爱，疲累地钻进被窝，只想睡个温暖的觉。男孩温柔地拥着她，在她耳边说，睡吧睡吧，一切都会好，我会永远陪在你身边。

一个文艺范儿的微剧本，差点儿让人到中年的陆丽中了毒，也算是出手不凡。陆丽不能不佩服现在的年轻人普遍比他们那一代有才华。

这部《蓝花营》，终评时果然被评为一等奖，奖金一万元。剧本在刊物全文发表，陆丽还锦上添花地加了一段"编者按"，不吝言词地盛赞了一番。主编跑过来问陆丽，作者何许人？陆丽说，剧本是电邮过来的，用的是网名，似乎是外地的一个大学生。主编喜不自禁："这么说，咱这刊物名扬外地了？"

陆丽把七八个获奖作品拷贝了一份，打一个文件包发给了老仲。她同时打个电话给他，很兴奋地强调说，赞助的钱没有白花，这些剧本中肯定有几部能够成气候。

过了两天，老仲发一条微信链接给陆丽。打开看，是"腾讯视频"中一个十五分钟的微电影，加拿大人拍的，片名是《郎布兰奇》。陆丽才看两分钟，觉得似曾面熟。往下再看，她气昏了，这不就是《蓝花营》的英文版吗？"郎布兰奇"是加拿大地名，"蓝花营"是中国地名，除此之外，这个获奖的小伙儿连剧中公交汽车的线路号都懒得改一个。

她呆呆地坐着，初秋天气竟觉得浑身发冷。伸手拿茶杯，手抖，拿不住，水洒了一桌子，差点儿把手机泡进去。

她给老仲打电话，声音里都有了哭腔："怎么是这样？"

老仲语气轻松："不奇怪呀，偷创意嘛，我们做书做剧本常碰到的事。"

她咬牙切齿："老仲我跟你说，他这个坑挖得太大了，我这会儿连杀了他的心都有。"

"别呀，陆丽。"老仲轻松地劝她，"人太脆弱了可不行，谁一辈子

239

碰不到几个坑啊？跳下去了爬上来，拍拍灰，你还是你。这社会就这样，你骗我，我蒙你，谁跟谁都别提道德两个字。算了，别怨年轻人，怨我们自己污脏了环境吧。"

陆丽心里的这道坎却是怎么都过不去。周末思考了两天，周一上班她就找主编，负荆请罪，要求辞去副主编的职务，只当普通编辑。

主编脸色灰灰的，也不知道是不是在领导面前吃了批评。他对陆丽叹气："做人难，做刊物更难！按理也不能全怪你，还是咱们对新玩意儿了解少，知识结构陈旧了。可是咱这回的乌龙摆得太大，一巴掌不是把脸打肿了，是打歪了，鼻青脸肿都无法见人了！总得有个承担责任的是不是？委屈你……"

陆丽在编辑部，有很长时间都不好意思主动跟大家说话。她低头上班，埋头看稿，变成了一个超级谨慎的人。而且，只要看到文字不错的好稿子，就怀疑是抄的，不干净。她知道自己是作下病了，还担心发展下去自己会连编辑都做不成。

无论天气有多热，吴姨坚持每天晚上去跳广场舞。她又结识了一个小她两岁的男人。起因是这样：那天她跳得浑身大汗，走到旁边去拿石凳上事先备好的矿泉水，天黑，路灯昏黄，她渴得厉害，没细看就抄起一瓶水，咕咚咕咚灌下去。这时旁边一个站着的男人小声说："大姐，这是我喝过的水。"

吴姨大窘，抬起衣袖擦嘴边的水迹，一边连声道歉。

那人说："没事大姐，我没传染病。"

吴姨告诉陆丽："你猜怎么的？就这么一句话，奇了怪了，我就觉得这男人是我的。"

陆丽抿了嘴笑："人家是一见钟情，你们是一句话钟情。"

"可不是？那会儿天黑，我都没看清他长什么样。"

两个人那天坐在石凳上聊，东拉西扯，其实说的都是双方的情况。男人姓赵，外地人，老婆有点精神病，有一天糊里糊涂就掉水塘里淹死了。儿子有出息，从小到大都是第一名，读完了研究生，在这城里有了工作。他把老家房子卖了，给儿子付首期，附近刚买下一套二手房。没了祖屋，他也只好跟过来，工作嘛是找不到了，给儿子当个保姆，一天三顿饭伺候好，也算是尽了责任吧。

这老赵有一绝，会烧菜，一道粉蒸肉做得尤其好，喷香，入口即化，谁吃了都会竖大拇指。老赵三天两头用个饭盒把烧好的鸡啊肉的带到舞场，当着一众舞友的面，殷勤地将筷子递到吴姨手上。吴姨这辈子都是伺候人的命，爹妈活着都没有这么宠过她，哪里经得起这种惊天动地的阵势，两人很快好到了谈婚论嫁的地步。

陆丽作为旁观者，直觉到这里面是有问题的。老赵屈居儿子家，等于是儿子的房客，终归不是长久的事。而吴姨的房子，因为儿子成婚在即，也是朝不保夕，就不知道吴姨自己察觉没察觉。倘若吴姨结婚，他们会住在哪个家呢？两个儿子哪个会收留他们呢？

陆丽心里替吴姨捏着汗，还不便说明白，只能时不时地泼一瓢冷水。至于吴姨会不会被点醒，那是她自己的命。

吴姨也有趣，跟老赵的关系迅速升温后，又情不自禁地把他带到陆丽家里来了。大概在她的思维里，她喜欢的，陆丽也应该喜欢，就这么简单。

倒是这回这个老赵，跟吴姨前一个男友的行事风格不一样：那个矮老头儿是寄生类型的，黏在吴姨身后只说不动手；老赵却勤快，一进门就挽袖子，乐颠颠地帮忙吴姨做下手。一个人擦地，另一个赶紧洗拖把，一个人抹窗户，另一个立刻搬凳子，配合得那叫一个默契。

陆丽观察几天，感觉老赵真不像是个吃软饭的人，就委婉对吴姨提出来："你要是打定主意要跟他过日子，双方财产家庭怎么安排，事先要

241

谈好，而且早谈早好。”

吴姨很吃惊地看她："不会吧？你也跟我那些老姐妹一般世故了？真要结了婚，两口子之间什么不好商量的？"

"终归你们都有儿子……"

吴姨一拍手："儿子还管得着娘老子的事？他反了！小陆我跟你说，儿女千好万好，抵不上老伴儿一半的好，将来一结婚，他们过他们的日子，我们过我们的日子，井水不犯河水。真的，世事就是这个理。"

陆丽就不知道怎么往下说了。女人爱昏了头，那真是刀山火海都敢跳。其实在跟老仲的关系上，她自己还不是一样。

不过吴姨总算是有眼色的，知道陆丽不看好她跟老赵的事，也就不再把老赵带到陆丽家里来了。只是老赵一不来，她情绪就不高，做事毛躁，弄坏了一个橱柜门不说，还自作主张地缩短了工作时间，进门就急急忙忙地做，做完便急急忙忙地走，火急火燎的样子。陆丽有点怀疑，她那个老赵是不是就坐在小区楼下某张长椅上，伸长脖子等着他的女朋友。

陆丽多少有点内疚，对不起吴姨似的。所以，有一次，吴姨对她抱怨这城市里的人都欺生，害老赵年富力强的人死活找不着一份工作时，陆丽脑子一热，答应了替他帮忙。

吴姨第二天就带来了老赵亲手做的粉蒸肉，无论如何要陆丽尝一口。那天她卫生也做得格外认真，汗流浃背地把家里所有的玻璃窗都擦了个通明透亮。

唉唉，恋爱中的女人啊！陆丽跟老仲通电话的时候，忍不住感叹。

老仲开她玩笑："你不也是恋爱中的女人？说句实话，你对我，有没有吴姨对老赵那么好？"

陆丽心里说，我怎么不够好？我为你已经换了工作，还想再换房子，还要怎么好？但是这话她当着老仲的面不肯说。陆丽这种人，有些事情是宁愿在心里憋烂，也不会公之于众的。

老仲问陆丽，那个老赵找工作的事，要不要他来安排？陆丽略略一想，还是谢绝。她是他的情人，不是他的负担，这个区别如果她不能分得很清楚，两个人之间也许就没得玩了。

她去找了前夫林立清。老林有公司，安排个把人不是很难的事。林立清这方面倒是大度的，听说是吴姨在求他，马上说："值夜班看仓库行不行？行的话，让他明天来。"

回家，喜滋滋地告诉了吴姨。吴姨感慨："你说你！老林对你肯定是旧情难忘啊，你怎么就不思回头呢？"

陆丽淡淡地说："两回事。"

过了几天，陆丽问吴姨："怎么样啊？老赵那个工作？"

吴姨把洗过的茶杯一只一只倒扣在滤水盘里，头也不回："有工资，有夜班费，不挑担子不晒太阳，他还想怎样？"

"情绪不高啊，你。"陆丽开她玩笑。

吴姨把抹布狠狠地扔在水池里。"白眼狼！"她说。"打了三个电话，都不肯见我一面，白天说要补觉，晚上说正上班呢，搞得比国家总理还忙乎。"

陆丽说："也正常。才上班，总要有点表现。"

吴姨喜欢陆丽替老赵说好话，抱怨立刻改成心疼："唉，天天捞不到睡夜觉，也一把年纪了，晓得撑不撑得下来呢。"

陆丽心里暗笑，觉得吴姨人高马大一个老阿姨，恋爱起来照样也是小女儿态，实在可爱。

周日，吴姨照例休息一天。周一来上班，一开门看见陆丽在家，赶紧转身低头，目光拐着弯儿不肯跟她对视。陆丽好奇，追着吴姨找她说话，才发现她脸上有两道新鲜抓痕，一道从眉梢到耳垂，另一道掠过脸颊直飞发根。

"怎么回事?"陆丽大惊失色。

吴姨终于爆发:"老赵那个挨千刀的!我咒他出门撞死,睡觉憋死!"

原来老赵在老家有个姘头,自从他卖了房子进城,没钱也没心情,两个人就断了。前两天姘头听说他找到工作,竟然从老家赶了过来,两个人旧情复燃,居然在仓库里过起了小日子。吴姨找上门去,那女人穷凶极恶,上去两把就抓破了吴姨的脸。

"我也没放过她,打得她不轻。"吴姨气咻咻地补充。

陆丽找了碘酒棉花棒,给吴姨消毒上药,顺便第二次告诫她:"接受教训吧,我还是那句话,舞场上的男人不能碰。"

吴姨余怒未消,盯着陆丽,要她再去找林立清,把那挨千刀的从公司里开掉。她不能接受那人得了她的好,却卖乖卖到了别的女人身上。

陆丽嘴里答应,迟迟没有行动。这事她怎么跟林立清开口?

秋风乍起时,老仲派司机给陆丽送来一盒阳澄湖螃蟹。打开看,冰袋之上,共有四公四母,公蟹总在半斤左右,金毛白腹,只只体格强壮,虽说被绳子五花大绑不能动弹,嘴巴里始终在不甘示弱地吐着泡泡,表达某种对于困境的愤怒和绝望。

陆丽打电话给老仲说,八只螃蟹,她一个人怎么对付?老仲命令道:"煮了它!回头我去帮你解决。"

老仲下班后果然就赶来了,就手还带了姜,带了醋,带了一瓶上好的法国红酒。

此时陆丽已经把螃蟹洗干净,蒸在锅里。切好姜丝,备了一小碗姜丝醋,醒好的红酒倒进玻璃杯,擦手纸什么的统统准备好,然后熄火开锅。刹那之间满屋鲜香,热腾腾的蒸汽中是正宗阳澄湖螃蟹才有的肥腻的膏腴之味。

老仲满意地嗅嗅鼻子:"嗯,闻味儿就知道错不了。来吧,开动!"

老仲问陆丽喜欢吃公蟹还是母蟹？陆丽回答说母蟹。老仲大喜，说他正好中意公蟹，公蟹有膏，蟹膏比蟹黄更肥美。"你尝一口试试！"他掰开一只公蟹的壳，把白花花的一坨蟹膏送到陆丽嘴边。

陆丽却不过，少少地抿一口，推说太腻，让老仲只管吃他的。老仲便不再推让，大刀阔斧，先卸了螃蟹的腿脚大钳扔在一边，然后拿拇指甲当工具，推出蟹壳里的脂状膏体，一口吞进。丢下空蟹壳，再对付肉质饱满的蟹腹，掰开，提纲挈领地嚼了一遍，吐出渣渣，大致完事。整个过程，三下五除二，干脆利落。

陆丽看得呆了，说："从前上海人带一只螃蟹上火车，从上海吃到北京。你倒好，两分钟消灭一只，白糟蹋好东西。"

老仲已经拿了第二只螃蟹，撮着嘴唇呼呼地吹气，一边倒手，一边笑答："那是段子，说了几十年了，你还信？"

陆丽索性不再动螃蟹，只拿了老仲扔下的蟹腿，慢慢地咬，吮。她觉得看一个男人在身边狼吞虎咽，比自己享受更来得有趣。

两只螃蟹下肚后，老仲的速度明显慢了下来。毕竟是高蛋白的东西，有两只垫底，需求的迫切性立刻下降。

陆丽劝他："螃蟹大凉，你喝点酒最好。"

老仲摆摆手："你喝，我陪你抿两口就行，一会儿还要开车回家。"

陆丽说："忘了告诉你，我在城东山脚下看中了一套房子。我想把这套房子卖了，搬到城东去住。"

老仲停下手，抬头环视周围："为什么？这房子挺好，景观装修都不错。"

陆丽脸烫起来，笑，眼睛亮晶晶的，带着羞涩，又有点娇嗔。"那个，嗯，换一套离你家近的，下回你要是喝了酒，不开车，走着回家也方便。"

老仲把手里那只已经掰开的螃蟹放下来，看着陆丽，好一会儿之后，说:"别换了吧，我下个月就不住城东了。"

"啊?"陆丽张开嘴巴。

老仲歉意地拍拍她的手:"忘了告诉你一声，我已经在南郊卧龙湖买好了别墅，下个月搬家。"

陆丽说不出话来。两个人一时都沉默。

片刻，老仲解释:"也不是不想告诉你，这事是这样的，说买就买了，都没怎么考虑，原来的房主要移民，急卖，精装修的房子，一切都现成，人家一天没住过，我算是捡个漏。"他用膝盖在桌下碰了碰陆丽的腿:"怎么啦? 生气了?"

陆丽把腿缩回，蜷到一边去。不知道为什么，她现在对螃蟹的腥味敏感起来，有一点点反胃，要吐。

从那天之后，陆丽和老仲之间的电话慢慢地稀少，通话内容也渐趋平淡和家常，不像情人间的呢语，像普通朋友关切问好。陆丽无论是拨过去，还是从老仲那里接起来，感觉都消失了从前的兴奋、脸红、潮热及肾上腺素瞬间升高的快感。

她开始为自己悲哀，毕竟不是年轻时候，想爱都不能爱了。如此说来，爱这个东西还是需要资本。

老仲搬家时，她去德基广场挑了一个范思哲的摆盘，经典的美杜莎头像，边上是一圈缠绕交错的阿拉伯线条，镀金装饰，奢华，又足够深沉典雅。她请店员仔细打包，快递送到老仲的办公室。

老仲发来微信，写了两个字:喜欢。

陆丽回他:一点心意，新居安康。

老仲又回:收拾好了请你去玩。

陆丽打个笑脸:谢了，不太方便。

老仲的电话拨过来，边大笑边责怪她:"怎么回事啊? 微信写来写去，累不累？我们之间用得着这样？"

陆丽也笑："还不是你开了头？"停了停，又说："觉得这样沟通也好，大家都没负担。"

老仲沉默半天，低声说了一句："陆丽，有点对不起你。"

陆丽尽量把语气放得轻松："别这么想，一切都好。"

可是电话放下来的时候，陆丽忽然捂住脸，哭得双肩抽搐，无法抑止。

中秋刚过，有一天吴姨在该来的时间没有来。陆丽走到窗口往下看，惦记着别是她路上出了什么事。手机忽然响了，她瞄了一眼，是吴姨，赶快接通。

吴姨的声音异乎寻常地虚弱，喘气也短促，告诉她说，在医院呢，被儿子这个混账东西推倒，断了两根肋骨，要请一段时间的假。

陆丽大惊，急切问她是怎么回事，儿子怎么会推她。

吴姨叹口气："还能是什么事？房子惹的祸呗。"

陆丽开了车，急急忙忙往医院赶，电梯都等不及，三步并作两步地爬上三楼骨科病房。

吴姨那个一米九的儿子，两手抱了脑袋，孤单单地坐在病房外，一副闯下大祸后的失魂落魄样。陆丽走过时，他嗫嚅地站起来，似乎想跟陆丽解释和说明，陆丽理也没理他，匆匆而过，让小伙子越发惶恐。

吴姨在病床上平躺，脸色焦黄，也不知道身体和心哪样更疼。

"太不像话了，简直畜生！"陆丽上来就帮吴姨开骂。

吴姨倒还平静，摆摆手，说儿子也不是故意的，他是吃了秤砣一样铁心要卖房子，她呢又不让，抓着房本死活不松手，儿子多有力气啊，蛮干了，上来动手抢，一不当心把她推到矮柜上。她当时只觉得胸口闷得喘不上气，儿子赶快把她送医院，片子一照，肋骨断了两根。

"唉，也是老了，不经事了，没在意的工夫……"吴姨感慨。

陆丽掀开被单，看她缠紧纱布的身子，差点儿要落泪:"再怎么说，他是你儿子!"

　　吴姨摇摇头:"我倒是想通了，当时不该跟他抢。生了他，养了他，你还能看着他一辈子挂单，为套房子结不了婚? 小陆我告诉你，人生一世，心就是用来碎的。"

　　陆丽不说话，只是紧紧握住吴姨的手。她想，一点都不错，心就是用来碎的，到最后，还是吴姨说了一句接近真理的话。

行到水穷处

（创作谈）

写短篇我是新手。

不不，准确一点说，是多年生疏之后寻摸着重新入门的那样一种人。

回想四十年前，跟大多数年轻写作者一样，我也曾是从短篇起步进入文坛的。八十年代有几年，打开"报刊小说选目"，同一个月的目录里能见到我的三四处名字，可见得年轻时也是个勤奋的女孩儿。可惜写来写去写不好，总在潮流之外转悠，也入不了评论家的法眼，自己觉得很无趣，遂放弃短篇，专攻中篇，后来又迷恋上了长篇，再后来更是一头扎进了儿童文学。反正就是，三心二意没个长性，什么都试试，什么都没做到最好。

转眼已到退休年龄，老眼昏花，读长篇巨著实在太费劲，什么都不读又难受，干脆把家里的短篇小说集找出来读。读着读着有了感觉，心里面那只打盹儿的小老鼠忽然抬了头，蠢蠢欲动起来。大约从前年开始吧，试巴试巴，我又学着写起短篇来了。写了两个，一个给《中国作家》，一个给《北京文学》。还真是幸运，两个短篇居然都得了奖：前一个叫《宠物满房》，是《中国作家》的年度奖；后一个叫《万家亲友团》，是《小说选刊》的年度奖，后来又得了北京市政府三年一度的"北京文学奖"。成绩还不错，大长我信心，再接再厉，一气儿又写了几个，在各家刊物陆续发表出来，纷纷获得选刊转载。如今又承蒙北岳文艺出版社慧眼抬爱，结集成这本小书《珞珈路》。

二〇一六年底，北京的全国作代会上碰到安忆，她说刚看了我的一篇《布里小镇》，乐死了，问我是不是写了我自己的遭遇。我说不是。还幸好不是，如若我先生是小说里的那个苏明，估计我们两个就活不到今天了。契合之处是，九十年代初期我的确作为"陪读家属"在英国的某个大学城里生活了一段时间，且我先生是学工科的，工科生的偏执、一根筋、钻牛角尖，我多多少少从他和他的朋友们身上有过领教。

生活是琐碎的，琐碎的生活写出来的往往就是荒诞的。年轻人对这样的荒诞未必能够心领神会，要上到年纪，活到风轻云淡的时候，读着这些家长里短的碎碎屑屑，才能如安忆这般乐不可支。

还是早年在国外勾留时，有一次在一个公交车站，看见一个矮小的华人老太太跟白人司机争吵，老太太站在车下，把着车门不松手，嘴里连珠炮一般地蹦着硬邦邦的广东话，司机坐在车上，手握方向盘，无奈却又生气地用英文对着车下大叫大嚷。双方因为语言问题根本不可能有效沟通，却照样你来我往吵得热火朝天。我站在一边，完全不知道他们所争何事，两边的话都听不懂，也照样有滋有味地看完了全幕活报剧。事后想起，这应该就是"错位"吧！语言的错位。再延伸下去，生活中、爱情中，包括对世界对人生对社会，尴尬的错位肯定是处处存在的。每个人得到的和想要的总是有着十万八千里的距离，生活永远都不可能把完美的一面呈现在我们眼前，关键在于我们如何去处理这样的一些错位。如果年轻二三十岁，《布里小镇》这样的题材，我必定不是这种写法，那时候的我，一丁点的忧伤都会无限制地扩大，写篇小说，不死个把人，不把自己搞到抑郁崩溃不肯罢休。所以，人们才说，岁月是把杀猪刀，杀死了从前那个爱惆怅又爱娇情的年轻女作家，蜕变成现在这个万变不惊的沧桑写作者。

《珞珈路》，在这几个短篇中应该是我自己最喜欢的一篇，它的谋篇构局没有什么出奇，称得上四平八稳。有评论家说，这小说节奏控制得恰恰好，沉潜内敛，不到火候做不了，是处理当代历史敏感题材的一条路子。我心里就嘀咕，他是不是在委婉地指出小说的笔法是老路子的呢？不管怎么样吧，因为小说中放进了太多的我个人的青春记忆，是几十年沉淀之后泛黄的影片，其中的隐痛和伤感，或许有相同记忆的读者才能领略。

《K线图》《心就是用来碎的》《我母亲的学生》，都是生活中小小的悲喜剧，稍稍地用了一点喜剧笔法。过去写小说，我喜欢往大处写，往生离死别上写，写得自己都要抑郁。其实喜剧的笔法似乎更适合短篇，不温不火，点到即止，给人留一点回味，这样的小说读者会觉得机智和有趣。个人感觉，艰涩沉重、总是苦着一副面孔的小说不太适合今天的短篇阅读。

《提篮里的玫瑰》，源自南京的一则本地新闻。新闻内容让人揪心，细想起来甚至让人崩溃。但是我仍然不愿意写得涕泪横流，所以选择从当事民警的视角进入，关键情节统统用回忆的方式呈现。一个题材，作家如何去诠释去描述，跟作家的生命状况很有关系。真心觉得这是评论家们或者文学史家们要去研究的问题。

唉唉，其实还是有点怀念过去的那些日子。皮薄肉嫩的时候才能感觉到"疼"啊，到万箭穿心都当芒刺扎身时，小说也许就少了那种敏锐和水灵，变成一条风干牛肉，咬起来是有嚼劲了，可是诱人的汁水也没了。说实话，我真不愿过早地老气横秋，各位读者，还是请看我往后的表现。

写了四十年小说，自己心里很清楚，写作远没达到得心应手的程度。甚至是，心里想得很好，功力却不够，写出来之后偏差很大。也许是手还生着，也许这辈子就这点出息了。我自己希望是前者，如此我还能有提升空间。不管怎么样，写短篇的感觉还是愉快的，它的轻巧和圆润，它的易于翻转腾挪的小身量，远比一个长篇砸在手里时叫天不应的绝望状态要好很多。只不过呢，长篇因为体量大，有些微捉襟见肘的瑕疵还能够带得住，短篇却是一刀砍下去要见血的活儿，这一刀能不能见血，功夫很要紧。想想我这辈子还有漫长的时间可以练功，可以进步，可以笃悠悠慢条斯理地打磨我的文字，心里就觉得喜乐无边。

写作是一种源远流长的东西，从生命中抽出来的一根细细的丝，总也抽不尽，甚至不抽也会自动地游出来。如果不将它及时地捺到纸上成为文字，它就要放赖一样地纠缠住我们，裹住我们的手脚，勒住我们的脖颈，卡在我们的咽喉处，总之让我们不能呼吸不能说话不能行动。

我们读了很多书，行了很多路，也写了很多作品，但是距离自己当初的目标始终遥远。未来尚有时日，无奈时代已经不属于我们，之所以依然在写，纯粹是出于迷醉：对文字的迷醉，对笔下人物和故事的迷醉，对孤独的写作状态的迷醉。

黄蓓佳

出生于江苏如皋。现居江苏南京。
中国作协会员，江苏省作家协会专业作家。
1973 年开始发表文学作品。1982 年毕业于北京大学中文系。
创作小说、散文、儿童文学。
曾获全国优秀儿童文学奖、中国出版政府奖、
中宣部"五个一"工程奖、中国好书奖等。
多部作品被翻译成英文、法文、德文、俄文、日文、韩文、越南文等。

代表作品

长篇小说
《新乱世佳人》
《婚姻流程》
《家人们》
中短篇小说
《这一瞬间如此辉煌》
《请和我同行》
《玫瑰房间》
散文随笔集
《生命激荡的印痕》
《玻璃后面的花朵》
《地图上的行走者》
儿童文学
《我要做好孩子》
《今天我是升旗手》
《你是我的宝贝》
《童眸》

Bo🙂ks

北岳好书店

珞珈路

出品人｜续小强
责任编辑｜刘文飞
书籍设计｜张永文
封面绘图｜舟蒲麦
印装监制｜巩　璠

投稿邮箱｜liuwenfei0223@163.com

微博 http://weibo.com/beiyuewenyichubanshe
微信公共账号 bywycbs1984